4'20
€

La bestia debe morir

emecé el séptimo círculo

Nicholas Blake

La bestia debe morir

colección creada por

Jorge Luis Borges y
Adolfo Bioy Casares

Traducción de J. R. Wilcock

emecé editores

813   Blake, Nicholas
BLA   La bestia debe morir.- 1ª ed. – Buenos Aires :
         Emecé, 2003.
         272 p. ; 20x12 cm.- (El séptimo círculo)

         Traducción de: J. R. Wilcock

         ISBN 950-04-2453-3

         I. Título – 1. Narrativa Estadounidense

Emecé Editores S.A.
Independencia 1668, C 1100 ABQ, Buenos Aires, Argentina

Título original: *The Beast Must Die*

© 1945, 2003, Emecé Editores S.A.

Diseño de cubierta: *Eduardo Ruiz*
Diseño de interior: *Orestes Pantelides*
1ª edición: 7.000 ejemplares
Impreso en Grafinor S. A.,
Lamadrid 1576, Villa Ballester,
en el mes de marzo de 2003.

IMPRESO EN LA ARGENTINA / PRINTED IN ARGENTINA
Queda hecho el depósito que previene la ley 11.723
ISBN: 950-04-2453-3

Nota de las editoras

En esta reedición de la colección *El Séptimo Círculo* se han respetado las traducciones originales, revisando sólo aquellos casos puntuales en que algunos términos o expresiones pudieran resultar demasiado antiguas o ajenas para el lector.

En cuanto a las noticias biográficas de los autores, se mantuvieron las originales escritas por Jorge Luis Borges y Adolfo Bioy Casares, a las que sólo se les agregaron, en nota al pie, algunos datos faltantes.

Noticia

Nicholas Blake es el poeta inglés *Cecil Day Lewis*[1] (n. 1904). Desciende, por línea materna, de Oliver Goldsmith. Se educó en Oxford. Bajo su verdadero nombre ha publicado las siguientes obras: Poesía: *Transitional poem*, *From fethers to iron*, *The magnetic mountain*, *Overtures to death*, *Poems in wartime*; teatro: *Noah and the Waters*; novela: *Child of misfortune*; crítica: *A hope for poetry*, *Poetry for you*. En colaboración con L. A. G. Strong ha compilado *A new anthology of modern verse*. Ha traducido, también, en verso inglés, las *Geórgicas* de Virgilio. Bajo el seudónimo de "Nicholas Blake" ha publicado las novelas policiales: *A question of proof*, *Thou shell of death*, *The beast must be die*, *There's trouble brewing*, *The case of the abominable snowman*, *Malice in Wonderland*, *The smiler with the knife*. John Strachey afirma: "Cuando condesciende con Nicholas Blake escribe mejor que cuando 'se da por entero a la literatura', como Day Lewis". Según Howard Haycraft: "Es de los pocos escritores que concilian la excelencia literaria con el arte de urdir misterios perfectos. Trátase de un maestro del género policial".

J. L. B. y A. B. C

---

[1] *Cecil Day Lewis* murió en 1972.

7

PARTE PRIMERA

El diario de Félix Lane

Junio 20 de 1937

VOY A MATAR a un hombre. No sé cómo se llama, no sé dónde vive, no tengo idea de su aspecto. Pero voy a encontrarlo, y lo mataré...

Amable lector: usted debe perdonarme este comienzo melodramático. Parece la primera frase de una de mis novelas policiales, ¿no es cierto? Sólo que esta historia nunca será publicada, y el amable lector es una cortés convención. No, tal vez no sea una cortés convención. Estoy decidido a cometer lo que la gente llama "un crimen". Todo criminal, cuando carece de cómplices, necesita de un confidente: la soledad, el espantoso aislamiento y la angustia del crimen son demasiado para un solo hombre.

Tarde o temprano confesará todo. O, aunque su voluntad siga firme, su súper-yo lo traicionará, ese estricto moralista que llevamos dentro y que juega al gato y al ratón, con los furtivos, con los cautelosos o con los atrevidos, induciendo al criminal *in lapsus verbi;* induciéndolo al exceso de confianza, dejando pruebas en contra, y representando el papel de agente provocador.

Todas las fuerzas de la ley y del orden serían impotentes contra un hombre absolutamente desprovisto de conciencia.

Pero en lo más hondo de nosotros existe ese deseo de expiación, una sensación de culpabilidad, el íntimo traidor; somos delatados por lo que tenemos de falso. Si la lengua se rehúsa a confesar, lo harán nuestros actos inconscientes. Por eso el criminal regresa a la escena del crimen. Por eso estoy escribiendo este diario. Usted, imaginario lector, *hypocrite lecteur, mon semblade, mon frère*, será mi confesor. No le ocultaré nada. Usted será quien me salve de la horca, si alguien puede hacerlo.

Resulta bastante fácil encarar un crimen, aquí sentado, en el *bungalow* que me prestó James para que me restableciera después de mi colapso nervioso (no, amable lector, no estoy loco; usted debe abandonar desde ya esa idea. Nunca he estado más cuerdo; culpable, pero no demente).

Es bastante fácil encarar un crimen, mirando por la ventana el Golden Cap que brilla en el sol de la tarde, las olas metálicas y encrespadas de la bahía, y el brazo curvo del Cobb con sus barquitos, cuarenta metros más abajo. Porque todo esto, para mí, significa Martie. Si no lo hubieran matado, estaríamos haciendo picnics en el Golden Cap; él estaría chapoteando en el agua con ese brillante traje de baño, del que estaba tan orgulloso; y hoy habría cumplido siete años; yo le había prometido enseñarle a manejar el *dinghy* cuando tuviera siete años.

Martie era mi hijo. Una noche, hace seis meses, estaba cruzando la calle frente a nuestra casa. Había ido al pueblo a comprar caramelos. Para él habrá sido un resplandor de faros en la curva, la pesadilla de un momento, y luego el impacto, transformándolo todo en una eterna oscuridad.

Su cuerpo fue arrojado a la zanja. Murió en seguida, minutos antes de que yo llegara. El paquete de caramelos estaba desparramado sobre el camino; recuerdo que empecé a juntarlos. No me parecía que hubiese otra cosa que hacer, hasta que encontré uno con sangre. Después estuve enfermo por bastante tiempo: fiebre cerebral, colapso nervioso, o algo semejante. La verdad, por supuesto, es que naturalmente yo no quería seguir viviendo. Martie era todo lo que me quedaba en el mundo. Tessa había muerto al dar a luz.

El hombre que mató a Martie no detuvo su coche. La policía no ha podido encontrarlo. Dijeron que, para que el cuerpo fuera arrojado y lastimado de esa manera, debió tomar la curva a ochenta por hora.

Ése es el hombre que tengo que encontrar y matar.

No creo que por hoy pueda seguir escribiendo.

Junio 21

Amable lector: yo había prometido no ocultarle nada, y ya he roto mi promesa. Pero es una cosa que tenía que ocultarme a mí mismo, también, hasta que estuviera bastante bien como para encararla: ¿Fue culpa mía? ¿Hice mal al permitir que Martie fuera al pueblo?

Ya está. Gracias a Dios, ya lo he dicho; el dolor de escribirlo me ha hecho casi atravesar el papel con la pluma. Me siento débil como si me hubieran sacado de la carne la punta de una flecha; pero el dolor mismo es una especie de alivio. Déjenme mirar la flecha que estaba matándome lentamente. Si yo no le hubiera dado a Martie los veinte centavos, si yo hubiera ido con él esa noche, o mandado a Mrs. Teague, todavía estaría vivo, estaríamos navegando en la bahía, o pescando camarones en la boca del Cobb, o descolgándonos por los riscos entre esas flores amarillas... ¿Cómo se llamaban? Martie quería saber el nombre de todas las cosas, pero ahora que estoy solo me parece que no hay ninguna razón para averiguarlo. Yo quería que se criara independiente. Sabía que, muerta Tessa, existía el peligro de que mi cariño lo echara todo a perder. Traté de que se acostumbrara al peligro; pero ya había ido solo al pueblo docenas de veces: mientras yo trabajaba, tenía la costumbre de jugar con los chicos del pueblo. Era cuidadoso para cruzar la calle, y, por otra parte, en ese camino hay muy poco tránsito. ¿Quién hubiera pensado que aquel diablo aparecería por la curva, destruyendo todo a su paso? Luciéndose ante alguna inmunda mujer que lo acompañaba; o borracho. Y no tuvo el coraje de pararse y de dar la cara.

Tessa querida, ¿fue mía la culpa? ¿No te hubiera gustado que lo criara envuelto en algodones, verdad? A ti no te gustaba que te mimaran, o que anduvieran detrás de ti: eras independiente como el diablo. No. Mi conciencia me dice que tenía razón; pero no puedo sacarme de la cabeza esa mano apretando el cartucho de papel; no me acusa, pero no me deja descansar —es un dulce fantasma que me importuna—. Mi venganza será para mí solo.

Me gustaría saber si el médico oficial hizo algún comentario censurando mi "negligencia". En el sanatorio no me dejaron ver el papel. Sólo sé que dictaron sentencia de homicidio casual, contra una persona o personas desconocidas. ¡Homicidio casual! Asesinato de niños, más bien. Si lo hubieran agarrado, le habrían dado un tiempo de reclusión y luego hubiera estado libre para hacerse el loco de nuevo, a menos que le hubieran suspendido la licencia para siempre, y creo que nunca lo hacen.

Tengo que encontrarlo e impedir que siga siendo un peligro. Al hombre que lo mate deberían coronarlo con flores (¿dónde leí algo parecido?), como a benefactor público.

No, no empieces a engañarte. Lo que te propones no tiene nada que ver con la justicia abstracta. Pero me gustaría saber qué dijo el oficial. Tal vez eso me retenga aun aquí, puesto que ya estoy bastante repuesto; temo, sí, qué dirán los vecinos. "Miren, ahí va el hombre que dejó matar al hijo": así dijo el oficial. ¡Oh, que se vayan al diablo! ¡Y el oficial también! Ya tendrán razones para llamarme asesino dentro de poco; entonces ¿qué importa?

Pasado mañana me voy a casa. Ya está arreglado. Escribiré a Mrs. Teague esta noche y le diré que prepare la casa. Ya he afrontado lo peor de la muerte de Martie, y creo sinceramente que no tengo nada que reprocharme. Mi cura ya está terminada; ya puedo dedicar todo mi corazón a la única cosa que me queda por hacer.

Junio 22

Esta tarde recibí una rápida visita de James; "solamente para saber cómo seguís". Muy amable. Se sorprendió de encontrarme tan bien. Le dije que eso se debía a la saludable situación de su *bungalow:* no podía decirle que ya le había encontrado una finalidad a mi vida; lo hubiera incitado a hacer preguntas molestas. A una de ellas, por lo menos, ni yo mismo podría responder. "¿Cuándo decidiste por primera vez matar a X?" es el tipo de pregunta (como: "¿Cuándo te enamoraste de mí?") que requiere todo un tratado para ser contestada. Y los futuros asesinos, a diferencia de los amantes, prefieren no hablar acerca de ellos mismos, a pesar de que este diario evidencia lo contrario; más bien hablan después del hecho, y demasiado, ¡pobres infelices!

Bueno, mi imaginario confesor, supongo que ya es tiempo de que conozca algunos detalles personales míos: edad, estatura, peso, color de ojos, condiciones para el oficio de asesino; ese tipo de cosas.

Tengo 35 años, mido un metro sesenta y cinco, tengo ojos pardos, expresión habitual, una especie de sombría benevolencia, como la lechuza, o por lo menos así me decía siempre Tessa.

Mi pelo, por una extraña anomalía, no ha encanecido aún. Mi nombre es Frank Cairnes. Antes tenía un escritorio (no diré empleo) en el Ministerio del Trabajo; pero hace cinco años una herencia y mi propia pereza me persuadieron a presentar mi renuncia y a retirarme a la casa de campo donde Tessa y yo habíamos siempre deseado vivir. "Allí debería haber muerto ella", como dice el poeta.

Dar vueltas por el jardín, y en el *dinghy,* era muy poco, aun para mis posibilidades de ocio; por eso empecé a escribir novelas policiales, bajo el nombre de Félix Lane. Son bastante buenas, según parece y me reportan una sorprendente cantidad de dinero; pero no puedo convencerme de que la ficción policial sea una rama seria de la literatura; por eso "Félix Lane" ha permanecido siempre en el incógnito.

Mis editores se han comprometido a no descubrir el secreto de mi identidad; luego de su horror inicial frente a la idea de un escritor que no quiere ser relacionado con las inepcias que da a luz; terminaron divirtiéndose con esa especie de misterio. "Buena publicidad este asunto del misterio", pensaron con la simple credulidad de los de su clase, y empezaron a usarlo como propaganda; aunque me gustaría mucho saber a quién diablos importa dos pepinos conocer quién es en realidad "Félix Lane"; él me será muy útil en un futuro próximo. Cuando mis vecinos me pregunten qué estoy escribiendo durante todo el día, les diré que trabajo en la biografía de Wordsworth: sé bastante acerca de él, pero me comería una tonelada de engrudo antes que escribir su biografía.

Mis cualidades para un crimen son, por no decir otra cosa, débiles: representando a "Félix Lane" he adquirido algunos conocimientos superficiales de medicina legal, justicia criminal y procedimiento policial.

Nunca disparé un tiro, ni envenené a una rata. Mis estudios sobre criminología me han hecho comprender que solamente los generales, los cirujanos famosos y los propietarios de minas pueden cometer asesinatos impunemente. Pero tal vez sea injusto con los asesinos no profesionales.

Con respecto a mi carácter, es mejor deducirlo de este diario; me gusta imaginar que lo creo sumamente despreciable, pero esto tal vez sea tan sólo una sofisticación…

Perdóneme usted esta locuacidad presuntuosa, amable lector que nunca habrá de leerla. Un hombre está obligado a hablar consigo mismo cuando se encuentra sobre los hielos flotantes, solo en la oscuridad, perdido. Mañana vuelvo a casa; espero que Mrs. Teague haya regalado sus juguetes. Así le ordené.

Junio 23

La casa está como antes; y ¿por qué no? ¿Acaso las paredes deberían estar llorando? Esa patética presunción de esperar que todo el rostro de la naturaleza cambie por nuestros pequeños y retorcidos sufrimientos es típica de la impertinencia humana. Por supuesto, la casa está igual, salvo que no hay vida en ella. Veo que han puesto una señal de peligro en la curva; demasiado tarde, como de costumbre.

Mrs. Teague está muy abatida. Parece que lo ha sentido; o tal vez sus tonos funerarios sean sólo comedia de cuarto de enfermo para halagarme. Leyendo de nuevo esta frase, la encuentro singularmente malvada; celos porque otra persona ha querido a Martie y ha ocupado un lugar en su vida.

Dios mío, ¿habré estado a punto de volverme uno de esos padres absorbentes? Si es así, realmente no sirvo para asesino.

Escribía esto cuando entró Mrs. Teague, con una expresión de pedir disculpas, aunque decidida, en su enorme cara colorada, como una persona tímida que se ha comprometido a elevar una queja, o como un comulgante que vuelve del altar. "No pude hacerlo, señor", dijo; "no tuve coraje". Y me horrorizó echándose a sollozar. "¿Hacer qué?", pregunté. "Regalarlos", sollozó.

Tiró una llave sobre la mesa y salió del cuarto. Era la llave del armario de los juguetes de

Martie. Subí al cuarto del chico y abrí el armario. Tuve que hacerlo en seguida, porque, si no, nunca lo hubiera hecho. Durante largo rato, incapaz de pensar, estuve mirando el garage de juguete, la locomotora Hornby, el viejo osito con su único ojo; sus tres favoritos.

Me vinieron a la mente los versos de Coventry Patmore.

A su alcance tenía una caja de bolitas,
una piedra veteada,
un pedazo de vidrio roído por la playa,
y siete u ocho conchillas;
una botella con campanillas
y dos monedas francesas de cobre,
arregladas con arte cuidadoso,
para consolar su corazón desolado.

Mrs. Teague tenía razón. Me hacía falta. Hacía falta algo que mantuviera abierta la herida: esos juguetes son un recuerdo más punzante que la tumba en el cementerio, no me dejarán dormir, serán la muerte de alguien.

Junio 24

Esta mañana hablé con el sargento Elder. Cien kilos de músculo y de hueso, como diría "Sapper", y más o menos un miligramo de cerebro; los arrogantes ojos de pescado del imbécil investido de autoridad. ¿Por qué nos sentimos siempre invadidos por una especie de parálisis moral al hablar con un policía, como si uno estuviera a bordo de una canoa a punto de ser arrollada por el *Normandie*?

Probablemente es una especie de temor contagioso. El vigilante está siempre a la defensiva: contra las clases superiores porque pueden dañarlo si da un paso en falso; contra las clases inferiores porque es el representante de la ley y del orden, que éstas parecen considerar, con toda razón, como sus enemigos naturales.

Elder desplegó la acostumbrada reticencia pomposa y oficial; tiene la costumbre de rascarse el lóbulo de la oreja derecha y mirar, al mismo tiempo, hacia la pared, por encima de uno, costumbre que considero extrañamente irritante.

Me dijo que aún proseguían las investigaciones; todas las posibilidades serían analizadas; habían reunido una cantidad de informaciones, pero todavía no había ninguna pista segura. Lo cual significa, por supuesto, que han llegado a un punto muerto y no quieren admitirlo. Me dejan la vía libre. Lucha franca. Me alegro.

Le ofrecí a Elder un medio litro, y se ablandó un poco. Averigüé algunos detalles de las investigaciones. La policía es bastante efectiva. Aparte del llamado radiotelefónico para que se presentaran los testigos del accidente, parece que visitaron todos los garages del condado, averiguando si no habían llevado radiadores averiados para arreglar, paragolpes, guardabarros, etc.; se investigaron las coartadas de todos los propietarios de coches con respecto al instante del accidente, dentro de un extenso radio. Además preguntaron, casa por casa, a lo largo de la posible ruta seguida por el individuo en las proximidades del pueblo; se interrogó a los propietarios de los surtidores; y así sucesivamente. Parece que aquella tarde había tenido lugar un juicio público, y la policía pensó que la persona buscada podía haber sido alguno de los asistentes, que hubiera perdido su camino (en verdad corría a la velocidad de alguien que quisiera recuperar el tiempo perdido); pero ninguno de los coches estaba averiado al llegar a la próxima parada. También descubrieron, de acuerdo con las horas indicadas por los oficiales de esas paradas y de la anterior, que ninguno de los conductores había tenido tiempo para hacer un rodeo y pasar por el pueblo. Pudo haber alguna excepción; pero creo que la policía la hubiera descubierto.

Creo haber obtenido toda esta información sin parecer demasiado inquisitivo. ¿Para qué quiere saber todo esto un padre desolado? Bueno, supongo que Elder no se preocupa demasiado por los matices morbosos de la psicología. Pero es un problema abrumador. ¿Qué éxito puedo tener donde ha fallado la entera organización policial? Es como buscar una aguja en un pajar.

Un momento. Si yo quisiera esconder una aguja, no la escondería en un pajar: la escondería en un montón de agujas. Elder estaba muy seguro de que el impacto del choque debía haber averiado de algún modo la parte delantera del coche aunque Martie pesara menos que una pluma. La mejor manera de disimular una avería sería causar más daño en el mismo lugar. Si yo hubiera atropellado a un chico y hubiera abollado un guardabarro, buscaría otro accidente: lo largaría contra una puerta, un árbol o cualquiera otra cosa; esto disimularía todas las marcas del choque anterior. Tenemos que ver si aquella noche hubo algún accidente de este tipo. Llamaré a Elder por la mañana y se lo preguntaré.

La policía ya lo había pensado. El respeto de Elder por los afligidos fue sometido a una severa prueba, a juzgar por su tino en el teléfono: me dio a entender, cortésmente, que la policía no necesitaba que los de afuera les enseñaran su trabajo. Todos los accidentes ocurridos en las inmediaciones habían sido investigados, para establecer su "bonafides", palabras textuales del imbécil.

Es asombroso, enloquecedor. No sé por dónde empezar. ¿Cómo se me ocurrió que no tenía más que estirar el brazo para agarrar al hombre que estoy buscando? Debe haber sido el primer paso de la megalomanía del criminal. Después de mi conversación telefónica de esta mañana con Elder, me sentí irritado y desanimado. No tengo nada que hacer; salgo a dar vueltas por el jardín, donde todo me recuerda a Martie, sobre todo este estúpido asunto de las rosas.

Cuando Martie apenas sabía caminar, tenía la costumbre de seguirme por el jardín, mientras yo cortaba las flores para la mesa. Un día descubrí que él había cortado dos docenas de rosas finas, que yo guardaba para una exposición; esa espléndida flor rojo oscuro: "Noche". Me enojé con él, aunque, aun en ese momento, comprendía que sólo había querido ayudarme. Fui bestial. Luego, durante varias horas, nadie pudo consolarlo. Así se destruyen la inocencia y la confianza. Ahora está muerto, y supongo que ya no importa; pero me gustaría no haber perdido la cabeza ese día; para él debe haber sido como el fin del mundo. ¡Oh diablos, estoy volviéndome tonto! No me falta más que hacer un catálogo de sus frases infantiles. Y ¿por qué no? Mirando ahora hacia el césped, recuerdo cómo me dijo una vez que vio un gusano cortado en dos por la segadora: "Mira, papá, ese gusano quiere ir a dos lugares a un mismo tiempo". Me pareció muy buena esa facilidad para las metáforas; podía haber llegado a ser poeta. Pero lo que me llevó a pensar en estas cosas sentimentales fue el descubrimiento que hice esta mañana al salir al jardín: que me habían cortado todos los rosales. Mi corazón se detuvo (como digo en mis novelas). Por un momento pensé que los últimos seis meses habían sido una pesadilla y que Martie estaba todavía vivo. Sin duda habrá sido algún chico dañino. Pero esto me desanimó, me hizo sentir como si todo estuviera en contra de mí; una providencia misericordiosa y justa podría haber dejado por lo menos algunas rosas. Supongo que tendré que comunicar este acto de "vandalismo" a Elder, pero no tengo ganas de que me molesten.

Hay algo intolerablemente teatral en el sonido de los sollozos.

Espero que Mrs. Teague no me haya oído.

Mañana por la noche recorreré las tabernas y veré si consigo alguna información. No puedo seguir para siempre entristeciéndome dentro de mi casa. Tal vez vaya a tomar algunas copas en lo de Peters, antes de acostarme.

Junio 26

Hay un placer incomparable en la simulación: la sensación de aquel hombre del cuento, que llevaba en el bolsillo una bomba que, al apretar una perilla, lo haría volar, junto con todo lo que lo rodeaba, instantáneamente. Sentí lo mismo cuando me comprometí secretamente con Tessa. Ese secreto peligroso, y maravilloso, dentro de mi pecho; y lo sentí de nuevo anoche, hablando con Peters.

Es un buen tipo, pero supongo que nunca se ha encontrado con nada más melodramático que un parto, una artritis o una gripe. Yo trataba de imaginarme qué hubiera dicho de haber sabido que un futuro asesino estaba sentado con él, tomando un whisky. El deseo de decirlo llegó a ser, en un momento dado, intolerable. En verdad, tendré que ser más cuidadoso. Esto no es un juego.

No lo hubiera creído, pero no quiero que me manden de nuevo a ese sanatorio —o a algún lugar peor— bajo "observación".

Me alegré cuando me dijo Peters, luego de haberme decidido a preguntárselo, que el informe no decía nada acerca de una posible responsabilidad mía en la muerte de Martie. Sin embargo, todavía me molesta esa idea. Miro las caras de las personas del pueblo y trato de imaginarme lo que realmente estarán pensando de mí. Mrs. Anderson, por ejemplo, la viuda de nuestro organista, ¿por qué cruzó esta mañana la calle para evitarme?

Siempre quiso mucho a Martie. En realidad, estaba arruinándomelo con sus frutillas a la crema y esos extraños rombos de gelatina, y sus mimos furtivos, cuando suponía que yo no miraba. Esto último nos disgustaba por igual a ambos.

Es cierto que la pobre nunca tuvo chicos, y que la muerte de Anderson fue para ella un golpe decisivo. Preferiría que me cortaran en pedazos antes que tener que soportar su simpatía pegajosa. Como casi todas las personas que llevan una vida aislada —aislada espiritualmente, quise decir—, soy extraordinariamente sensible a la opinión que los demás tienen de mí. Odio la idea de ser un tipo popular, bien recibido en todas partes; sin embargo, la idea de ser impopular me produce un sentimiento de profunda intranquilidad. No es un rasgo muy simpático querer comerse la torta y al mismo tiempo guardársela; ser querido por mis vecinos, pero permanecer esencialmente separado de ellos. Pero, por otra parte, como ya he dicho, no pretendo ser una persona muy agradable.

Voy a ir al *Saddler's Arms,* y encarar la opinión pública dentro de su mismo antro. Tal vez consiga una pista, aunque supongo que Elder ya ha de haber interrogado a los muchachos.

Más tarde

He bebido casi diez medios litros en las últimas dos horas, pero todavía estoy frío. Parece que hay algunas heridas demasiado profundas para la anestesia local. Todos muy amigos.

Por lo menos no soy el villano de la obra.

"Una vergüenza", dijeron. "La horca es muy poco para esa clase de gente".

"Extrañamos al chico; era muy vivo", dijo el viejo Barnett, el granjero. "Esos automóviles son la maldición de los campos: si dependiera de mí, los prohibiría".

Bert Cozzens —el sabio del pueblo— agregó: "Es el peaje de los caminos, no es más que eso, la libertad de tránsito de los caminos. Selección natural, ¿comprenden? Supervivencia de los más aptos, sin faltarle al respeto señor; frente a esta horrible fatalidad, lo acompañamos todos en el sentimiento".

"¿Supervivencia de los más aptos?", chilló el joven Joe. "¿Qué nos cuentas, Bert? Supervivencia de los más gordos, parece".

Esto fue considerado como una falta de respeto, y el joven Joe fue suprimido de la conversación.

Son buenas personas: ni hipócritas ni cínicos ni sentimentales cuando se trata de la muerte; tienen la correcta actitud realista. Sus hijos deben ahogarse o nadar; no pueden pagarse nodrizas o comidas de fantasía, por eso nunca se les ocurriría ver mal que yo permitiera a Martie vivir la vida independiente y natural de sus propios chicos.

Yo pude haberlo adivinado. Pero temo que no me hayan sido útiles en ningún sentido. Como lo resumiera Ted Barnett, "daríamos todos los dedos de la mano derecha por encontrar al sinvergüenza que hizo eso. Después del accidente vimos a uno o dos coches que cruzaban por el pueblo, pero no nos fijamos en ellos, no sabiendo lo que había pasado; y los faros deslumbran de tal manera, que uno no puede ver las chapas. Supongo que para eso está la policía. Lástima que Elder se pasa el tiempo…" Y aquí seguía una serie de calumnias y de suposiciones, de un carácter sumamente erótico, relativas a lo que nuestro honorable sargento hace en sus horas libres.

Lo mismo en el *Lion and Lamb,* y en el Crown. Mucha voluntad, pero ninguna información. A este paso no llegaré a ninguna parte. Debo tomar una dirección totalmente distinta. Pero, ¿cuál? Esta noche estoy muy cansado para seguir pensando.

Hoy, una larga caminata del lado de Cirencester. Pasé por la loma desde donde Martie y yo lanzábamos aquellos planeadores de juguete; le gustaban terriblemente; tal vez hubiera llegado a estrellarse con un aeroplano si no hubiera aparecido antes el coche. Nunca olvidaré cómo miraba los planeadores, con una cara inefablemente tensa y solemne, como si hubiera querido mantenerlos planeando y volando eternamente. Todo el campo me lo recuerda. Mientras permanezca aquí, mi herida no ha de cerrarse, y es justamente lo que quiero.

Alguien trata de hacerme desaparecer. Anoche destruyeron y tiraron sobre el camino todas las plantas de lirios y de tabaco del cantero que está bajo mi ventana. Más bien esta mañana, temprano; a medianoche estaban como siempre. Ningún chico del pueblo repetiría una cosa semejante. En todo esto hay una malevolencia que me preocupa un poco. Pero no me intimidará.

Se me ocurrió una idea extraña. Tengo —tal vez— algún enemigo mortal, que ha matado deliberadamente a Martie y que está destruyendo ahora todas las otras cosas que amo. Fantástico. Demuestra cómo se nos puede trastornar el cerebro si estamos demasiado tiempo solos. Pero si esto sigue por más tiempo, llegaré a tener miedo de mirar por la ventana al levantarme.

Hoy caminé rápidamente, para que mi cerebro no pudiera seguirme, y por unas horas me libré de su constante recriminación. Me siento más fresco; por lo tanto, con su permiso, hipotético lector, me decidiré a pensar sobre el papel. ¿Qué nueva línea de conducta debo adoptar? Será mejor disponer el asunto bajo la forma de una serie de proposiciones y deducciones. Aquí va:

1º No vale la pena utilizar los métodos de la policía, que posee más medios y que parece haber fracasado.

La consecuencia es: debo explotar en lo posible mis propios puntos fuertes: seguramente, en un escritor policial, la capacidad de situarse dentro de la mente del criminal.

2º Si yo hubiera atropellado a un chico y dañado mi coche, me alejaría instintivamente de los caminos principales, donde el deterioro podría ser advertido, y trataría de llegar lo más pronto posible a un lugar donde repararlo. Pero, de acuerdo con la policía, todos los garages han sido revisados, y todas las averías que fueron reparadas en los días siguientes al accidente eran susceptibles de alguna explicación inocente. Por supuesto, pueden haber mentido de una manera u otra; si así fuera, me parece humanamente imposible descubrirlo.

¿Qué se deduce de esto? a) Que el coche no fue, después de todo, dañado; pero la opinión de los expertos sugiere que esto es muy improbable. b) Que el criminal llevó su coche a un garage particular, y lo ha mantenido hasta ahora bajo llave; es posible, pero sumamente improbable. c) Que el criminal llevó a cabo las reparaciones por sí mismo, secretamente; ésta es, sin duda, la explicación más verosímil.

3º Supongamos que el individuo efectuó las reparaciones. ¿Esto revela algo acerca de él?

Sí. Debe de ser un experto, con las herramientas necesarias a su disposición. Pero aun una pequeña abolladura en un guardabarros hace necesaria la utilización de un martillo, y provoca por lo tanto un estrépito capaz de despertar a los muertos. "¡Despertar!" Exactamente. Tuvo que hacer las reparaciones durante esa misma noche, para que al día siguiente no quedaran rastros del accidente. Pero un martilleo nocturno podría despertar a la gente y provocar sospechas.

4º No martilló durante la noche.

Pero, aunque estuviera el coche en un garage público, o en uno particular, los golpes de martillo por la mañana hubieran llamado la atención, suponiendo que hubiera podido posponer las reparaciones hasta la mañana.

5º No usó el martillo para nada.

Pero debemos suponer que las reparaciones fueron efectuadas de una manera u otra. ¡Qué tonto soy! Aun para arreglar una abolladura pequeña *hay que sacar el guardabarros.* Y si, como estamos obligados a deducir, el criminal estaba imposibilitado de hacer ruido mientras arreglaba el coche, la consecuencia es que tuvo que retirar la parte averiada y sustituirla por otra nueva.

6º Supongamos que colocó otro guardabarros, quizá también un paragolpes, o un faro nuevo, y se deshizo de los averiados. ¿Qué deducimos?

Que debe ser por lo menos un buen mecánico, y poder conseguir piezas de repuesto. En otras palabras, debe trabajar en un garage público. Es más: *debe ser el dueño,* porque solamente el dueño del garage podría ocultar la desaparición de esas piezas de repuesto sin dar explicaciones.

¡Por Dios! Parece que he llegado por fin a alguna parte. El hombre que busco posee un garage público, y éste debe ser importante; si no, no tendría las piezas de repuesto necesarias; pero no demasiado importante, porque en un garage grande las piezas de repuesto en existencia estarían seguramente bajo la supervisión de algún empleado o encargado, y no en manos del patrón. A menos que el criminal fuera ese empleado o encargado.

Me temo que esto aumente de nuevo el radio de elección.

¿Qué puedo deducir acerca del coche y de la naturaleza de las averías? Desde el punto de vista del conductor, Martie cruzaba la calle de izquierda a derecha; su cuerpo fue arrojado a la cuneta izquierda del camino. Esto sugiere que la abolladura ha de haber sido a la izquierda del coche, especialmente si se desvió un poco a la derecha, para evitarlo. El guardabarros, el faro o el paragolpes izquierdo. Faro; esta palabra trata de decirme algo. Piensa. Piensa...

¡Ya lo tengo! No había vidrios rotos sobre el camino. ¿Qué clase de faro es más difícil de destruir con un impacto? Los que están cubiertos por una rejilla, como los de esos coches rápidos y bajos de *sport*. Y debe haber sido un coche bajo y alargado (con un volante experto), para haber podido dar vuelta esa esquina con semejante velocidad y sin salirse del camino.

Recapacitemos. Hay bastantes razones hipotéticas para suponer que el criminal es un volante experto y temerario, propietario o encargado de un garage público de cierta importancia, y dueño de un coche de *sport* con faros protegidos por rejillas. Probablemente un coche bastante nuevo; si no, se hubiera notado la diferencia entre el guardabarros viejo de la derecha y el nue-

vo de la izquierda, aunque pudo haber disimulado el nuevo para que pareciera usado: rajaduras,
polvo, etc. ¡Ah!, y otra cosa: o su garage está en
un lugar más bien solitario, o tiene alguna buena linterna sorda; de otro modo hubiera sido visto mientras efectuaba sus reparaciones noctur-
nas. Además, esa noche tuvo que salir de nuevo
para deshacerse de las partes arruinadas, luego
que las hubo cambiado; y debe existir un río o
unos matorrales allí cerca donde tirarlas; no podía arrojarlas al vaciadero del garage.

    ¡Cielos! Son pasadas las doce de la noche. De-
bo acostarme. Ahora que sé por donde empezar,
me siento como nuevo.

Junio 28

    Desesperación. ¡Qué frágil parece todo a la
luz de la mañana! Si hasta ni sé, ahora, si hay
coches con rejillas frente a los faros; los radiadores, sí, pero ¿los faros? Claro que esto es fácil de
averiguar. Pero aun suponiendo que esta cade-
na de argumentos sea, por milagro, verídica, estoy tan lejos como antes del hombre. Habrá mi-
les de dueños de garages que poseen coches de
sport. El accidente ocurrió más o menos a las seis
y veinte de la tarde; suponiéndole un máximo de
tres horas para colocar las partes nuevas y deshacerse de las viejas, le quedaban todavía diez
horas de oscuridad para hacer lo que quisiera, lo
cual significa que el garage puede estar en cualquier parte dentro de un radio de trescientas millas. Un poco menos, quizá: no es probable que
se atreviera a cargar nafta en alguna parte, con
la marca de la bestia sobre el coche. Pero imagí-

nense ustedes todos los garages que caben en ese radio, aun cuando lo redujéramos a cien millas. ¿Debo ir a cada uno de ellos preguntando al dueño si tiene un coche de *sport*? ¿Y si contestara que sí? La perspectiva es tan espantosa como la extensión infinita de la eternidad. Mi odio hacia ese hombre ha destruido mi sentido común.

Tal vez no sea ésta la razón principal de mi falta de ánimo. Esta mañana llegó una carta anónima. Traída personalmente, mientras todos dormíamos, seguramente por el mismo bromista repugnante o monomaníaco que ha estado destruyendo mis flores.

Me ataca los nervios. Ésta es la carta. Papel barato, mayúsculas de imprenta como de costumbre.

"Usted lo mató. No sé cómo se atreve a mostrar su cara por el pueblo después de lo que pasó el 3 de enero. ¿No se da por aludido? Aquí no lo queremos, y vamos a crearle una situación tan molesta que se arrepentirá de haber vuelto. La sangre de Martie está sobre su cabeza."

Parece una persona educada. O personas, si el "nosotros" significa algo definido. ¡Oh, Tessa!, ¿qué haré?

Junio 29

¡La hora más oscura precede al alba! ¡Terminó la cacería! Déjenme saludar el nuevo día con una salva de lugares comunes. Esta mañana salí con mi coche; como estaba aún en lo peor de mi depresión, pensé ir hasta Oxford para ver a Michael. Fui por un atajo desde el Cirencester hasta el camino de Oxford, una huella angosta por las colinas, por donde nunca había pasado. Después de la lluvia, todo vivía y resplandecía a la luz del sol. Mirando a lo lejos, más allá de los montes a mi derecha —había un maravilloso campo de trébol, color de frambuesa aplastada—, me metí de golpe en un vado.

El coche se arrastró por el agua hasta el otro lado y se detuvo. Nunca he sabido nada de lo que sucede debajo del capot; pero sé que cuando el coche se para hay que dejarlo un rato hasta que se le pase el mal humor, y casi siempre vuelve a marchar. Me había bajado, para sacudirme el agua —al meterme en el vado un gran abanico de agua se había lanzado sobre mí—, cuando un sujeto apoyado en la tranquera de una chacra me habló.

Cambiamos unos cuantos chistes acerca de los baños de lluvia.

Luego el individuo me dijo que una noche, este invierno, había sucedido algo semejante, allí mismo. Ociosamente, sólo por hablar, le pregunté qué día. Esta pregunta resultó toda una inspiración. Hizo mentalmente algunos cálculos complicados, relacionados con una visita a su suegra, una oveja enferma y una radio que se había descompuesto, y contestó: —El 3 de enero. Eso mismo: el 3 de enero. No tengo la menor duda. Después de la oración.

En este momento —ya saben cómo se meten en la cabeza ciertas frases intempestivas— vi mentalmente esta frase: "Lavado en la Sangre del Cordero". Recuerdo que la había leído en un cartel, al lado de una iglesia Metodista, sobre el camino. En varios sentidos, la frase de Daniel. Después, la palabra "sangre" se asoció con la carta que recibí ayer —"la sangre de Martie está sobre su cabeza"—. Luego la niebla se desvaneció y vi claramente la imagen del asesino de Martie metiéndose a toda velocidad en el vado, como yo, pero de propósito, *para lavar del coche la sangre de Martie.*

Mi boca estaba seca, mientras preguntaba, tan negligentemente como pude, al hombre:

—¿Usted no recuerda, por casualidad, qué hora era cuando esa otra persona se metió en el vado?

Estuvo pensando un rato; todo temblaba en la balanza —estos viejos clisés son tan satisfactorios—, y luego dijo:

—No eran las siete. Menos cuarto o menos diez, supongo. Sí, eso es. Cerca de las menos cuarto.

Mi expresión debe haber sido todo un estudio, como algunos dicen. Vi que me miraba con cierta curiosidad, y entonces exclamé con gran entusiasmo:

—¡Entonces habrá sido mi amigo! Me dijo que después de dejarme se había perdido y metido en un vado cuando pasaba por los Cotswolds, etc., etc.

Detrás de esa cortina de humo mi cerebro efectuaba un cálculo relámpago. Yo había tardado casi media hora en llegar hasta ahí. En un coche rápido, conociendo los caminos y sin tener que parar para consultar los mapas, X podría haberlo hecho entre las seis y veinte, la hora del accidente, y las siete y cuarenta y cinco.

Unas diecisiete millas en veinticinco minutos, promedio de cuarenta millas por hora; bastante plausible para un coche de *sport*. Arriesgué todo en otra pregunta:

—¿No era un coche de *sport*, alargado? ¿No vio de qué marca? ¿O el número de la chapa?

—Se metió en el agua con bastante velocidad; pero no distingo bien la marca de los automóviles. Estaba oscuro, ¿sabe?, y los faros me encandilaban. Los vi venir desde lejos. Tampoco me acuerdo bien del número. CAD y algo más, me parece.

—¡Eso mismo! —dije— (CAD son las letras de las nuevas chapas del Gloucestershire. El círculo se está estrechando).

Yo pensaba: "Con buenos faros, sólo un lunático se largaría a toda velocidad en un vado grande, a menos que quisiera levantar una ola de agua que cayera sobre la parte delantera del coche y lavara las manchas de sangre. Yo me había metido en el agua porque estaba mirando el paisaje, cosa que nadie hace de noche".

¿Por qué no entró en mis cálculos la cuestión de la sangre? Naturalmente, si X se veía obligado a pararse en cualquier parte durante su viaje de vuelta, las manchas de sangre sobre la carrocería podían ser advertidas, y eran más difíciles de explicar que un guardabarros abollado. Por otra parte, era peligroso pararse y ponerse a limpiar la carrocería con un trapo; no es muy fácil deshacerse de trapos manchados con sangre. Mucho más fácil sería meterse en un vado, y dejar que el agua hiciera lo demás. Seguramente había detenido el coche para ver si la limpieza había sido completa.

Pero el hombre estaba diciendo, con la sospecha de un guiño en su cara de *corduroy* marrón:

—Es bastante bonita, señor, ¿no?

Por un momento pensé que me hablaba de otra cosa. Luego, horrorizado, comprendí que se refería a X. Por algún motivo desconocido nunca

se me había ocurrido que la persona que buscaba pudiera ser una mujer.

—No sabía que mi amigo llevaba un... una
pasajera consigo —balbuceé, tratando de repo-
nerme.

—¡Oh, ah! —dijo— (¡Aceptado! ¡Gracias a
Dios!) Luego, en el coche, iban un hombre y una
mujer. El canalla, como lo había imaginado, andaba luciéndose. Procuré que el hombre me des-
cribiera a "mi amigo", pero no resultó gran cosa.
—Un tipo grandote, bien vestido, bien educado.
Había que ver cómo estaba nerviosa la señora;
se había asustado al entrar en el vado a semejante velocidad. Todo el tiempo decía: "¡Oh George, apresúrate, no podemos quedarnos aquí toda
la noche!" Pero él no tenía prisa. Se quedaba allí
como está usted, apoyado en el guardabarros y
charlando amablemente.

—¿Apoyado en el guardabarros? ¿Así? —pregunté, asombrado por mi buena suerte.

—Hum. Así era.

Yo estaba apoyado en el guardabarros delan-
tero izquierdo; el mismo que debía de habérsele
abollado a X: X se había apoyado allí, seguramente, para ocultar la abolladura al hombre con
quien yo hablaba. Le hice otras preguntas, con
el mayor tacto posible, pero no le pude sacar más
datos acerca del hombre o de su coche. Yo estaba furioso. No encontrando otra cosa que decir,
adopté un tono repugnante y horrible.

—Bueno, tendré que preguntarle a George
acerca de esta amiga suya. Esas cosas no se pueden hacer. ¡Y un tipo casado! Me gustaría saber
quién es ella.

La broma dio en el blanco. El individuo se
rascó la cabeza.

—Pensándolo bien, yo sé su nombre; pero no lo recuerdo. La semana pasada la vi en un *film*. En Chel'unham. Trabajaba en paños menores, y no tenía demasiados, tampoco.

—¿En paños menores, en un *film*?

—Sí. En paños menores. Mi señora se escandalizó bastante. Pero ¿cómo se llama? ¡Eh, patrona!

De la casa salió una mujer.

—¿Cómo se llamaba esa película que vimos la semana pasada? La primera.

—¿La otra? *Pantorrillas de Mucama.*

—Hum. Eso es. *Pantorrillas de Mucama.* Y esta señorita era Polly, la mucama, ¿comprende? Dios, casi no mostraba las piernas.

—Medio loca, me pareció —dijo la mujer— Mi Gertie está colocada, pero no usa ropa interior de encaje, ni tiene tiempo de andar mostrando sus encantos como esa desatada de Polly. Le daría su merecido.

—¿Usted quiere decir que la chica que estaba esa noche con mi amigo tenía el papel de Polly en ese *film*?

—Bueno, no podría jurarlo. No quiero meter a ese señor en líos. La señora del coche daba vuelta la cara todo el tiempo. Sin duda que no quería que la reconocieran. Se puso furiosa cuando el caballero apuntó con la luz para adentro del coche. "George, aparta esa maldita lámpara", dijo. Así pude verle la cara. Y cuando vi la Polly del cine le dije a mi señora: "¡Eh, patrona!, ¿no es la del coche que se paró en el vado?"

"Cierto".

Poco después los dejé, luego de haber hecho algunas observaciones sobre la conveniencia de no hablar demasiado sobre todo esto. Aunque hablaran, no les ha quedado más que la idea de una relación ilícita entre dos personas, la que pienso haber comentado hábilmente. No podía recordar el nombre de la actriz que había representado el papel de Polly; fui directamente a Cheltenham y lo averigüé. *Pantorrillas de Mucama* es un *film* inglés; podría haberlo adivinado por el título, típico de la inclinación británica hacia la indecencia barata y vulgar; el nombre de la chica es Lena Lawson. Lo que llaman una "estrellita" (Dios, ¡qué palabra!). Están dando ese *film* en Gloucester, esta semana; iré mañana y trataré de verla bien.

No es extraño que la policía no haya utilizado como testigos a esas personas. Su chacra es un lugar desierto, sobre un camino por donde pasan de día pocos coches. Tampoco oyeron la advertencia propalada por la B.B.C. porque tuvieron durante toda esa semana el aparato de radio descompuesto. Y, de cualquier modo, ¿cómo hubieran podido relacionar el coche del vado con un accidente ocurrido a casi veinte millas de distancia?

Éstos son los nuevos datos sobre X. Su nombre de pila es George. Su coche tiene chapa del Gloucestershire. Esto, unido a su conocimiento de la existencia del vado (no tuvo tiempo, seguramente, de buscar uno en un mapa) sugiere fuertemente que vive en el condado. Y que Lena Lawson es su punto débil: y cuando digo débil, sé lo que digo: la muchacha estaba horrorizada, es evidente, cuando mi amigo les habló junto al vado; por eso dijo, "¡Oh, apresurémonos!", y trató de esconder el rostro. Mi próximo paso será ponerme en contacto con ella: seguramente cederá a la presión.

Esta noche vi a Lena Lawson. Debo confesar que es bastante bonita. Tengo que arreglar cómo encontrarla. Pero, Dios mío, ¡qué *film!* Perdí bastante tiempo, después del almuerzo, buscando los nombres de todos los propietarios de garages del condado cuyas iniciales empiezan con G. Hice una lista de aproximadamente una docena. Es una extraña sensación mirar una lista de nombres y saber que tacharemos uno de ellos.

Mi plan de campaña empieza ya a preocuparme. No lo escribiré mientras no haya desarrollado sus líneas generales. Me parece que "Félix Lane" será, de alguna manera, útil. Pero ¡todos los pequeños, ridículos y aburridos detalles que hay que cuidar antes de poder ponerse en contacto con la víctima, y no digamos nada de matarlo! Podríamos con igual facilidad estar organizando una ascensión al Everest.

Julio 2

Es un comentario interesante sobre la falibilidad de la inteligencia humana —aun de una inteligencia superior a la normal— el hacer notar que durante dos días he estado exprimiéndome el cerebro para desarrollar el plan de un asesinato que no implique absolutamente ningún peligro, y sólo esta tarde me he dado cuenta de que era innecesario. Por esto: si nadie más que yo (y probablemente Lena Lawson) sabe que George mató a Martie, nadie puede encontrarme un motivo para matar a George. Por supuesto, sé que legalmente no hace falta comprobar la existencia de un motivo si las pruebas circunstanciales están en contra del acusado. Pero, en la realidad, sólo los testigos directos del crimen pueden determinar una convicción segura de culpabilidad cuando no existe ningún motivo aparente. Mientras George y Lena Lawson no asocien a "Félix Lane" con Frank Cairnes, el padre del chico que ellos atropellaron, nadie puede encontrar la menor conexión entre George y yo. Ahora bien; en los diarios no apareció ninguna fotografía mía con motivo de la muerte de mi hijo; estoy seguro de esto porque Mrs. Teague no dio ninguna oportunidad a los reporteros. Y las únicas personas que saben que Frank Cairnes es Félix Lane son mis editores, y han jurado guardar el secreto. Por lo tanto, si llevo bien mi juego, todo lo que debo hacer es conseguir que me presenten a Lena Lawson, como Félix Lane, llegar a George por su intermedio, y matarlo. Si por casualidad ella o George han leído alguna de mis novelas y oído el asunto del "incógnito" —el "¿quién es Félix Lane?"— que mis editores han propalado diré que sólo fue una mentira publicitaria y que nunca he sido sino Félix Lane. El único peligro sería que me encontrara algún conocido representando el papel de Félix Lane con Lena, pero eso no es muy difícil de evitar. De cualquier manera, me dejaré crecer la barba antes de tener ningún trato con la encantadora "estrellita".

George ha de llevarse el misterio de la muerte de Martie consigo a la tumba (donde tendrá tiempo suficiente para meditar acerca de su bestialidad), y en esa misma tumba será enterrado el motivo de mi "crimen". El único peligro posible podría ser Lena; tal vez haga falta deshacerse de ella también; espero que no, aunque todavía no tengo razones para suponer que su desaparición signifique una pérdida para el mundo.

¿Comenta usted desfavorablemente, imaginario confesor, mi deseo de salvar el pellejo? Hace un mes, cuando se insinuó en mi mente la idea de matar al asesino de Martie, no tenía ganas de seguir viviendo. Pero mientras florecía mi deseo de matar, iba creciendo, no sé cómo, mi deseo de vivir: han crecido juntos, como inseparables mellizos. Creo deber a mi venganza el salir indemne de este asesinato, como salió George, casi, del asesinato de Martie.

George. Ya he llegado a considerarlo como un viejo conocido. Siento casi la impaciencia de un amante y estoy vibrante por la expectativa de nuestro encuentro. No tengo aún, sin embargo, pruebas de que sea él quien mató a Martie: tan sólo su extraño comportamiento en el vado, y la presunción de no equivocarme. Pero ¿cómo probarlo? ¿Cómo podré alguna vez probarlo?

No importa. No cruzaré mis puentes antes de haber llegado a ellos. Sólo debo recordar que puedo matar a George, o a X, o a quien sea, con absoluta impunidad, mientras no pierda la cabeza o piense demasiado. Debe ser un accidente: nada de tonterías con venenos sutiles o coartadas complicadas; apenas un empujoncito mientras paseamos al borde de un acantilado o al cruzar la calle. Nadie sabrá mi motivo para matarlo, y nadie tendrá, por lo tanto, razones para suponer que no fue un verdadero accidente.

Sin embargo, lamento que así deba ser. Yo me había prometido el placer de su agonía; no merece una muerte rápida. Me gustaría quemarlo despacio, pulgada por pulgada, o ver cómo lo devoran las hormigas; o, si no, la estricnina, que retuerce el cuerpo y lo convierte en un arco rígido. Por Dios, me gustaría empujarlo por la pendiente que va al infierno.

Mrs. Teague acaba de entrar. "¿Escribiendo su libro?", dijo. "Sí". "Bueno, suerte que tiene algo para distraerse". "Sí, Mrs. Teague, es una suerte", dije suavemente. Ella también quería a Martie, a su manera. Hace rato que no lee los originales de mi escritorio; yo tenía la precaución de dejar notas abandonadas, relativas a mi apócrifa biografía de Wordsworth; eso la despistó. "Me gusta la buena lectura, entienda", me dijo una vez, "pero nada de esas cosas para intelectuales. Mi marido leía mucho: Shakespeare, Dante, Marie Corelli los había leído todos. Trató de que yo también lo hiciera; dijo que era para mejorar mi intelecto". "Deja en paz mi intelecto", le dije; "con un tragalibros en la casa, es bastante. Dante no te hará la comida".

Sin embargo, siempre he guardado los originales de mis novelas policiales bajo llave, y así guardo este diario. De todos modos, si algún extraño llegara a encontrarlo, podría creer que es otra de las novelas de "Félix Lane".

Julio 3

Esta tarde vino a visitarme el general Shrivenham. Tuvimos una larga discusión acerca del dístico pareado. Un hombre admirable. ¿Por qué serán todos los generales inteligentes, encantadores e instruidos, mientras que los coroneles son invariablemente aburridos, y casi todos los mayores incalificables? Un tema que podría investigar la estadística.

Dije al general que iba a tomarme pronto unas largas vacaciones: no puedo soportar esta casa que me recuerda tanto a Martie. Me miró muy agudamente, con sus ojos azules e inocentes, y dijo:

—No estará por hacer alguna tontería, supongo.

—¿Una tontería? —repetí estúpidamente.

Por un instante creí que había descubierto mi secreto. Parecía casi una acusación.

—Hum... —dijo—. Darse a la bebida. Las mujeres, los viajes de placer, la caza de osos. No son más que boberías. El trabajo es el único remedio, créame.

Me sentí tan aliviado al comprender que sólo se había referido a estos lugares comunes, que sentí una oleada de cariño hacia el anciano. Tenía ganas de confesarle algo, de recompensarlo porque no había descubierto mi secreto; una reacción interesante. Entonces le conté lo de la carta anónima y las flores arruinadas.

—¿Realmente? —dijo—. Es horrible. No me gusta nada ese tipo de cosas. Usted sabe que soy un hombre tranquilo: odio matar a los animales. Por supuesto, he tirado un poco cuando estaba en el servicio activo, especialmente tigres, pero fue hace mucho, en la India; hermosos animales, graciosos, era una lástima matarlos. Lo que quiero decir es que a un individuo capaz de una carta anónima yo lo mataría sin lástima. ¿Ya se lo ha dicho a Elder?

—No —contesté.

En los ojos del general se encendió un destello de satisfacción. Insistió en que le mostrara la carta anónima y los canteros donde habían destruido las flores, y me hizo una cantidad de preguntas.

—El sujeto viene por la mañana temprano, ¿no? —dijo, mirando, autoritario, el terreno. Sus ojos se detuvieron por fin sobre un manzano, y me echaron una mirada de extraña irresponsabilidad.

—Muy bien. Me siento allí cómodamente. Una manta, una botella, un arma. Lo agarro en cuanto aparece. Déjemelo no más.

Después de un rato, comprendí que tenía intención de esconderse en el árbol con su *winchester 44* y descargarlo sobre mi corresponsal anónimo.

—No. Caramba, no puede hacer eso. Podría matarlo.

El general se ofendió.

—Mi querido amigo —dijo—, lo que menos quisiera es meterlo a usted en un lío; solamente asustarlo, eso es todo. Esos individuos son cobardes. Estoy seguro de que no lo molestaría más, le apuesto cinco libras. Nos salvaría de un montón de complicaciones y de molestias, sin intervención de la policía.

Tuve que ser bastante firme con él. Al irse me dijo:

—Tal vez tenga usted razón. Podría ser una mujer. No es que me importe matar a una mujer; hay tantas, que es fácil matarlas por equivocación, especialmente de perfil. Bueno, a ver esos ánimos, Cairnes. Pensándolo bien, lo que usted necesita es una mujer. No una atolondrada. Una mujer buena, sensata. Una que se ocupe de usted y le haga creer que usted se ocupa de ella. Alguien con quien pelearse; ustedes los hombres que viven solos prefieren pensar que se bastan a sí mismos, viviendo a fuerza de nervios. Si no tienen con quién pelearse, acaban peleándose consigo mismos, y ¿a dónde vamos? Suicidio o manicomio. Dos soluciones fáciles. Sin embargo, no muy buenas. La conciencia nos vuelve a todos cobardes. Supongo que no creerá que usted tiene la culpa de la muerte del chico, ¿no? Ni falta que haría, querido amigo. Es peligroso pensarlo mucho, sin embargo. Un hombre solo es un fácil blanco para el Diablo. Bueno, venga a verme pronto. Tengo una cosecha magnífica de frambuesas este año. Ayer comí como un animal. Adiós.

Este viejo es agudo como una aguja. Su lenguaje militar, espectacular, abrupto y divagador, me interesa: probablemente lo adoptó como "camouflage" detrás del cual podía sorprender y derrotar a sus colegas menos talentosos; o tal vez en defensa propia. "Usted acaba peleándose consigo mismo": todavía no, de ningún modo; tengo otra pelea a mano, y caza mayor que tigres o corresponsales anónimos.

Julio 5

Otra carta anónima esta mañana. Muy desagradable. No puedo permitir que esta persona distraiga mi atención cuando más necesito concentrarme en el asunto principal. No tengo ganas, sin embargo, de poner el asunto en manos de la policía. Se me ocurre que si yo supiera quién es no me preocuparía más por estos alfilerazos. Me acostaré temprano esta noche y pondré el despertador para las cuatro de la mañana: debe de ser suficientemente temprano. Luego iré hasta Kemble y tomaré el tren matutino para Londres. Debo almorzar con Holt, mi editor.

No tuve suerte esta mañana. No apareció mi anónimo enemigo. En cambio, día provechoso en Londres. Dije a Holt que quería situar mi nueva novela policial en un estudio cinematográfico. Me dio una tarjeta de presentación para un individuo llamado Callaghan, no sé qué de la British Regal Films, Inc., la compañía donde trabaja Lena Lawson. Holt se burló discretamente de mi barba, que está en la edad ingrata, una especie de rastrojo salvaje. Le dije, equívocamente, que era para disfrazarme: ya que tendré que recorrer el estudio en mi carácter de Félix Lane, y tal vez muy detenidamente, en busca de material, no quiero arriesgar que me reconozcan como Frank Cairnes; después de todo, podría encontrar algún viejo conocido de Oxford o del ministerio. Holt creyó todo, mirándome con esa mirada de autoridad y de leve preocupación que suelen tener los editores cuando tratan con sus escritores de más éxito. Como si uno fuera un animal pruebista y caprichoso, que en cualquier momento pudiera hacerse el interesante o tratara de escaparse del circo.

Dormiré un poco. El despertador está otra vez puesto a las cuatro de la mañana. Me gustaría saber qué encontraré en la red.

Ayer no tuve suerte. Pero esta mañana la mosca entró en la red. ¡Y qué mosca! Gris, cansada, semidormida. ¡Uf! He pensado bastante acerca de quién será el autor de estas cartas: generalmente están escritas por analfabetos infra-normales (no las mías) o por personas "respetables" con algún complejo oculto. Pensé en el Pastor, el maestro, la empleada de correo, hasta en Peters y en el general Shrivenham; tal es la mentalidad del escritor policial: elegir la persona más inverosímil. Por supuesto, muy correctamente, resultó ser la más verosímil.

El picaporte del portón sonó débilmente un poco después de las cuatro y cuarto de la mañana. A la confusa luz de la madrugada alcancé a ver una persona que venía por el camino: primero se movía despacio, indecisamente, como juntando valor, o temiendo ser descubierta; luego su andar se transformó en un extraño trote rápido y mantenido, como el de un gato cuando lleva un ratón.

Entonces vi que era una mujer, extrañamente parecida a Mrs. Teague.

Bajé precipitadamente. Había dejado la puerta del frente sin llave, y, mientras el sobre se deslizaba dentro de la caja de correspondencia, abrí de golpe la puerta. No era Mrs. Teague. Era Mrs. Anderson. Podría haberlo adivinado; el día que me evitó en la calle, su viudez, su soledad, su ávido instinto maternal que se había volcado sobre Martie... Pero era una vieja tan tranquila, inocua, trivial; nunca se me ocurrió pensar en ella.

Siguió una escena muy desagradable. Temo haber dicho algunas cosas hirientes. Me había hecho perder mucho sueño; no era extraño que estuviera un poco irritado. Pero el aguijón de sus cartas debe haber penetrado más profundamente que lo que yo creía. Me sentí frío y furioso, y devolví con rabia los golpes. En torno a ella había una especie de aire encerrado, sucio, como el de un compartimiento lleno de mujeres después de un largo viaje nocturno, que me dio furia y asco. No dijo nada; se quedó allí parpadeando, como si despertara de un sueño desagradable; después de un rato empezó a llorar, como una llovizna fina y desesperada. Ustedes saben cómo ese tipo de cosas despierta al matón que yace dentro de nosotros; uno amontona crueldad sobre crueldad para ocultar la lucha del remordimiento y del asco. Fui implacable. No me siento orgulloso. Por fin se fue, como arrastrándose, sin una palabra. Le grité que si el hecho volvía a repetirse la entregaría a la policía. Debo de haber estado fuera de mí. Un espectáculo muy, muy desagradable. Pero no tendría que haberme escrito eso de mí y de Martie. ¡Oh Dios mío, quisiera estar muerto!

Julio 9

Mañana prepararé mis valijas y me iré de aquí. Frank Cairnes desaparecerá. Félix Lane se mudará a un piso amueblado que ha alquilado en Maida Vale. Espero que nada los asocie, excepto el osito tuerto de Martie, que me llevo conmigo, para que me haga acordar. Creo haber pensado en todo. Dinero. Una dirección para que Mrs. Teague me mande las cartas: le he dicho que probablemente me quedaré un tiempo en Londres, o quizá viajando. Ella cuidará la casa mientras yo no esté. Me pregunto si regresaré alguna vez. Tendría que vender la casa, pero no me gusta hacerlo: un lugar donde Martie ha sido feliz. Pero ¿qué haré después? ¿Qué hace un asesino cuando se le ha terminado el trabajo? ¿Vuelve a escribir novelas policiales? Parece un contrasentido. Bueno, por hoy es suficiente.

Siento como si me hubieran sacado las cosas de las manos. Es lo mejor para una persona sensitiva e indecisa como yo. Arreglar las circunstancias de tal manera que la obliguen a la acción. Éste debe ser el sentido de viejas frases como "Quemar las naves" y "Cruzar el Rubicón". Me imagino que Julio César debía de ser neurótico, al estilo de Hamlet; casi todos los grandes hombres de acción lo fueron; por ejemplo, T. E. Lawrence.

Me resisto a admitir la posibilidad de que la relación Lena-George es un callejón sin salida; no sería capaz de volver a empezar desde el principio. Mientras tanto, hay mucho que hacer. Tengo que crear el carácter de Félix Lane: sus padres, sus rasgos característicos, su biografía. Tengo que ser Félix Lane. Si no, Lena o George pueden sospechar. Para cuando Félix Lane me haya sustituido, ya mi barba será mayor de edad: haré entonces mi primera visita a la British Regal Films Inc. Suspenderé este diario hasta ese momento. Creo seguir la dirección más apropiada. Me gustaría saber si Lena se enamorará de mi barba; uno de los personajes de Huxley recomienda las propiedades afrodisíacas de las barbas; veré si es cierto.

Julio 20

¡Qué día! Fui por primera vez al estudio cinematográfico. Preferiría trabajar en el infierno, o aun en un asilo, más bien que en un estudio cinematográfico. El calor, el estrépito, la fantástica artificiosidad del conjunto: parecía una pesadilla bidimensional; las personas tan poco sólidas o reales como los decorados. Y uno está siempre tropezando con cosas; si no es un cable eléctrico, es la pierna de alguno de los integrantes de una horda de extras, que están todo el día sentados sin hacer nada, como las infelices criaturas del limbo dantesco. Pero mejor será empezar por el principio.

Me recibió Callaghan, el hombre para quien Holt me había dado una tarjeta de presentación; muy pálido, delgado, casi demacrado, con un brillo extrañamente fanático en los ojos, anteojos de carey, tricota gris, pantalones de franela; todo muy sucio, desarreglado, y de alta tensión, exactamente como una caricatura teatral de un director de películas. Ostensiblemente eficaz, hasta la punta de los dedos (manchados de amarillo brillante; arma sus propios cigarrillos; mientras está fumando uno empieza a armar el otro: son los dedos más inquietos que he visto en mi vida).

—Bueno, "viejo" —dijo—, ¿quiere ver alguna cosa determinada, o prefiere que recorramos todo el espinel?

Indiqué mi preferencia por el espinel.

Como un inocente. Pareció que duraba horas y horas; Callaghan emitía tecnicismos, continuamente, hasta dejarme la cabeza como un secante de oficina de correos; espero que mi barba haya ocultado la absoluta incomprensión de mi mente; encontrarán escrito en mi corazón, cuando yo muera, "ángulos de toma y montaje" (aunque no sé qué son). Callaghan es implacablemente detallista. El escaso poder receptivo que yo tenía al empezar se agotó del todo después de media hora de enredarme en cables eléctricos, de enceguecerme entre lámparas de arco y de ser aplastado por activos operarios; diré de paso que el lenguaje de este lugar dejaría a un sargento o a un carrero a la altura de un representante de la "Liga de la Pureza". Incesantemente yo buscaba a Lena Lawson, y descubría que era cada vez más difícil introducir de una manera inocente su nombre en la conversación.

No obstante, Callaghan me dio una oportunidad, cuando nos detuvimos para almorzar. Hablábamos de novelas policiales y de la imposibilidad de hacer películas con las mejores: él había leído dos mías, pero no tenía ninguna curiosidad sobre el autor. Yo creía que me obligaría a eludir preguntas molestas; Callaghan, sin embargo, sólo se interesaba por la técnica (que, por supuesto, pronuncia "ténica"). Holt le había dicho que yo iba en busca de detalles y del ambiente necesarios para una nueva novela. Después de un rato se le ocurrió preguntar por qué había acudido para mis investigaciones a esa compañía; aproveché la oportunidad y dije que el último *film* inglés que había visto era *Pantorrillas de Mucama,* hecho por ellos.

—Hubiera creído —dijo— que usted no se acercaría ni a una legua de distancia de una compañía que produce semejante porquería.

—¡Qué imparcialidad! —dije.

—¡Caramba, ropa interior y chistes para empleados! Era un *film* intolerable.

—Esa chica, ¿cómo se llama? Lawson; me pareció que no estaba mal. Muy interesante.

—¡Oh, Weinberg quiere imponerla! —dijo Callaghan sombríamente.

—De las piernas para arriba. Está muy bien como percha para colgar lencería; por supuesto, se cree una segunda Harlow; todas se creen.

—¿Caprichosa?

—No, tonta.

—Yo creía que todas estas estrellas de cine se pasaban la vida en un constante ataque de nervios —dije tendiendo, y me siento orgulloso, un anzuelo muy fino.

—¿A mí me dice? Sí, a la Lawson le gusta mucho hacerse ver. Pero últimamente se ha tranquilizado notablemente. Bastante sumisa y abordable.

—¿Por qué?

—No sé, quizás el amor ha entrado en su vida. Tuvo una especie de colapso nervioso, ¿cuándo fue?, en enero pasado. Hubo que suspender el *film* que estábamos haciendo, durante una quincena. Créame, "viejo", cuando a la primera dama le da por sentarse en los rincones llorando, es verdadero peligro.

—¿Tanto como eso? —pregunté tratando de que mi voz pareciera normal. "Enero, una especie de colapso nervioso". Otra prueba, quizá. Callaghan me miró con ese brillo febril de sus ojos que lo asemejaban a un profeta menor, preparando algún exagerado alegato, lo cual forma parte de la alta tensión del oficio; el individuo eficaz al ciento por ciento. Me dijo:

—Ya lo creo, nos preocupó a todos. Por fin Weinberg le dio una semana de descanso. Claro que ya se ha repuesto.

—¿Ha venido hoy?

—Está trabajando afuera. ¿Quiere tirarse un lance con ella? —me dijo Callaghan sonriendo amablemente.

Le contesté que mis intenciones eran relativamente honorables. Yo quería estudiar a una típica actriz, para mi nueva novela; además, pensaba escribirla de modo que fuera adaptable cinematográficamente —tipo Hitchcock—, y Lena Lawson podría ser la persona adecuada para desempeñar el primer papel. Yo no sé si Callaghan me creyó del todo; me miró un poco escépticamente; pero que piense que mis móviles son profesionales o eróticos, no me importa. Mañana visitaré de nuevo el estudio, y me presentará a la muchacha.

Me siento absurdamente nervioso. Nunca, hasta ahora, he tratado con personas de ese tipo.

Julio 21

Bueno, ya ha pasado todo. ¡Qué ordalía! Al principio no supe qué decir a la muchacha. No hacía falta tampoco. Me dio convencionalmente la mano; dirigió una mirada más bien neutral a mi barba —como reservándose su juicio— y se embarcó de inmediato en una retahíla larguísima, dirigida a Callaghan y a mí, sobre alguien llamado Platanov.

—¡Ese demonio, Platanov! —dijo.— ¿Saben, queridos, que me llamó anoche cuatro veces por teléfono? No me molestan las atenciones, pero cuando empiezan a seguir todos los pasos de una chica y a perseguirla por teléfono, bueno, le dije a Weinberg que me volvería loca. El hombre ese es el diablo encarnado, queridos; imagínense que tuvo el coraje de aparecerse en la estación esta mañana...; por suerte le dije que el tren salía a las nueve y diez cuando en realidad sale cinco minutos antes, así que lo vi corriendo por el andén; fue una salvada, y ustedes saben, queridos, que tiene cara de pesadilla. ¿No es que yo nunca podría hacerle caso?

—No, por supuesto que no —dijo Callaghan, aplacándola.

—Siempre le digo a Weinberg que llame a la Embajada y que haga deportar a este hombre, porque el país no es bastante grande como para que quepamos los dos; o él se va o me voy yo. Pero, por supuesto, todos estos judíos están confabulados verdaderamente y aquí no nos vendría mal un poco de Hitler, aunque a mí que no me vengan con cachiporras y esterilización. Bueno, como les estaba diciendo...

Siguió y siguió por bastante tiempo aún. Me pareció encantador que pudiera suponer que yo entendería el contexto de su discurso. No tengo idea —probablemente nunca la tendré— acerca de si el demonio Platanov es un tratante de blancas, un hábil periodista, un agente de la GPU o solamente un admirador presuntuoso. Todo concuerda con este mundo increíblemente irreal; es absolutamente imposible saber dónde termina el *film* y dónde empieza la realidad. Sin embargo, el monólogo de Lena me dio una oportunidad de estudiarla en detalle. Tiene realmente una vivacidad nada vulgar, ni desagradable: si ahora está "sumisa y abordable", como dice Callaghan, antes debió de haber sido abrumadora. Más bien me asombré de que se pareciera tanto a la Polly del *film*, pero si no hubiera sido así el hombre del vado no la habría reconocido. Nariz respingada, boca ancha, pelo platinado abundante, levantado en una especie de onda o tiara sobre su frente; ojos azules; sus rasgos, excepto la boca, son bastante delicados, lo cual contrasta curiosamente con su expresión infantil. Pero estos detalles son inútiles; nunca he visto en un libro la descripción física de una persona capaz de provocar una clara imagen mental. Mirándola, se creería que no ha conocido nunca la angustia. Tal vez sea la verdad. No; rehúso admitir esa hipótesis.

La contemplé mientras estaba hablando y pensé: "Ésta es una de las dos últimas personas que vieron a Martie con vida". No sentí contra ella ni horror ni rencor: sólo una ardiente curiosidad, una impaciencia por saber más, por saberlo todo. Después de un rato se volvió hacia mí y dijo:

—Mr. Vane, hábleme ahora de usted.

—Lane —dijo Callaghan.

—Usted es un escritor, ¿no? Me encantan los escritores. ¿Conoce a Hugh Walpole? Es un escritor que me gusta. Pero, por supuesto, usted se parece mucho más que él a la idea que yo tengo de un escritor.

—Bueno, sí y no —dije, más bien vencido por este ataque frontal.

Yo no podía apartar mis ojos de su boca: cuando uno empieza a hablar, la abre ansiosamente, como si estuviera por adivinar lo que uno va a decir. Una costumbre bastante agradable. No sé qué quiso decir Callaghan cuando la llamó "tonta"; es frívola, sin duda, pero no tonta.

Mientras vacilaba, tratando de decir algo adecuado, alguien vociferó su nombre. Debía volver al set. Desesperación. Pensé que se me iba todo de las manos. Por eso me decidí, y le pregunté si tendría inconveniente en almorzar conmigo un día cualquiera; en el Ivy, agregué, adivinando sus preferencias. Fue como un conjuro: me miró, por primera vez, como si yo estuviera allí en realidad y no como un apéndice de su fantástico y diminuto yo, y dijo: "Sí, me gustaría: ¿Qué le parece el sábado?". Ya está. Callaghan me miró ambiguamente, y nos separamos. El hielo —aunque no es justamente la palabra adecuada tratándose de Lena— ha sido roto; pero ¿cómo, ¡en nombre de Dios!, haré para seguir adelante? ¿Llevar la conversación a un tema de automóviles y homicidios? Sería inoportuno.

Julio 24

Bueno; digan lo que quieran, los gastos de este asesinato resultarán elevados. Aparte del gasto de espíritu y la pérdida de vergüenza que involucra mi relación con Lena, están las cuentas. La chica come con una avidez asombrosa; el pequeño contratiempo de enero pasado no parece haber disminuido su apetito.

Por supuesto, ahorraré un poco, ya que no compraré ni municiones ni veneno; no tengo intención de utilizar métodos tan peligrosos y burdos con George; pero ya estoy viendo que el camino hacia él estará empedrado de billetes de cinco libras.

Notará usted, amable pero sin duda perpicaz lector, que estoy de buen humor. Sí, tiene usted razón. Creo que estoy un poco más cerca, creo que me muevo en la dirección apropiada.

Lena apareció hoy en el Ivy con un traje complicado, negro con aplicaciones blancas, y un velo a los ojos, dispuesta a absorber alimentos y admiración en cantidades iguales. Creo que representé bien mi papel: no, seamos honestos; no tuve la menor dificultad en representar mi papel, porque ella es, a su manera, una criatura fascinadora, que me será utilísima y me permitirá combinar el placer con los negocios, mientras no me reblandezca. Me mostró dos famosas actrices que estaban almorzando allí y dijo si yo no pensaba que eran unos seres divinamente hermosos, y yo dije: "Sí, no están mal", sugiriendo con una mirada que no podían competir con Lena Lawson. Luego le señalé a un famoso novelista, y ella dijo que estaba segura de que mis libros eran mucho mejores que los de él. Así estábamos a mano, y las cosas iban maravillosamente.

Después de un rato me encontré contándole todas mis cosas, todas las cosas de Félix. Mis primeras luchas, mis viajes, mi herencia, y las considerables entradas que mis libros me proporcionan (una parte importante de la leyenda es ésta: no hay peligro en que ella conozca el monto de mis saldos bancarios; el dinero podrá vencer donde mi barba fracase). Por supuesto hice que la historia se pareciera en lo posible a la verdadera historia de mi vida. Nada de bordados inútiles. Yo estaba charlando —el solitario que por fin ha encontrado un auditorio, una sensación bastante agradable— sin sentir ningún deseo urgente de forzar una decisión, cuando de pronto vi una oportunidad y la aproveché. Me preguntó si siempre vivía en Londres. Dije:

—Sí, casi siempre. Me resulta más fácil escribir aquí. Sin embargo, prefiero el campo; supongo que será porque soy un campesino. Nací en el Gloucestershire.

—¿Gloucesterhsire? —dijo, casi en un murmullo. —¡Ah!, sí.

Yo miraba sus manos. Dicen más que la cara, especialmente tratándose de una actriz. Vi las uñas de su mano derecha —esmaltadas de rojo— hundirse en la palma. Pero no fue todo. Lo interesante es que no dijo nada más. No hay duda de que fue vista en el pueblo poco después del accidente, y no hay duda de que George vive en el Gloucestershire. ¿Comprenden? Si ella no hubiera tenido nada que ocultar, lo más natural habría sido que me dijera: "¡Ah, en el Gloucestershire! Tengo un amigo que vive allí". Es claro que tal vez sólo quisiera ocultar su relación con George; pero lo dudo; muchachas como ella no se sienten culpables y confusas por ese tipo de cosas. ¿Qué otra cosa sino su presencia en el coche que mató a Martie pudo enmudecerla cuando mencioné el Gloucestershire?

—Sí —proseguí—. En un pueblecito cerca de Cirencester. Siempre pienso volver, pero nunca lo he conseguido.

No me atreví a mencionar el nombre del pueblo. Eso la hubiera asustado definitivamente. Miré las aletas de su nariz, contraídas, y la mirada cansada y evasiva que por un momento pasó por sus ojos. Luego me puse a hablar de otra cosa.

Enseguida empezó a charlar divagando más rápidamente que nunca. El alivio repentino suelta la lengua. Me sentí extrañamente agradecido y amable, como retribuyendo ese momento de revelación. Y traté de ser agradable. Nunca me imaginé, ni aun en mis más alocados ensueños, cambiando risas y miradas significativas con una actriz cinematográfica. Bebimos muchísimo. Después de seguir un rato en este tren, me preguntó mi nombre de pila.

—Félix, contesté.

—¿Félix?—. Me sacó la punta de la lengua. "Pícaramente", creo que es la palabra—. Me parece entonces que lo voy a llamar "Pussy".

—Será mejor que no lo haga; si no, no quiero saber nada con usted.

—¿Entonces piensa verme otra vez?

—Créame, no pienso perderla de vista por mucho tiempo —le dije—.

Las oportunidades para intercalar ironías trágicas están volviéndose peligrosamente numerosas. No debo acostumbrarme. Hubo mucho más *badinage* de este tipo, pero no me molestaré en escribirlo. Comeremos juntos el martes próximo.

Julio 27

Lena no es tan tonta como parece, o más bien, como parecen las personas de su tipo. Hoy casi me asustó. Fue después del teatro. Me invitó a tomar algo antes de despedirnos; yo la había acompañado a su departamento; estaba junto a la chimenea, de pie, más bien pensativa; repentinamente se dio vuelta y me dijo a quemarropa:

—¿A qué viene todo esto?

—¿Todo esto?

—Sí. ¿Sacarme a pasear y gastar todo su dinero? ¿Con qué intención?

Balbuceé algo acerca del libro que quería escribir: buscando ideas; la posibilidad de escribir una novela susceptible de adaptación cinematográfica.

—Bueno, ¿cuándo va a empezar?

—¿Empezar?

—He dicho empezar. No ha dicho aún una sola palabra acerca de este libro. ¿Y qué tengo que ver con él, de cualquier modo? ¿Soy el limpiaplumas, o qué? No creeré en este libro suyo hasta que no lo vea.

Por un momento me sentí paralizado. Me pareció que había adivinado algo de lo que yo me proponía. Mirándola, creí ver en sus ojos algo como aprensión, desconfianza, temor. Pero no estoy seguro de que fuera eso. De cualquier manera, el pánico más absoluto me hizo decir:

—Bueno, no era solamente el libro. No era el libro. Cuando la vi en ese *film,* la deseé. La cosa más linda que he visto...

Sin duda, el susto me hizo parecer un amante tímido y confuso. Levantó la cabeza, dilató la nariz, con una mirada diferente en su rostro.

—Ya veo —me dijo— Ya veo... ¿Y?

Sus hombros se me acercaron. La besé. ¿Debería haber sentido lo mismo que Judas? De todos modos, no lo sentí. ¿Y por qué sentirlo? Es un asunto de negocios: toma y daca. Los dos ganamos algo. Yo quiero a George, y Lena quiere mi dinero.

Comprendo ahora, por supuesto, que la escena del libro era sólo una maniobra para conseguir que el tímido admirador se declarara de una vez. Habrá sospechado que el libro no era más que un pretexto de mi parte y quiso hacerme concretar mis intenciones. Pero se equivocó en lo relativo al verdadero pretexto del libro. En realidad, salió muy bien. Hacerle el amor ha sido como un aperitivo de mi venganza.

Después de un rato me dijo:

—Creo que tendrá que afeitarse la barba, Pussy. No estoy acostumbrada a las barbas.

—Ya se acostumbrará. No puedo sacármela. Es mi disfraz. Porque soy en realidad un asesino, y debo esconderme de la policía.

Lena se rió mucho.

—¡Qué mentiroso! Querido Pussy, no podría hacer daño a una mosca.

—Si vuelve a llamarme así, ya verá si no puedo dañar a una mosca.

—¡Pussy!...

Después me dijo:

—Es extraño que me gustes. No eres un Weissmuller, ¿no es cierto, querido? Debe de ser por la manera extraña de mirarme que tienes a veces, como si yo no estuviera presente, o fuera transparente, o algo así.

¡Qué transparente hipocritona es, realmente! Pero agradable. Juntos ganaríamos un concurso de hipocresía, contra cualquiera.

Julio 29

Anoche comió conmigo, en mi departamento. Sucedió algo desagradable. Por suerte terminó bien; y si no hubiera sido por la pelea no me hubiera hablado de George. Pero es una advertencia para no descuidarme. En este juego no puedo permitirme los pasos en falso.

Yo le daba la espalda. Estaba buscando más bebidas en el aparador. Ella se paseaba, pronunciando uno de sus monólogos relámpagos.

—"Entonces Weinberg empezó a gritarme: ¿qué se ha creído que es? ¿Una actriz o una anguila embalsamada? Yo no le pago para que trate de parecerse a un pedazo de piedra, ¿no es cierto? ¿Qué le pasa? ¿Se ha enamorado de alguien, gallina clueca?" "No de usted, viejo de la montaña, no de usted —le dije—; no se preocupe". ¡Pussy, qué cuartito divino ¡Qué bien te arreglas solo! Y, ¡oh! ¡Miren, un osito!

Di un salto, pero era ya tarde. Salió de mi cuarto con el osito de Martie, que yo tengo sobre la chimenea; me había olvidado de esconderlo; no sé por qué perdí la cabeza.

—Dámelo —dije, tratando de agarrarlo.

—¡Malo, no me lo saques! ¿Así que mi pequeño Félix juega con muñecas? Bueno, hay que vivir y aprender. —Miró el osito—. ¿Éste es mi rival?

—¡No seas estúpida, devuélvemelo!

—¡Oh, oh, oh! Tiene vergüenza porque juega con muñecas.

—Para decir verdad, era de un sobrino mío; murió; yo lo quería mucho. ¿Me lo darás?

—¡Oh, es eso!

Su expresión cambió. Vi que su pecho se agitaba. Parecía poseída por un santo terror, y estaba asombrosamente atractiva; pensé que iba a arañarme la cara.

—¿Así que no soy bastante pura para tocar el osito de tu sobrino? Podría contaminarlo. Te avergüenzas de mí, ¿no es cierto? Está bien, llévate esa porquería.

Tiró violentamente el osito al suelo, a mis pies. Algo se encendió en mí.

Le di una bofetada con fuerza. Se me tiró encima y luchamos. Estaba furiosa y fuera de sí, como un animal en una trampa. El vestido se deslizó de sus hombros: yo estaba demasiado enojado para sentir repugnancia ante esa extraordinaria escena. Luego su cuerpo cedió. Ella murmuró:

—¡Oh, estás matándome! —y nos besábamos.

A través de su rubor podía adivinar la marca de mis dedos. Más tarde me dijo:

—Pero, en verdad, te avergüenzas de mí, ¿no es cierto? ¿Me crees una loca vulgar?

—Bueno, de cualquier manera, es evidente que te encuentras muy cómoda en un escándalo.

—No. Quiero que seas serio. No me presentarías a las personas de tu familia, ¿no? Los "viejos" no estarían muy contentos conmigo, ya lo sé.

—No tengo. De igual modo, tú no me presentarías a los tuyos. ¿Para qué? Somos mucho más felices así.

—¡Qué "viejo" cauteloso eres! Crees que voy a enredarte en un matrimonio.

Sus ojos brillaron repentinamente.

—¡Qué buena idea! Me gustaría ver la cara de George —dijo.

—¿George? ¿Quién es George?

—Bueno, bueno, no hace falta que me saltes encima, celoso. George es tan sólo… bueno, está casado con mi hermana.

—¿Y qué? (Como ven, estoy aprendiendo el idioma.)

—Continúa: ¿qué es George para ti?

—Sí, estás celoso. Un gatito celoso, de ojos verdes. Bueno, si quieres saber, George me buscaba…

—¿Te buscaba, o te busca?

—Como te he dicho. Le expliqué que yo no era una destructora de hogares; aunque te diré que Violeta parece pedirlo.

—¿No lo has visto últimamente? ¿Te molesta todavía?

—No —dijo con una voz extraña, dura y sonora—. No lo he visto desde hace mucho.

Pude sentir junto a mí su cuerpo inmóvil y rígido. Luego, recostada, rió con insolencia.

—Le probaré a George que no es él un... ¿Qué te parece si vamos allá a pasar el fin de semana?

—¿Ir allá?

—Severnbridge. Donde ellos viven. En el Gloucestershire.

—Pero querida, no puedo.

—Es claro que puedes; no va a comerte. Es un hombre casado y respetable, o por lo menos se supone.

—Pero ¿por qué?

Me miró seriamente.

—Félix, ¿me quieres? Bueno, no te asustes, no estoy tratando de atarte. ¿Me quieres bastante como para hacer algo sin abrumarme con preguntas?

—Sí, por supuesto.

—Bueno, tengo ciertas razones para volver allá; y quiero que alguien me acompañe; quiero que vengas conmigo.

Su voz parecía un poco áspera e incierta. Tal vez estuvo próxima a contarme todo lo relacionado con George y el accidente, cuyo recuerdo sin duda la perseguía. Pero hubiera sido peligroso incitarla a una confidencia total, y un poco demasiado ruin en ese momento, aun para mi criterio actual.

Aunque no haría falta. Me parecía sentir detrás de sus palabras una decisión de terminar de una vez, no con George, sino con el horror que había estado persiguiéndola durante todos estos meses. ¿Qué dije al principio de este diario sobre el deseo criminal de volver al lugar del crimen? Ella no mató a Martie. Pero sabe quién fue: estaba allí. Ahora quiere concluir de una vez con la fascinación mortal e insistente de ese momento, procura que yo la ayude. ¡Yo! ¡Cielos, qué salvaje ironía de parte de las Parcas! Contesté:

—Muy bien. Pasaré a buscarte el sábado.

El tono de mi voz parecía frívolo y desinteresado.

—¿Qué es George, qué hace? —pregunté.

—Tiene un garage en la ciudad: Rattery & Carfax. George Rattery es su nombre. ¡Qué amable de tu parte sería acompañarme! No sé si él te gustará mucho; no es justamente el tipo que prefieres.

Un garage... No sabe si él me gustará...

George Rattery...

Julio 31

Severnbridge. Fui esta tarde con Lena en el coche; vendí mi coche viejo y compré uno nuevo. No quiero aparecer con una chapa del Gloucestershire.

Aquí estoy, por fin, en la ciudadela del enemigo: mi inteligencia contra la suya. No creo que corra peligro de ser reconocido; Severnbridge y mi pueblo se encuentran en los extremos opuestos del condado, y mi barba me cambia enormemente. Lo más difícil será instalar una cabecera de puente en casa de Rattery, y mantenerla cuando la haya conseguido. Por ahora, Lena está viviendo allí, y yo paro en el *Angler's Arms*. Le pareció mejor introducirme paulatinamente en la familia Rattery. Por el momento soy tan sólo un amigo que ha tenido la gentileza de traerla en el coche. La dejé con su equipaje delante de la casa; me dijo que no había escrito avisándoles su llegada. ¿Será porque temía que George no la quisiera tener en la casa? Es muy posible. Él podría sentirse nervioso, a causa del secreto que comparten; tal vez tema que ella se vuelva histérica cuando lo vea, cuando recuerde.

Luego de haber desocupado mis valijas pregunté al mozo cuál era el mejor garage de ese pueblo.

—Rattery & Carfax —me dijo.

—¿El que está cerca del río? —pregunté.

—Sí, señor; los fondos dan al río: antes de llegar al puente subiendo por High Street.

Dos pruebas más contra George Rattery. Yo había deducido que su garage debía de ser bastante grande para tener las piezas de repuesto con que sustituir las que fueron dañadas por el accidente, y estar junto al río. Es allí donde desaparecieron las piezas averiadas; yo sabía que las escondería en un lugar por el estilo.

Lena acaba de llamarme por teléfono. Quieren que vaya a comer. Me siento desesperado y miserablemente nervioso. Si el simple hecho de verlo me pone así, ¿cómo me sentiré cuando esté por matarlo? Tranquilo como una monja, probablemente; el trato con la futura víctima origina una especie de desprecio. Estudiaré a George Rattery con el ojo ardiente del odio: procederé despacio, avivaré mi odio y mi desprecio hacia él antes de que muera; me alimentaré de él como un parásito se alimenta de quien lo lleva.

Espero que a Lena no se le ocurra mostrarse demasiado afectuosa conmigo durante la comida.

Y ahora, al ataque.

Un ser odioso. Un hombre, en verdad, muy desagradable.

Me alegro. Ahora me doy cuenta de que había temido bastante que George resultara una persona simpática; pero así está bien: no lo es; no tendré compasión en extinguir su vida.

Lo supe cuando entré en el cuarto, antes de que él dijera una palabra. Estaba de pie, al lado de la chimenea, fumando un cigarrillo: lo tenía entre los dedos anular y medio, el codo levantado, el antebrazo horizontal; en la desagradable actitud de quien se da importancia, la actitud del hombre que quiere hacer saber a todos que es el amo en su casa. Permaneció allí, como un gallo en el gallinero, mirándome desde arriba, durante un minuto o dos, antes de adelantarse a saludarme.

Después de presentarme a su madre y a su mujer, y de convidarme con un cocktail particularmente horrible, George prosiguió directamente con lo que estaba haciendo antes de mi llegada: típico ejemplo de su falta brutal de educación, su mal gusto innato. Sin embargo, esto me dio una oportunidad para observarlo; lo medí como el verdugo mide al hombre que va a ejecutar, para calcular el salto. Él no necesitaría, no obstante, un salto muy grande; es tan pesado: un hombre corpulento, carnudo; su cabeza retrocede hacia arriba en la parte de atrás, y la parte superior desciende hacia una frente baja; tiene un bigote pseudo-militar, que no logra ocultar sus labios arrogantes y negroides. Diría que ha pasado los cuarenta años.

Veo que el resultado parece una caricatura. Agregaría sin embargo, que algunas mujeres —la suya, por ejemplo— pueden considerarlo buen mozo. Admito la predisposición que tengo en su contra. Pero hay en él una cualidad tan crasa y tan dominante, que podría revolver el estómago de cualquier persona sensible.

Después de su monólogo, miró el reloj de una manera ostensible.

—Tarde otra vez —dijo.

Nadie hizo comentarios.

—Violeta, ¿has hablado con los sirvientes? Cada día se retrasan más las comidas.

—Sí, querido —dijo su mujer.

Violeta Rattery es una desanimada y desteñida versión de Lena, patéticamente ansiosa por agradar.

—¡Uf! —dijo George— No parecen hacerte mucho caso. Supongo que tendré que hablarles yo mismo.

—Por favor, no lo hagas —dijo su mujer con una voz confusa (se ruborizó, sonriendo tímidamente)—: no quisiera que se fueran.

Encontró mis ojos y se ruborizó de nuevo, penosamente.

Por supuesto, ella se lo busca. George es el tipo de hombre cuya inmundicia moral anhela esa especie de sumisión en todas las personas que lo rodean. Es realmente un anacronismo: su tipo brutal, de piel espesa, era natural en los días del hombre-mono (también en la época isabelina; habría sido un buen capitán de barco o un traficante de esclavos); pero en una civilización para la cual esas cualidades son inútiles, excepto durante alguna guerra, esa forma primitiva del poder se ve confinada a amedrentar a las personas de la casa, y degenera por falta de ejercicio.

Es extraordinario cómo el odio aguza la visión. Creo saber más de George que de personas que he conocido durante años. Yo lo miraba cortésmente. Pensaba: "Allí está el hombre que mató a Martie, que lo atropelló y salió corriendo, que arruinó una vida más valiosa que veinte suyas, que dio fin a lo único que me quedaba en el mundo. No importa, Martie; pronto le llegará el turno".

Durante la comida me senté al lado de Violeta Rattery, con Lena enfrente y Mrs. Rattery a mi izquierda. Noté que George no hacía más que mirarnos a Lena y a mí, tratando de comprender la situación. No diré que estaba celoso, porque es demasiado presuntuoso para imaginarse que una mujer prefiera a algún otro; pero tenía una evidente curiosidad por saber qué buscaba Lena en un bicho raro como Félix Lane. La trata de una manera confianzuda, levemente autoritaria, como si fuera un hermano mayor. "George andaba detrás de mí", había dicho Lena, una noche, en mi cuarto. Me gustaría saber si era sólo una verdad a medias; hay una sugerencia de intimidad en la confianza de su trato con ella. En un momento dado, dijo:

—¿Así que te has decidido por los rizos tú también, Lena?

Se inclinó y pasó su mano por los rizos de la nuca de Lena, mirándome al mismo tiempo de una manera casi desafiante, y diciendo:

—Las mujeres son esclavas de la moda, ¿no es cierto, Lena? Si algún afeminado les dijera que en París las calvas son el último grito de la moda, se harían afeitar inmediatamente la cabeza, ¿eh?

La anciana Mrs. Rattery, sentada a mi lado, con su débil aureola de censura y de naftalina, dijo:

—En los días de mi juventud, el pelo de una mujer era considerado la corona de su gloria. Estoy contenta de que haya desaparecido toda esta furia por las melenas.

—¿Tú, del lado de la nueva generación, madre? ¡Adónde va el mundo! —dijo George.

—La nueva generación puede defenderse sola, supongo; algunas por lo menos—. Mrs. Rattery estaba mirando directamente hacia adelante, pero tuve la impresión de que la segunda parte de su frase estaba dirigida contra Violeta, y también de que supone que George se ha casado con una persona de una clase social inferior, lo cual es cierto; Mrs. Rattery trata a Lena y a Violeta con una especie de tolerancia paciente y aristocrática.

Después de la comida, el mujerío (como sin duda lo hubiera llamado George) nos dejó junto al oporto. Él estaba evidentemente incómodo —no sabía en absoluto qué hacer conmigo— y probó el gambito acostumbrado:

—¿Conoce el cuento de la mujer del Yorkshire y el organista? —me preguntó, acercando confidencialmente su silla.

Escuché y me reí del modo más natural. Luego siguieron muchos otros. Habiendo así roto el hielo, con su habilidad sutil de hipopótamo, procedió a investigar detalles sobre mi persona. Ya sé de memoria la leyenda de Félix Lane; por lo tanto, no hubo ninguna dificultad.

—Lena dice que usted escribe libros —me dijo.

—Sí, novelas policiales.

Me miró con alivio.

—¡Ah, de crímenes! Eso es diferente. Para ser franco, me alarmé un poco cuando Lena me dijo que iba a traerme a un escritor. Creí que sería uno de esos tipos intelectuales. A mí me aburren. ¿Gana bastante escribiendo?

—Sí, bastante. Por supuesto, tengo algún dinero particular. Pero supongo que gano entre 300 y 500 £ con cada libro.

—¡Al diablo si gana! —Me miró casi respetuosamente—. Un escritor famoso, ¿no?

—Todavía no. Solamente un éxito moderado.

Por un momento sus ojos me evitaron. Tomó un trago de oporto, y me dijo, con deliberada despreocupación:

—¿Hace mucho que conoce a Lena?

—No. Hace más o menos una semana. Pienso escribir algo para el cinematógrafo.

—Linda chica. Tiene mucho espíritu.

—Sí, es un número atrayente —dije sin pensarlo.

El rostro de George se tornó incrédulo y escandalizado, como si hubiera descubierto de pronto una víbora en su seno. Parece que una cosa son los cuentos indecentes y otra la ligereza cuando se trata de las mujeres de su familia. Tiesamente, sugirió que nos reuniésemos con las señoras.

No puedo escribir más por ahora. Salgo a dar una vuelta con mi futura víctima y su familia.

Agosto 2

Ayer por la tarde, cuando salíamos por la puerta de calle —Lena, George, su hijo Phil, de unos doce años, y yo—juraría que Lena tuvo un instante de pánico y se paró en seco. He recordado la escena una y otra vez, tratando de visualizarla claramente: sucedió con tanta rapidez, que por el momento no pude darme cuenta de todo lo que significaba. En la superficie, no había pasado nada.

Estábamos sobre los escalones, a la luz del sol. Lena se detuvo por una fracción de segundo, y dijo: "¿El mismo coche?". George, un poco más atrás, replicó: "¿Qué quieres decir?". ¿Imagino yo un matiz de temor y de amenaza en su voz? Lena respondió un poco confusa, creo.

—¿Vienes siempre en el mismo coche viejo?

—¿Viejo? Todavía no hizo diez mil millas. ¿Qué? ¿Crees que soy un millonario?

Todo esto es susceptible de una explicación inocente: he aquí la dificultad. Subimos al coche; George y Lena adelante, Phil atrás, conmigo. Phil cerró con violencia la puerta, y George se volvió y exclamó airadamente:

—¿Cuántas veces tendré que decirte que no hay que golpear las puertas? ¿No puedes cerrarlas con cuidado?

—Discúlpame, papá —dijo Phil, resentido.

Tal vez George estuviera ya de mal humor antes de que saliéramos; pero sospecho que fue a consecuencia de lo que dijo Lena, o más bien, de lo que no dijo; y que por eso se desahogó con Phil.

George es, sin duda, un buen volante. Francamente, no puedo decir que ayer haya manejado con temeridad; pero se abría paso a través del tránsito dominical como si tuviera una especie de derecho, como el camión de los bomberos. Había muchos ciclistas que iban de tres en fondo: no los insultaba como yo esperaba, pero pasaba casi raspándolos y se atravesaba abruptamente por delante tratando de asustarlos, u obligarlos a chocar entre ellos. En un momento dado me dijo:

—Lane, ¿conoce esta parte del mundo?

—No —dije—, pero siempre he querido volver. Nací en Sawyer's Cross, usted sabe, en el otro extremo del condado.

—¿De veras? Un pueblecito simpático. Yo estuve dos o tres veces.

Tiene bastante serenidad. Yo miraba el perfil de su cara: ni siquiera contrajo el músculo de la mandíbula cuando nombré el pueblo donde atropelló a Martie. ¿Conseguiré alguna vez que se traicione? Lena miraba hacia adelante, con las manos contraídas sobre las rodillas, inmóvil. Me arriesgué bastante cuando mencioné a Sawyer's Cross. Suponiendo que empezara a sospechar —o que por simple curiosidad hiciera averiguaciones— descubriría que no ha habido ninguna familia llamada Lane en Sawyer's Cross durante los últimos cincuenta años. Cuando bajamos del coche, Lena parecía evitar mis ojos: durante el último cuarto de hora había permanecido silenciosa, desde que mencioné Sawyer's Cross. Y eso es poco frecuente en ella; pero no es una prueba irrefutable.

Nos bajamos y le pedí a George que me mostrara su coche. Era sólo una excusa para examinarlo. Tiene protección para las piedras, como me imaginaba, pero no hay rastros —por lo menos para mis ojos novicios— de que un guardabarros o un paragolpes haya sido retirado y sustituido por uno nuevo. Pero, después de seis meses, sería difícil que los hubiera; la pista (palabra que deseo evitar en mis propias novelas) está fría. Las únicas claves que quedan están dentro de las cabezas de George y Lena; quizá dentro de la cabeza de Lena solamente. George debe de haberse olvidado todo lo relativo al accidente; no puedo creer que un simple homicidio pueda durar mucho tiempo en su recuerdo.

La cuestión es: ¿Cómo conseguirlas? Y, lo que por ahora es más importante, ¿qué motivo plausible puedo tener para quedarme? Lena volverá mañana a la ciudad. Tal vez esta tarde me ofrezca otra posibilidad: tenemos que jugar al tenis con los Rattery.

Agosto 3

Ya está arreglado. Me quedo por un mes más o menos, invitado por George. El plazo me basta. Mejor empezar por el principio.

Cuando llegué, ninguno de los invitados había llegado, y George sugirió que jugáramos un poco, con Lena y Phil. Esperamos un rato en la cancha y entonces George empezó a gritar a Phil para que viniera. El niño estaba en la casa; los gritos atrajeron a Violeta, que llegó corriendo, y, alejándose con George, susurró:

—No quiere jugar.

—¿Qué pasa con el chico? —exclamó George—. No sé qué le sucede últimamente. ¿No quiere jugar? Ve y dile que tiene que jugar, a la fuerza. ¡Estará arriba haciéndose el interesante! Nunca...

—Está un poco indispuesto, querido. Fuiste algo severo esta mañana con él, cuando trajo la libreta.

—Querida mía, no digas tonterías. El chico ha descuidado su bimestre. Carruthers dice que no le faltan condiciones, pero que si no trabaja no irá a rugby el año próximo. ¿No quieres que le den una beca?

—Claro que sí, querido; pero...

—Bien; entonces alguien tiene que decirle que se preocupe. No lo voy a tener todo el tiempo tonteando en la escuela y gastándome el dinero; está demasiado mimado, y si...

—Hay una avispa en tu espalda —lo interrumpió Lena mirándolo con una ansiedad perfectamente ficticia.

—Lena, mejor es que no te metas —dijo él, peligrosamente.

Me pareció que no podría soportar un momento más esta sórdida escena. Además, me sentía un poco apenado por Phil, al oír los proyectos de su padre; dije entonces que iría yo mismo a decirle que queríamos jugar con él. George quedó un poco desconcertado, pero no supo encontrar razones para prohibírmelo.

Encontré a Phil escondido en su dormitorio, al principio sumamente empecinado. Sin embargo, conversamos; no es un mal chico, y al rato me confesó todo: no había descuidado su bimestre, pero había otro chico en la escuela que lo había amenazado, y esto lo había preocupado tanto (como si yo no lo supiera) que no podía concentrarse más en su trabajo. Cuando terminó, lloraba. Por alguna razón absurda me recordó el día en que reté a Martie porque me había arruinado las cosas; y le sugerí, impulsivamente, que yo podría darle algunas lecciones en las vacaciones, dos horas por día, por ejemplo, para que recuperara el tiempo perdido.

Mientras Phil se perdía en medio de una balbuceante y molesta demostración de gratitud, se me ocurrió que esto era un excelente pretexto para quedarme en Severnbridge.

Un buen ejemplo de cómo, haciendo el bien, puede conseguirse el mal, si puede llamarse mal a la supresión de George.

Esperé hasta que George estuviera de buen humor excitado por su victoria en un partido de tenis, y después dije que el pueblo me gustaba, que pensaba quedarme unas cuantas semanas más y empezar, en la paz del campo, mi nuevo libro, y expliqué la ayuda que, mientras tanto, podía proporcionar a Phil. George pareció un poco molesto al principio, pero luego admitió la proposición, y hasta llegó a invitarme para que me quedara en su casa. Rehusé cortésmente, de lo cual, creo, se alegró. Por ningún precio me quedaría en casa de los Rattery durante un mes. No es que sienta especial dificultad en matar un hombre de cuya sal he comido; pero no podría soportar la sensación de estar todo el tiempo sobre el filo de alguna pelea doméstica. Por otra parte, no quiero que George empiece a revolver mis cosas y termine encontrando este diario. Mis lecciones me permitirán una suficiente familiaridad con los Rattery. Después de haber arreglado esto, estuve un rato mirando jugar al tenis. El socio de George, Harrison Carfax, jugaba con Violeta contra George y Mrs. Carfax. Ésta es una mujer alta, morena, de tipo gitano: tengo la sensación de que ella fue una de las causas del repentino buen humor de George. Vi claramente cómo sus dedos se demoraban en los de ella, al darle las pelotas de tenis, y cómo ella lo miró dos o tres veces, ardientemente. No es extraño: su marido es un tipo insignificante, aburrido y seco.

Lena vino y se sentó a mi lado; estábamos algo separados de los demás. Me pareció muy atrayente con sus ropas de tenis: armonizaban con sus ágiles movimientos. Tomaba, además, un aire infantil, ficticio pero encantador, para hacer juego.

—Estás encantadora —le dije.

—Ve y díselo a la mujer de Carfax —contestó. Pero advertí que se había alegrado.

—¡Oh!, eso se lo dejo a George.

—¿George? No seas ridículo.

Pareció casi enojada. Luego se compuso y me dijo:

—Apenas te he visto desde que estamos aquí. Todo el tiempo has estado con una mirada lejana, como si hubieras perdido la memoria o tuvieras una indigestión.

—Es mi temperamento artístico que sube a la superficie.

—Bueno, podrías dejarlo a un lado y condescender a un beso de vez en cuando. Por lo menos —se inclinó y murmuró en mi oído— no hace falta esperar hasta que volvamos a Londres, Pussy, recuérdalo.

Nadie podrá decir que no soy un asesino obsesionado: tan absorto estuve en el problema de George, que había olvidado completamente mi relación con Lena. Traté de explicarle por qué me quedaba allí. Temía que ella hiciera una escena; el hecho de estar a la vista de muchas personas la hubiera estimulado más bien que contenido. Pero, muy extrañamente, Lena recibió con toda tranquilidad la noticia. Demasiada tranquilidad, por cierto; yo podría haber sospechado alguna otra cosa; había un pliegue desafiante e irónico a los lados de su boca, cuando me fui a jugar un partido de tenis, y a mitad de camino noté que estaba sumida en una profunda conversación con Violeta. Cuando salíamos de la cancha, oí que decía a George: —¿Qué te parece si tu deslumbrante cuñada se queda un tiempo más con ustedes? Ya terminamos ese *film*, y pensé que podría enclaustrarme por un tiempo en la tranquila vida de campo. ¿Está de acuerdo, jefe?

—Todo esto es muy repentino —dijo, echándole una de esas miradas calculadoras, de vendedor de esclavos— Supongo, si Violeta está de acuerdo, que nos resignaremos. ¿Por qué ese cambio?

—Bueno, no se lo digas a nadie, pero creo que languidecería lejos de mi Pussy. Pero no lo digas a nadie.

—¿Pussy?

—Mr. Félix Lane. Félix el Gato. Pussy. ¿Comprendido?

George emitió una risa fortísima, estúpida y desconcertada.

—Que me cuelguen. ¡Pussy! Le queda bastante bien, sobre todo por su manera de devolver la pelota por sobre la red. Pero realmente, Lena...

No se imaginaba que yo estaba escuchando. Tal vez sea mejor que en ese momento no haya visto su cara. ¡No olvidaré el sarcasmo! Pero Lena, ¿qué pretende hacer? ¿Es posible que esté valiéndose de mí para tentarlo a George? ¿O habré estado, desde el principio, cometiendo una equivocación imperdonable, horrible, a su respecto?

Como de costumbre, lecciones con Phil durante la mañana; es un muchacho bastante despierto —Dios sabe de dónde habrá heredado su cerebro—, pero hoy estaba algo disminuido.

Por ciertos indicios —su atención vagabunda y una mirada más bien lacrimosa de Violeta, que se cruzó conmigo cuando entré— supuse que había habido una pelea en casa de Rattery. En medio de una frase latina, Phil me preguntó si yo era casado.

—No. ¿Por qué? —le dije—. Me avergonzó el mentirle, aunque miento a los demás sin el menor escrúpulo.

—¿Le parece bien casarse? —preguntó, con su fina voz precisa y reposada.

Para sus años, su conversación es de persona adulta, como la de la mayor parte de los hijos únicos.

—Sí. Creo que sí. Puede ser en algunos casos —dije.

—Sí; supongo que sí, entre personas adecuadas. Yo nunca voy a casarme. Nos hace tan desgraciados... No quisiera...

—El amor suele hacer desdichadas a las personas; parece mal, pero es cierto.

—¡Oh, el amor! —dijo. Se detuvo un momento, respiró profundamente y sus palabras surgieron atropelladas— A veces mi padre le pega a mi madre.

Yo no sabía qué decir; comprendí que desesperadamente necesitaba una palabra de aliento. Como cualquier chico sensible, se siente terriblemente desgarrado por estas luchas entre sus padres. Para él es como vivir en un volcán; no tiene seguridad. Yo estaba a punto de consolarlo; pero de pronto me tomó una especie de repugnancia; no quería que me distrajeran, que me envolvieran.

Dije, un poco fríamente: —Supongo que será mejor que continuemos con el ejercicio.

Realmente, fue un acto de miserable cobardía. Vi reflejada mi traición en la cara de Phil.

Agosto 6

Esta tarde di una vuelta por el garage Rattery y Carfax.

Dije a George que podía servirme de material para un libro: *nihil subhumanum a me alienum puto es* el lema del novelista policial, aunque no se lo expresé con estas palabras.

Le hice muchas preguntas idiotas que le permitieron adoptar una actitud protectora, mientras yo descubría la existencia de todas las piezas de repuesto de los coches por ellos representados; no me atreví a preguntar directamente por los guardabarros y los paragolpes; podría haberle infundido la sospecha de que era un policía disfrazado. Ya he descubierto que a veces, por la noche, guarda aquí su coche, aunque tiene un garage adosado a su casa. Luego fuimos a los fondos. Hay un pedazo de terreno con un vaciadero de cosas inútiles, y el Severn detrás. Quise dar un vistazo al montón de hierro viejo, por más que no podía creer que George hubiera sido tan tonto como para dejar el guardabarros abollado allí; por eso lo entretuve con un poco de conversación.

—¡Qué feo aspecto tiene esto!

—¿Y qué quiere que hagamos con todas estas cosas? ¿Que cavemos un elegante pozo y las enterremos, como la Liga contra el Desorden?

George estaba bastante enojado. A pesar de su gran aplomo, es a veces muy susceptible.

De pronto decidí arriesgarme.

—¿Por qué no arrojan al río todo este material viejo? ¿Nunca lo hacen? Por lo menos, lo perderían de vista.

Hubo una pausa perceptible antes de que me contestara. Me encontré temblando sin control, y tuve que alejarme hacia la orilla del río para que no lo advirtiera.

—¡Por Dios, hombre, qué idea! ¡Toda la Municipalidad se me vendría encima! ¡En el río! ¡Eso sí que es bueno! Se lo diré a Carfax.

Estaba al borde del agua.

—De cualquier manera, las orillas son muy poco profundas. Mire...

Yo miraba. Podía ver el lecho del río, y también, quince metros a mi izquierda, una balsa amarrada. "Sí, George, es muy poco profundo en los bordes, para esconder algo; pero usted pudo ir con la balsa hasta el medio del río y arrojar las pruebas del crimen".

—No sabía que el río fuera tan ancho en esta parte —dije—. Me gustaría navegar un poco. Supongo que por aquí se podrá alquilar algún barquito.

—Supongo —dijo con indiferencia—. Un juego muy sedentario para mi gusto estar acurrucado con una cuerda en la mano.

—Me gustaría llevarlo algún día con viento fuerte. No le parecería tan "sedentario".

He visto todo lo que quería ver. El hierro viejo del vaciadero es, en realidad, hierro viejo. Un espectáculo desagradable, y estoy seguro de haber visto una rata que salía de allí, cuando volvíamos: con la basura y la humedad, aquello debe de parecerles el cielo. De vuelta al garage, nos encontramos con Harrison Carfax. Mencioné, al pasar, que me gustaría navegar un poco, y me dijo que su hijo tenía un barco de doce pies de eslora, y que estaba seguro de que me lo prestaría, porque él lo usaba solamente los domingos. Sería un buen cambio de ambiente poder salir de cuando en cuando por el río. Podría enseñarle a Phil a manejar el barco.

Agosto 7

Esta tarde casi mato a George Rattery. Estuve muy cerca. Me siento completamente exhausto. Ninguna emoción. Solamente un doloroso vacío donde debería estar la emoción, como si fuera yo, y no él, quien se hubiera salvado; no, salvado no, una suspensión momentánea de la ejecución: nada más que eso. Fue todo tan simple y tan infantil —mi oportunidad y su escapatoria—. ¿Llegaré a tener otra oportunidad semejante? Ya es media noche pasada, y no he hecho más que recordar una y otra vez lo sucedido; tal vez escribiéndolo pueda quitármelo de la cabeza, y conseguir un poco de sueño.

Lena, Violeta, George, Phil y yo, salimos esta tarde a pasear en el coche por los Cotswodls.

Íbamos a mirar un poco los paisajes del lado de Bibury, y a tomar el té al aire libre. George me mostró el pueblo de Bibury como si fuera propiedad suya, mientras yo procuraba comportarme como si no hubiera estado allí cien veces.

Nos detuvimos sobre el puente contemplando las truchas, que parecían tan carnudas y orgullosas como el mismo George; luego seguimos en el coche, subiendo por los cerros.

Lena estaba sentada atrás, con Phil y conmigo; últimamente ha estado muy afectuosa, y cuando bajamos me dio el brazo y caminó apretada contra mí. Yo no sé si fue esto lo que encendió la ira de George. El hecho es que algo la encendió, porque, luego de extender las mantas en el extremo del bosque, mientras Violeta sugería que encendiéramos una fogata para alejar los mosquitos, empezó a desarrollarse una escena infame.

Primero, George protestó porque tuvo que ir a buscar ramitas. Lena empezó a embromarlo, diciendo que un poco de trabajo manual mejoraría su silueta; esto no le cayó nada bien.

George, evidentemente furioso, llamó a Phil diciéndole que, ya que había sido boy-scout en la escuela, podía demostrarnos cómo se encendía un fuego. George estaba de pie junto a él, apresurándolo y gritándole, mientras el infeliz muchacho sin saber qué hacer con las ramas, gastaba montones de fósforos y se quedaba sin pulmones tratando de avivar el fuego.

Su cara se enrojeció; sus manos empezaron a temblar lastimosamente. George estaba abominable.

Después de un rato de esto, Violeta intervino; fue echar aceite a las llamas. George le gritó que si ella había pedido el fuego, para qué diablos intervenía ahora, y que solamente un retardado como Phil era incapaz de encender fuego. Esto fue demasiado para Phil —este ataque insensato a su madre—; se levantó y dijo a George en la cara:

—¿Por qué no lo enciendes tú, si sabes tanto?

El pequeño desafío acabó en un murmullo. Phil no tuvo el coraje necesario para llevarlo a su término. Pero George lo había oído. Le dio un golpe en la oreja, que lo tiró al suelo. El conjunto era indescriptible, horrible. Por una parte, George incitaba al niño a la rebelión, y luego lo maltrataba.

Yo estaba furioso conmigo mismo por no haber intervenido antes. Me levanté: estaba resuelto a decir a George lo que pensaba de él (lo cual, de paso, hubiera arruinado todo mi plan). Pero Lena intervino, y dijo textualmente, como si nada hubiera ocurrido:

—Vayan ustedes dos y miren el paisaje. El té estará listo dentro de cinco minutos. Ve, George querido.

Lo miró con una de sus más acariciantes miradas, y él se fue conmigo, como un cordero.

Sí, fuimos a ver el paisaje: era un paisaje espléndido, pero casi lo primero que vi cuando rodeamos el bosque, fuera de la vista de los demás, fue un abrupto declive, de unos treinta metros, una cantera abandonada. Es largo describirlo, pero todo pasó en menos de treinta segundos. Me había alejado un poco de George, pues quería mirar una orquídea. Cuando llegué me encontré en el borde mismo de la cantera. Allí estaba la orquídea, la caída vertical a mis pies, los cerros rodeándonos, deliciosos con sus pastos y el trébol; y allí estaba George, curvando sus labios gruesos debajo del bigote, envenenando para Violeta y el pobrecito Phil el aire de la tarde; el hombre que había matado a Martie.

Vi todo esto, y la cueva de conejos al borde, simultáneamente. Ya sabía con exactitud cómo destruir a George. Lo llamé para que echara un vistazo desde allí. Empezó a acercarse. Le mostraría la moledora que estaba en el fondo de la cantera, debajo de nosotros. Él estaría en el mismo borde. Entonces yo empezaría a caminar. Pero al dar el primer paso, metería el pie en la cueva de conejos, y caería pesadamente contra las piernas de George; él se precipitaría barranca abajo: la altura y el peso se encargarían del resto.

Era un asesinato perfecto; no importaba que alguien nos viera: yo no tenía el propósito de ocultar que había tropezado y caído contra George; pero, como nadie sabía que yo tenía un motivo para matarlo, nadie sospecharía que no hubiera sido un accidente.

George estaba ahora apenas a unos cuatro metros de distancia.

—Bueno, ¿qué hay? —dijo, caminando siempre hacia mí.

Entonces cometí un error fatal, aunque no podía saber que era un error. Me sentí como embravecido y le dije, casi desafiándolo a que se acercara.

—Hay una cantera muy alta. Un verdadero precipicio. Venga y mire.

Se paró en seco y dijo:

—No, no es para mí; gracias, "viejo"; nunca pude soportar la altura, no me da la cabeza; tengo vértigo, o lo que sea.

Ahora debo empezar de nuevo.

Agosto 10

Anoche hubo una fiesta en lo de Rattery. Ocurrieron dos pequeños incidentes, reveladores del carácter de George, si puede usarse la palabra "reveladores" para un carácter tan evidente.

Después de la comida, Lena hizo una o dos pruebas. Luego jugamos a un juego singularmente erótico, denominado "Sardinas". Una persona debe elegir, para esconderse, un lugar estrecho. Si alguien la encuentra, se desliza a su lado, y así sucesivamente, hasta originar una confusión que es una mezcla entre el Hueco Negro de Calcuta y una orgía babilónica. Bueno, la primera vez que jugamos se escondió Rhoda Carfax. La encontré en seguida, en un placard lleno de escobas.

Estaba bastante oscuro, y mientras me sentaba a su lado me susurró:

—Pero, George, ¡qué extraño que me hayas encontrado tan rápidamente! Debo de ser magnética.

Adiviné, por la manera irónica con que lo dijo, que ya le había dicho dónde encontrarla. Tomó mi brazo y lo puso alrededor de su cintura; reclinó la cabeza en mi hombro, y descubrió que había cometido una horrible equivocación. Sin embargo, la soportó dignamente y no trató de hacerme sacar el brazo de su cintura. En ese momento entró alguien, a tientas, pisándome los pies pesadamente, y se deslizó al otro lado de Mrs. Carfax.

—¡Hola! ¿Eres Rhoda, no? —murmuró.

—Sí.

—¿Así que George te encontró primero?

—No es George; es Mr. Lane.

El hombre que había entrado después de mí era James Carfax. Es interesante que haya supuesto que yo era George; debe de ser uno de

esos maridos complacientes. George llegó terce-
ro: no creo que estuviera muy contento de encontrar tanta gente. Por lo menos, después de
otro partido de "Sardinas", dijo que debíamos
jugar a otra cosa (es el tipo de hombre que quiere estar mandando todo el tiempo, aunque sea
en los juegos de salón). Y empezó a organizar
un juego excesivamente salvaje y estrepitoso,
que consistía en arrodillarse en un círculo y tirarse almohadones. Eligió un almohadón bastante duro, y suscitó un gran alboroto, rugien-
do de alegría. En un momento dado, me tiró el
almohadón con toda su fuerza contra la cara.
Me caí de lado; me había acertado en un ojo y
estuve por un momento ciego. George emitió
uno de sus rugidos de risa vacua.

—¡Lo derribó como un rayo, lo derribó! —aulló.

—Eres un estúpido —dijo Lena—. ¿Para qué
quieres sacarle los ojos a la gente? El eslabón
perdido, presumiendo.

George me golpeó la espalda con atención
burlona, diciéndome:

—¡Pobre "viejo" Pussy! Discúlpeme, "viejo".
No quise ofenderlo.

Yo estaba furioso, especialmente porque usaba ese sobrenombre ridículo delante de la gente.
Le dije con rabia:

—No es nada, Rata, no es nada, "viejo". No
sabe la fuerza que tiene, eso es todo.

No le gustó nada. Así aprenderá a guardar
para sí su lengua grosera y torpe. Me inclino a
creer que está celoso de mí y de Lena. No sé. Tal
vez esté solamente perplejo; no puede comprender qué hay entre nosotros.

Hoy Lena me pidió que me quedara en casa de los Rattery hasta fin de mes. Le dije que temía que a George no le entusiasmara el proyecto.

—¡Oh, no le importa!

—¿Cómo sabes?

—Se lo he preguntado. —Luego me miró seriamente, y dijo:— Querido, no debes preocuparte. Hace rato que he terminado con George.

—¿Quieres decir que hubo algo entre ustedes?

—Sí —confesó—. Yo era su amante. Ahora, haz tu equipaje y vete a tu casa, si lo prefieres.

Lloraba, casi. Traté de consolarla. Después de un momento, me dijo:

—¿Vendrás, entonces, no?

Dije:

—Sí, si no le importa a George.

No sé si fue una estupidez de mi parte; pero es bastante difícil resistirse a Lena. Tendré que guardar mi diario bien escondido; pero es muy cómodo vivir en el lugar del hecho: cuesta poco hablar de accidentes, pero es arduo, cuando llega el momento, organizar el tipo apropiado de accidente para George. No sé bastante, por ejemplo, de automóviles, como para atreverme a hurgarle el suyo. Me están vedados los accidentes mecánicos. Quizás el vivir en su casa me proporcione la inspiración necesaria. Dicen que pueden suceder accidentes aun en las familias más respetables, y nadie puede dar ese nombre a la familia Rattery. Será, además, muy agradable estar con Lena, viviendo en la misma casa; aunque espero que no me reblandezca; no quiero que haya lugar ahora en mi corazón para el amor. Estoy solo, y quiero seguir solo.

Una linda tarde en el río, con el *dinghy* del joven Carfax. Como sospeché la última vez que lo saqué (aunque no había viento suficiente para probarlo), tuerce un poco a sotavento; debe ser difícil de mangar en un día de ráfagas fuertes. Pronto lo llevaré a Phil; tiene muchas ganas de acompañarme; pero no hago más que diferirlo, quizá porque en este mismo mes estaría enseñando a Martie cómo se maneja un barco, si... Razón de más para salir con Phil; quiero que todo me lo recuerde.

Hoy me pregunté cómo puedo seguir día tras día, viendo a George, odiándolo con cada fibra de mi cuerpo tan amarga y encarnizadamente que casi me asombra la plácida expresión de mi cara, cuando la encuentro en un espejo; odiándolo así, con cuerpo y alma, y sin embargo tratándolo correctamente, sin esfuerzo por dominarme o por disimular, sin impaciencia de concluir. No es que tema las consecuencias; ni desespero de encontrar el método adecuado. Y, no obstante, me doy cuenta de que trato de diferir mi obligación.

Creo que ésta es la explicación: así como difiere el amante, no por timidez, sino para prolongar la dulce anticipación del cumplimiento del amor, así el hombre que odia desea saborear su venganza, antes de cumplir el acto por el que ésta será consumada. Parece muy rebuscado, tanto, que no me atrevo a decirlo a nadie sino a mi fantástico confesor, mi diario. Pero estoy convencido de que es la verdad: esto puede hacerme pasar por una criatura neurótica, anormal, un sá-

dico perfecto; sin embargo, corresponde tan exactamente a mis sensaciones ante George, que no
dudo que es la explicación adecuada.

¿No explica esto, además, la larga "indecisión" de Hamlet? No sé si algún erudito habrá
sugerido que ella se debe al deseo de prolongar
la anticipación de la venganza, de apurar gota a
gota el dulce, peligroso y jamás empalagoso néc-
tar del odio. Creo que no. Sería una ironía de mi
parte escribir un ensayo sobre Hamlet, donde
propusiera esta teoría, luego de terminar con
George. ¡Por Dios, no me faltan ganas de hacerlo! Hamlet no era un neurótico vacilante, tímido
e indeciso. Era un hombre con un talento especial para el odio, capaz de convertirlo en un arte. Mientras lo creíamos vacilando, absorbía hasta la última gota el cuerpo de su enemigo; la
muerte final del Rey no fue más que el acto de
arrojar a un lado una piel vacía: la piel de un fru-
to consumido y seco.

Agosto 14

¡Hablando de ironías trágicas! Esta noche
surgió en la mesa una conversación extraordinaria. No sé cómo empezó, ni por quién; pero llegó
a ser un discurso sobre el "derecho de matar".
Creo que empezamos hablando de la eutanasia.
¿Debían los médicos, en los casos incurables, tratar de prolongar la vida?

—¡Los médicos! —exclamó la anciana Mrs.
Rattery, con su voz pesada, plúmbea—. Ladrones, todos ladrones. Charlatanes. No les tengo
ninguna confianza. Recuerden ese tipo de la
India —¿cómo se llamaba?— que descuartizó

a su mujer y escondió los pedazos debajo de un puente.

—¿Buck Ruxton, madre? —dijo George—. Ése fue un caso extraño.

Mrs. Rattery cloqueó roncamente. Me pareció que entre ella y George pasaba una mirada de complicidad. Violeta se ruborizó. Fue un momento difícil. Violeta dijo tímidamente:

—Yo creo que si una persona está desahuciada, habría que permitir a los médicos que le eviten más dolores. ¿No cree usted, Mr. Lane? Después de todo, lo hacemos con los animales.

—¿Los médicos? ¡Bah! —dijo la anciana Mrs. Rattery—. Nunca he estado un solo día enferma en mi vida. La mitad es imaginación (George rió un poco), y te diré, George, sería mejor que terminaras con todos esos tónicos tuyos. ¡Un animal grande y sano como tú, pagando a un médico para que le dé frascos con agua coloreada! ¡Y lo que valen! No sé qué pasa con esta generación. Un montón de hipocondríacos.

—¿Qué es hipocondríaco? —preguntó Phil—. Supongo que todos nos habíamos olvidado de su presencia. Recién había sido ascendido a la mesa nocturna. Advertí que George tenía en la punta de la lengua alguna observación aplastante, y me apresuré a contestar:

—Una persona a quien le gusta suponer que está enferma cuando no lo está.

Phil pareció desconcertado. Supongo que no comprendía que a nadie le interesara tener un dolor de estómago. La conversación siguió un rato al azar; ni George ni su madre escuchan lo que los demás dicen; siguen su propia línea de ideas, si pueden llamarse ideas. Me sentí bastante irritado por este opresivo método de conversación, y, con malevolencia, dije suavemente a toda la mesa:

—Pero dejando aparte los incurables físicos o mentales, ¿qué podemos decir del incurable social, la persona que hace desgraciada la vida de todos y de cada uno de los que la rodean? ¿No les parece justificado matar a una persona así?

Hubo un interesante momento de silencio. Luego varias personas empezaron a hablar a la vez.

—Me parece que todos ustedes están poniéndose morbosos —dijo Violeta, agitada, en tono de dueña de casa y con histeria mal disimulada.

—¡Oh!, pero piensen cuántos, quiero decir, por dónde habría que empezar —dijo Lena, mirándome muy largamente, como si me viera por primera vez. ¿O fue sólo una idea mía?

—Tonterías. Ideas perniciosas —declaró Mrs. Rattery, francamente escandalizada; quizá la única reacción franca en la asamblea.

George no se sintió afectado. Evidentemente, ni se imaginaba que la flecha disparada al azar iba dirigida hacia él.

—Lena, ¡qué hombrecito más sanguinario es tu Félix!, ¿eh? —dijo.

Es típico de la cobardía moral de George, no hacer nunca estas observaciones cuando estamos solos; y aun acompañados las hace oblicuamente, agrediéndome desde atrás de Lena, por decir así.

Lena no le hizo caso. Todavía me miraba de una manera perpleja, más bien especulativa, torciendo un poco los rojos labios.

—Pero ¿lo harías realmente, Félix? —preguntó, por fin, sombríamente.

—¿Haría qué?

—Destruir una peste social: el tipo de persona que describiste.

—Como todas las mujeres —intervino George—. Siempre refiriéndose a casos particulares.

—Sí. Lo haría. Esa clase de persona no tiene derecho de vivir. —Y agregué ligeramente:— Es decir, lo haría si no corriera ningún riesgo.

En este momento, la madre de Rattery entró en acción.

—¿Así que usted es un librepensador, Mr. Lane? Y ateo también, supongo.

Dije suavemente:

—¡Oh, no, señora! Soy muy convencional. Pero ¿no cree usted que hay circunstancias que justifiquen el asesinato aparte de la guerra, por supuesto?

—En la guerra es una cuestión de honor. Matar, Mr. Lane, no es asesinar, cuando se trata del honor.

La vieja dio a luz estas penosas antiguallas de una manera más bien honrosa. Con sus rasgos cargados y su nariz dominante pareció por un momento una matrona romana.

—¿Del honor? ¿Usted se refiere a su propio honor, o al de alguna otra persona? —pregunté.

—Me parece mejor, Violeta —interrumpió Mrs. Rattery con su manera más mussolinesca—, que dejemos a los caballeros de sobremesa. Phil, abre la puerta. No te quedes ahí soñando.

George se volvió confidencial, con el oporto. Habrá sido sin duda el alivio de verse libre de ese tema morboso y molesto para una conversación.

—Es una mujer notable, mi madre —dijo—. Nunca olvida que su padre era primo lejano del conde de Evershot. Nunca pudo acostumbrarse a la idea de que yo me dedicara a los negocios. Pero la necesidad... Perdió su dinero en una quiebra, pobre vieja. Usted sabe; si no fuera por mí, estaría ahora en el asilo; mejor no hablar de eso. Por supuesto, hoy los títulos nobiliarios no significan nada. No soy un *snob,* gracias a Dios, Uno tiene que estar de acuerdo con su época, ¿no? Pero hay algo hermoso en el modo con que la vieja se aferra a su orgullo. *Noblesse oblige*, y todo eso. Y ahora que me acuerdo, ¿conoce el cuento del duque y de la mucama tuerta?

—No —dije, tratando de contener las náuseas...

Agosto 15

Esta mañana salí con Phil en el barco. Viento fuerte; más tarde, lluvia. El *dinghy* me dio bastante trabajo. Phil no es muy diestro, pero aprende rápidamente y tiene la valentía —la entrega a la extraña fascinación del peligro— de los sensitivos. Además, me dijo cómo podía matar a su padre.

Por supuesto fue inconscientemente. De boca de los niños, etc. Acababa de tomar el timón, y una ráfaga extraordinariamente fuerte inclinó la borda hasta la superficie del agua: tomó por avante, como le había enseñado; luego me miró, riendo, con los ojos brillantes de alegría.

—Esto es bastante divertido, ¿no es cierto, Félix?

—Sí. Lo hiciste muy bien. Ahora tendría que verte tu padre. ¡Cuidado! Tienes que mirar siempre por sobre el hombro. Si miras a barlovento verás llegar las ráfagas.

Phil se sentía feliz. George lo cree, o simula creerlo, un cobarde consumado.

Es notable hasta qué punto el carácter de un chico como Phil se modifica por la necesidad de justificarse a sí mismo ante los ojos de un padre antipático, con tal de demostrarle que está equivocado.

—¡Oh, sí! —gritó—. ¿No te parece que podríamos pedirle que viniera un día con nosotros? —Luego su rostro se ensombreció—. No, me había olvidado. No creo que venga. No sabe nadar.

—¿No sabe nadar? —dije.

Esta frase se repetía constantemente en mi pensamiento, gritándome cada vez más y más desde una enorme distancia, y, sin embargo, en el núcleo más secreto de mi ser. Como las voces que uno oye cuando está bajo los efectos de un anestésico; o como el enloquecido golpear de mi corazón, o como un espíritu vengador abriéndose paso a través de su cárcel.

Nada más por esta noche. Tengo que planearlo cuidadosamente; mañana escribiré mi plan. Será simple y mortal. Ya lo veo formándose ante mis ojos.

Agosto 16

Sí. Creo que es perfecto. La única dificultad es lograr que George me acompañe en el *dinghy;* pero unas burlas bien aplicadas conseguirán el milagro. Y una vez que esté a bordo del *dinghy* la función habrá terminado.

Tendré que esperar un día ventoso como el de ayer. Supongamos un viento del sudoeste: es el viento que aquí prevalece. Ascenderemos por el río más o menos una media milla y luego volveremos a favor del viento; ésa será mi oportunidad: esperaré una ráfaga, y trataré de mantener la dirección. El defecto que lo hace girar a sotavento ha de provocar sin duda el vuelco del barco. *Y George no sabe nadar.*

Primero pensé hacerlo volcar yo mismo, pero generalmente hay pescadores diseminados a lo largo de las orillas y alguno podría ver el accidente, saber algo de navegación, y hacerme preguntas molestas: por qué un navegante experimentado como yo permitió que el barco se diera vuelta. ¡Cuánto más convincente si en el momento de zozobrar George estuviera manejando el timón!

Así lo he dispuesto. Cuando empecemos a correr, daré el timón a George, y me ocuparé de la vela mayor y de los foques. Tan pronto como vea aproximarse una ráfaga de viento, diré a George de poner timón arriba: esto hará que el viento quede detrás del gratil de la vela mayor y el botalón se correrá a la derecha, con terrible violencia; la única esperanza de evitar el vuelco será poner timón abajo; pero George no lo sabe, y no tendré tiempo de quitarle el timón antes de que el barco se tumbe. Tengo que acordarme de levantar la tabla central, en cuanto empecemos a correr: es la cosa más natural y asegurará doblemente la volcadura del barco. George se verá arrojado limpiamente al agua; si tengo suerte, golpeado por el botalón. Le será imposible volver y agarrarse del casco. Tendré que arreglarme para caer debajo de la vela o enredarme con las cuerdas, o algo semejante, de modo que no pueda libertarme para salvar al pobre hombre sino cuando ya sea tarde. Tengo que cuidar también de no estar demasiado cerca de alguno de los pescadores de las márgenes cuando nos demos vuelta.

Será un crimen perfecto, un accidente en todo sentido. Lo peor que puede pasar es que el oficial investigador me amoneste por haber permitido a George que saliera con un viento tan traicionero.

¡El oficial investigador! Por Dios; hay una trampa de la cual me había olvidado. Seguramente habrá de aparecer mi verdadero nombre durante la investigación, y Lena sabrá que soy el padre del chico que George atropelló con ella en el coche.

¿Atará cabos y llegará a sospechar que el accidente no fue tan genuino como parecía? Tendré que arreglar esto de una manera u otra. ¿Me querrá lo suficiente como para no delatarme?

Es un asunto muy sucio emplear a Lena de este modo; pero ¿por qué diablos voy a preocuparme? Lo único que debo recordar es la pobre figurita de Martie, vacilante en medio de la calle, y el cartucho, roto, de caramelos. ¿Qué importan, comparados con esa muerte, los sentimientos de una persona?

Es muy doloroso, en los primeros momentos, ahogarse. Bien. Me alegro. Los pulmones de George, reventando; la parte de arriba de su cabeza, aullando de dolor; sus manos, tratando vanamente de arrancar del pecho el gigantesco peso del agua.

Espero que entonces se acuerde de Martie. ¿Nadaré hasta él y le gritaré: Martin Cairnes? No, creo que puedo tranquilamente abandonarlo a sus pensamientos de ahogado: ellos me vengarán suficientemente.

Hoy, durante el almuerzo, eché el anzuelo a George. Estaban presentes Carfax y su mujer. La manera lastimosa con que Violeta trataba de simular que no advertía el mutuo entendimiento entre Rhoda Carfax y George aguzó contra él mi ingenio. Dije que Phil prometía llegar a ser un experto en el manejo del *dinghy*. En la cara de George se pudo ver una lucha entre la vanidad orgullosa y un desagradable escepticismo. Dijo, más bien rezongando, que se alegraba de que su hijo supiera hacer algo; así dejaría de haraganear por el jardín durante las vacaciones, etc., etcétera.

—Uno de estos días usted también debería probar su destreza —dije.

—¿Salir en esa cáscara de nuez? ¡Aprecio mucho mi pellejo! —Rió, un poco demasiado estruendosamente.

—¡Oh!, es muy segura, si eso le preocupa. Es gracioso, sin embargo —proseguí, dirigiéndome a la mesa en pleno—, cómo algunas personas se asustan de un barquito; personas que nunca se han preocupado sobre las probabilidades de que los atropellen al cruzar la calle.

Ante esta broma mía, George bajó un poco la mirada; fue su única demostración. Violeta dijo:

—¡Oh, George *no tiene miedo*, estoy segura! Solamente que...

Era lo peor que podría haber dicho. Ante la idea de que su mujer tomara las armas para defenderlo George se enfureció. Sin duda, ella estaba por decir que George no sabía nadar; pero él la interrumpió imitando desagradablemente su voz.

—No, querida, George no tiene miedo. No tiene miedo de un barquito, puedes estar segura.

—Muy bien —dije negligentemente—. Entonces ¿vendrá usted uno de estos días, no? Estoy seguro de que va a divertirse mucho.

Ya está. Me sentí agitado y casi sin respiración. Todas las demás cosas del cuarto me parecieron difusas y lejanas: Lena conversando con Carfax, los vagos murmullos de Violeta, Rhoda sonriendo ociosamente al rostro de George, la anciana Mrs. Rattery trinchando su pescado con un aspecto de desaprobación, como si le faltara *pedigree,* y dirigiendo de cuando en cuando alguna aguda mirada hacia George y Rhoda, por debajo de sus pestañas de invernáculo. Tuve que permanecer inmóvil deliberadamente, para descansar mi cuerpo que temblaba como un alambre tenso. Miré por la ventana, hasta que la casa gris y el árbol por ella circundados se perdieron y confundieron en una especie de diseño tembloroso, cambiante y veteado, como las aguas de un río al sol.

Me sentí bruscamente arrancado de este éxtasis por una voz que parecía venir desde muy lejos. Era Rhoda Carfax, que me decía:

—¿Y qué hace usted durante todo el día, Mr. Lane, cuando no está instruyendo a la juventud?

Me preparaba para una respuesta, cuando George intervino:

—¡Oh!, se queda sentado arriba, planteando su crimen.

En mis novelas he usado a veces el clisé sobre cómo toda la sangre parece vaciarse bruscamente del corazón de alguien. Nunca comprendí, sin embargo, cuán adecuado era. La frase de George me hizo sentir —y parecer, supongo— como si mi carne hubiera sido desangrada. Lo miré absorto, por un tiempo que me pareció durar horas, con la boca temblando y fuera de control. Sólo cuando Rhoda dijo: ¡Ah!, usted trabaja en un libro nuevo, ¿no?, comprendí que George se había referido a un crimen literario. ¿O quizá no? ¿Es posible que haya descubierto o sospechado algo? No; temer esto sería ridículo. En ese momento, mi alivio fue tan grande que me sentí agresivo e irritable, furioso con George, por haberme dado semejante susto. Dije:

—Sí, estoy preparando un crimen muy bello. Creo que ha de ser mi obra maestra.

—Ciertamente, se la guarda muy escondida —dijo George—. Puertas bajo llave, labios sellados, y todo eso. Por supuesto, él *dice* que está escribiendo una novela; pero no tenemos ninguna prueba, ¿no? Creo que debería mostrarnos los originales, ¿no te parece, Rhoda? Sólo para que nos cercioremos de que no es un fugitivo de la justicia, o un criminal disfrazado, o algo por el estilo.

—Yo, no...

—Sí, léenos algo después del almuerzo, Félix —dijo Lena—. Nos sentaremos en torno, y gritaremos en coro cuando desciende la daga del villano.

Era insoportable. La idea se propagó y avivó como el fuego en un rastrojo. Por favor. Sí, usted debe hacerlo. Vamos, Félix, sé amable.

Tratando de parecer firme, pero, supongo, con todo el aspecto de una gallina asustada, dije:

—No, no puedo. Lo siento. Odio que alguien vea un manuscrito mío inconcluso. Tengo esa manía.

—No nos arruine la diversión, Félix. Le diré cómo; yo mismo lo leeré, ya que el ruboroso autor es demasiado tímido. Leeré el primer capítulo, y luego haremos una tómbola acerca de quién es el asesino: un chelín cada uno en el pozo. Supongo que el asesino aparece en el primer capítulo, ¿no? Subo y lo traigo.

—Ni piense hacerlo. —Mi voz parecía cambiada—. Se lo prohíbo. No quiero que nadie hurgue mis manuscritos.

El rostro estúpidamente sonriente de George me enfurecía. Debo de haberlo mirado con ostensible odio.

—A usted no le gustaría que alguien hurgara su correspondencia particular, así que puede dejar la mía tranquila, ya que me obliga a ser tan explícito.

George estaba encantado, por supuesto, por haber conseguido que me enojara.

—¡Ah, conque esas tenemos! Correspondencia particular. Cartas de amor. ¿Escondiendo su amor entre las matas? —Rió estrepitosamente, festejando su ocurrencia—. Mejor que tenga cuidado, porque si no, Lena se pondrá celosa. Cuando la provocan es terrible; hablo por experiencia.

Hice un esfuerzo desesperado para mantenerme tranquilo y hablar de una manera negligente.

—No. No son cartas de amor, George. ¡Cómo se nota que esas cosas son su única obsesión! —Algo me hizo seguir—: Pero yo no le leería mi manuscrito, George. Suponga que lo introdujera en la historia; sería muy molesto para usted, ¿no es verdad?

Carfax intervino inesperadamente:

—No creo que se reconociera. Generalmente nadie lo hace. Salvo que fuera el héroe, por supuesto.

Una observación agradablemente acidulada. Carfax es un personaje tan indiferente, que no la hubiera esperado de él. El punzazo, no hace falta decirlo, era demasiado fino para que la espesa piel de George pudiera sentirlo. Empezamos a hablar de cómo y hasta qué punto los escritores sacan sus personajes de la vida real, y la tormenta pasó. Pero, mientras duró, muy desagradable. Espero, por Dios, no haberme delatado al enojarme tanto con George. Espero que el lugar donde escondo este diario sea verdaderamente seguro. Dudo que una cerradura y una llave sean capaces de contener a George, si éste se sintiera realmente interesado en el "manuscrito".

Agosto 18

¿Puede usted imaginarse, *hypocrite lecteur,* en situación de poder cometer un crimen impunemente? ¿Un crimen que, tenga éxito su consumación, su manera de realizarse, o, por alguna desgracia imprevisible, no lo tenga, será considerado como un accidente, sin la menor sombra de sospecha? ¿Puede imaginarse viviendo, día tras día, en la misma casa que su víctima, un hombre cuya existencia —aparte de lo que ya sabemos acerca de su especial infamia— es una maldición para cada uno de los que lo rodean y un insulto al Creador? ¿Puede imaginar cuán fácil es vivir con esta detestada criatura? ¿Cuán pronto la familiaridad con la víctima origina el desprecio hacia ella? A veces, quizás, él lo mira a usted extrañamente; usted le parece distraído, y le contesta con una sonrisa amable y vacua, distraída, porque en ese mismo momento usted está imaginando, por la quincuagésima vez, los movimientos exactos del viento, del timón y de las velas que han de causar su destrucción.

Imagine todo eso, si puede, y luego trate de concebirse detenido, frustrado, impedido, por una pequeña cosa sin importancia. ¿La sutilísima voz de la conciencia? Tal vez lo haya supuesto usted, amable lector; un pensamiento generoso, pero incorrecto. Créame, no tengo el menor remordimiento acerca de la supresión de George Rattery. Aunque no hubiera tenido otra razón, me justificaría la manera en que está arruinando e hiriendo la vida de Phil, ese chico encantador; ha matado a un niño maravilloso, no le dejaremos que destruya a otro. No, no es la conciencia lo que me retiene. Ni siquiera mi timidez natural. Es un obstáculo más elemental aún que esto: ni más ni menos que el tiempo.

Aquí estoy, y aquí estaré, no sé cuántos días, silbando para que surja el viento, como un antiguo marino. (Supongo que silbar al viento es un acto de magia simpática, tan viejo como el primer barco de vela; lo mismo que cuando los salvajes golpean sus tambores para atraer la lluvia, o cumplen en los campos sus ritos de fertilidad.) No es tan cierto que yo silbe para que venga el viento; hoy el viento soplaba del sudoeste, pero, por desgracia, demasiado, como un huracán. Ésa es la dificultad. Tengo que elegir un día en que haya bastante viento como para dar vuelta a un barco mal manejado, pero no tanto como para que parezca una locura salir con un novicio a bordo. ¿Y cuánto tendré que esperar para conseguir la cantidad exacta de viento? No puedo quedarme aquí para siempre. Aparte de todo lo demás, Lena está impacientándose. A decir verdad, empiezo a descubrir que me aburre un poco. Decirlo es abominable; ella es tan dulce y amorosa; pero parece haber perdido últimamente un poco de su ánimo; está un poco demasiado infantil y apasionada, e intensa para mi actual estado de ánimo. Esta tarde me dijo: "Félix, ¿no podríamos irnos a alguna otra parte? Estoy cansada de toda esta gente. ¿No quieres?". Estaba muy excitada al decírmelo; no me extraña; para ella no debe de ser muy divertido ver todos los días a George, que le recordará la vez que atropellaron a un chico con el automóvil, hace siete meses. Tuve que conformarla con promesas vagas, por supuesto. No me siento muy inclinado hacia Lena; pero no me atrevería a romper con ella, aun si quisiera ser un sinvergüenza, porque debo tenerla de mi parte cuando surja mi verdadera identidad en el curso de la investigación.

Me gustaría que volviera a ser la muchacha de alta tensión, alegre y fuerte, que era cuando la conocí. Sería tanto más fácil traicionar a esa Lena. Y tarde o temprano tendrá que saber que ha sido traicionada, usada como clave en algún problema mío, aunque nunca llegue a comprender qué problema fue.

Una extraña ilustración marginal del hogar de los Rattery. Pasaba junto a la puerta semiabierta de la sala. Desde adentro se oía el murmullo de un llanto ahogado; quise seguir —uno se acostumbra a esa clase de cosas en esta casa— cuando oí decir a la madre de George, en voz baja, imperiosa, urgente, áspera:

—Vamos, Phil, cesa de llorar. Recuerda que eres un Rattery. Tu abuelo murió luchando en Sudáfrica. A su alrededor había un círculo de enemigos muertos. Lo cortaron en pedazos. No consiguieron que se rindiera. Recuérdalo. ¿No te avergüenza sollozar cuando...?

—Pero él no debería..., él... no puedo soportar...

—Cuando seas grande comprenderás esas cosas. Tal vez tu padre sea un poco irascible, pero no puede haber más de un amo en la casa.

—No me importa lo que dices. Es un déspota. No tiene derecho de tratar así a mamá. Es injusto... Yo...

—¡Cállate, niño! ¡Cállate en seguida! ¿Cómo te atreves a criticar a tu padre?

—Bueno, *tú* lo haces. Ayer oí cómo le decías que era un escándalo su relación con esa mujer y que...

—Basta Phil. No te atrevas a volver a mencionar tal cosa, ni a mí ni a nadie. —La voz de Mrs. Rattery parecía el filo de una hoja corroída, mellada. De pronto, en un cambio horrible, se volvió dulce y paciente, y dijo:— Prométeme, niño, que olvidarás todo lo que has oído ayer. Eres demasiado joven para turbar tu mente con asuntos de personas mayores. Prométemelo.

—¡No puedo prometer olvidarlo!

—No te pongas sutil, niño. Comprendes muy bien lo que quiero decir.

—¡Oh, muy bien! Lo prometo.

—Eso está bien. Ahora, ¿ves la espada de tu abuelo colgada allí en la pared? Tráemela, por favor.

—Pero…

—Haz lo que te digo… Está bien. Dámela ahora. Quiero que hagas una cosa por tu abuelita. Quiero que te arrodilles y sostengas la espada frente a tu pecho y jures que, suceda lo que suceda, sostendrás el honor de los Rattery y nunca te avergonzarás del nombre que llevas. Suceda lo que suceda. ¿Comprendes?

No aguanté más. George y la vieja arpía conseguirán que el chico se vuelva loco. Entré en la habitación, diciendo:

—Hola, Phil. ¿Qué haces con esa horrible espada? ¡Por Dios, no la dejes caer, o te cercenará los pies! ¡Ah, Mrs. Rattery, no la había visto! Lo siento mucho, pero tengo que llevarme a Phil; ya es hora de empezar las lecciones.

Phil parpadeó, estupefacto, como un sonámbulo recién despierto; luego miró nerviosamente a su abuela.

—Ven conmigo, Phil —le dije.

Tuvo un estremecimiento, y bruscamente se deslizó, delante de mí, fuera del cuarto. La vieja Mrs. Rattery permaneció sentada, con la espada sobre las rodillas, estúpida y pétrea, como una figura de Epstein. Al salir sentí sus ojos clavados en mi espalda; por nada del mundo me hubiera atrevido a volverme y a encontrar su mirada. Por Dios, me gustaría ahogarla con George. Entonces habría esperanza para Phil.

Es sorprendente la facilidad con que me he acostumbrado a la idea de que, dentro de unos días (si el tiempo lo permite), cometeré un asesinato. No me emociona en lo más mínimo. Sólo siento la esporádica y leve intranquilidad que siente una persona normal antes de visitar al dentista. Supongo que cuando se está al borde de una acción semejante, durante largo tiempo estudiada y meditada, nuestra sensibilidad se embota. Es interesante. Me digo: "¡Pronto seré un asesino!". Y suena en mis oídos tan natural y desapasionadamente como si me dijera: "Pronto seré padre".

Hablando de asesinos, esta mañana tuve una larga conversación con Carfax, cuando llevé mi coche al garage para que le cambien el aceite. Parece bastante decente: no puedo imaginarme cómo soporta al inaudito George. Es un admirador de las novelas policiales, y me acribilló a preguntas relativas a su técnica. Discutimos la ciencia dactiloscópica, y los méritos comparados del cianuro, la estricnina y el arsénico, desde el punto de vista del asesino literario. Debo confesar que en esta última asignatura me descubrí bastante flojo: debo seguir un curso de venenos cuando vuelva a mi profesión de escritor. (Me extraña la calma con que admito que volveré a mi profesión cuando termine este pequeño interludio de George. Es como si Wellington se hubiera puesto a jugar con soldaditos de plomo después de Waterloo.)

Luego de haber charlado un rato, me dirigí

hacia los fondos del garage. Mis ojos se encontraron con una escena más bien extraña: George, dándome su enorme espalda y cubriendo casi toda la ventana, se encontraba en la actitud de un hombre que apunta con un arma desde una casa sitiada. Se oyó un ruido: "fut". Me acerqué a George. Estaba disparando con un rifle de aire comprimido. Otra rata inmunda, dijo, cuando estuve a su lado. ¡Ah, es usted! Estoy tirando al blanco sobre las ratas del vaciadero. Hemos probado con todo —trampas, veneno, gatos—, pero no disminuyen. Anoche las inmundas entraron y se comieron un neumático nuevo.

—¡Qué lindo rifle!

—Sí. Se lo di a Phil en su último cumpleaños. Le prometí un penique por cada rata que matara. Creo que ayer cazó un montón. ¿Quiere probarlo? Juguemos un chelín. A ver quién mata más ratas en seis tiros.

Tuvo lugar a continuación el divertido espectáculo de un asesino y de su futura víctima, conversando amablemente uno al lado del otro y tirando alternativamente a un montón de desperdicios lleno de ratas. Recomiendo esta escena a mis colegas: quedaría muy bien en el primer capítulo de una novela de Dickson Carr; Gladys Mitchell también podría escribirla muy agradablemente, o Anthony Berkeley.

George ganó el chelín. Cada uno mató tres ratas, pero George juró que yo había apenas herido a la última: no quise discutir; al fin ¿qué es un chelín entre amigos?

Hoy amainó un poco el viento, pero aún pueden presentarse ráfagas muy fuertes. Lo mejor sería matar a George mañana; generalmente descansa durante la tarde de los sábados, y no hay por qué diferir el crimen. Es una ironía bastante divertida que mi relación con George haya empezado y terminado con un accidente.

Agosto 21

Sí, hoy. Esta tarde George saldrá conmigo en el *dinghy*. Es el término de mi largo viaje y el comienzo del suyo. Durante el almuerzo, cuando le pedí que me acompañara, mi voz pareció bastante natural. No me tiembla la mano, ahora, mientras sostiene el lápiz. Están formándose en el cielo unas nubes blancas; las hojas juegan ruidosamente con el sol. Todo saldrá perfectamente.

Fin del diario de Félix Lane

PARTE SEGUNDA

Plan en un río

GEORGE RATTERY volvió al comedor, donde los otros todavía estaban de sobremesa. Se dirigió al hombre barbudo, de cara redonda, que en ese momento tenía un terrón de azúcar en la cucharita y miraba cómo se desmoronaba y desaparecía debajo de la superficie del líquido caliente.

—Escuche, Félix; tengo que hacer un par de cosas todavía. ¿No quiere ir a preparar el barco? Nos encontraremos en el embarcadero dentro de un cuarto de hora.

—Muy bien. No hay apuro.

Lena Lawson dijo:

—¿Hiciste ya tu testamento, George?

—Es lo que justamente iba a hacer, pero no lo dije por delicadeza.

—Lo cuidará, ¿no es cierto, Félix? —dijo Violeta Rattery.

—No te metas, Violeta, yo sé cuidarme solo. No soy un niño de pecho, ya sabes.

—Cualquiera pensaría —dijo suavemente Félix Lane— que George y yo vamos a cruzar el Atlántico en una canoa. No, George ha de vivir aún hasta que lo cuelguen, siempre que haga exactamente lo que yo le diga y no se amotine en mitad del río.

Por un momento, George pareció enojado; sus labios se curvaron debajo de sus grandes bigotes; no le agradaba la idea de ser dirigido por nadie.

—Está bien —dijo—. Seré juicioso. No tengo intención de ahogarme, se lo aseguro. Nunca me gustó el agua, salvo para echarle whisky. Póngase su gorra de marino, Félix. Estaré con usted dentro de un cuarto de hora.

Todos se levantaron y salieron del comedor. Diez minutos después Félix se encontraba dirigiendo el *dinghy* hacia la parte exterior del embarcadero. Con la deliberada minuciosidad del experto, levantó las tablas del fondo, achicó el agua, y las volvió a colocar; armó el timón; colocó el foque e izó la driza para ver si corría libremente, antes de dejar la vela sobre las combas y ocuparse de la vela mayor. Sujetó el botalón al palo, enganchó un extremo de la driza al estrobo de la verga, y, colocándose a barlovento, izó la vela. Ésta se sacudía y flameaba en el viento intermitente. La arrió de nuevo, sonriendo, distraído, y armó los botequines y las chumaceras, bajó la tabla central, jugó un momento con las amarras del foque, y se sentó para esperar a George, encendiendo un cigarrillo.

Todo había sido hecho con una cautela minuciosa y deliberada. Sería espantoso que surgiera algún inconveniente antes del momento tan esperado. Junto al embarcadero, el agua se deslizaba gorgoteando. Mirando aguas arriba, podía ver el puente y la parte del río frente al vaciadero del garage, donde George había seguramente hundido las pruebas condenatorias del accidente. Recordando aquel día, hacía casi ocho meses, cuyo horror surgía ahora destacándose entre la sucesión de días donde a veces había parecido sepultado, su boca se endureció y el cigarrillo le tembló entre los dedos. Ahora se encontraba más allá del bien y del mal; le parecían palabras tan vacías e inconsistentes como la lata y la envoltura de un helado que junto a él pasaban arrastrados por la corriente. Había construido una estructura de pretextos falsos en torno a su verdadero propósito; ahora se había puesto en movimiento, y era demasiado tarde para saltar fuera de ella; se vería arrastrado hacia el fin inevitable tan irremediablemente como estos restos que eran llevados por la corriente. Hacia el fin inevitable, de una manera o de otra; por un momento contempló la posibilidad de que su plan fracasara; se sintió bastante fatalista. Como un soldado en la línea de fuego, no veía más allá de la hora presente; del otro lado, todo era irreal, ahogado por el *staccato* unísono de la emoción del momento, los tambores que sonaban en su corazón, el viento que golpeaba intermitente en sus oídos.

Su ensueño fue roto por el ruido de unos pies sobre el embarcadero. George lo miraba desde arriba, una montaña de hombre, las manos en las caderas.

—¡Dios! ¿Debo meterme en esto? ¡Oh, bueno, vamos, que suceda lo que Dios quiera!

—No, allí no. Siéntese en el banco del medio, y quédese del lado de barlovento.

—¿Ni siquiera puedo sentarme donde quiero? Siempre supuse que éste era un juego de tontos.

—Donde le digo es más seguro. Equilibra mejor el barco.

—¿Más seguro? ¡Ah, sí! Muy bien, profesor, salgamos.

Félix Lane izó el foque, luego la vela mayor; se sentó en la popa, y con dos ágiles movimientos fijó el extremo de babor del foque, y lo aseguró con una agarradera corrediza; luego, mientras izaba la vela mayor, el barco tomó el viento y se deslizó fuera del embarcadero. Navegaban libremente, con el viento que soplaba a través de los prados acuáticos por la manga de estribor. Con los pies asegurados sobre la cubierta, tomándose de la borda con las manos, George Rattery miró cómo el molino pasaba a su lado; nunca lo había visto desde este ángulo; pensó que era un lugar pintoresco, pero que debían trabajar con pérdidas. Las burbujas murmuraban y bullían en la estela; el agua golpeaba apresuradamente contra las combas. Deslizarse así era apacible, mirando las casas que pasaban con suavidad como sobre una cinta ondulante. El sentimiento de temor de George comenzó a disminuir; le divertía ver cómo Félix ajetreaba incesantemente con la cuerda y con el timón, mirando todo el tiempo sobre el hombro derecho, simulando que todo esto era muy difícil. Dijo:

—La navegación siempre me pareció un poco misteriosa. Pero ahora veo que no es para tanto.

—¡Oh!, *parece* muy fácil. Pero espere a que... —Félix volvió a empezar— ¿Quiere probar un poco cuando lleguemos a aquel remanso?

George rió jovialmente.

—¿Un novicio como yo? ¿No teme que tumbe el barco?

—Irá muy bien, siempre que haga exactamente lo que yo le indique. Vea: "timón arriba" es de este lado; "timón abajo" de este otro. Ponga siempre timón abajo cuando sienta que el barco se escora: lo pone en la dirección del viento, y desparrama el viento de las velas. Pero no demasiado bruscamente, porque si no se para en seco, y cuando esto sucede el barco pierde la dirección y usted queda a merced de cualquier racha que lo golpee de costado mientras toma el viento de nuevo.

George sonrió; sus dientes eran grandes y blancos. Por un momento pareció una caricatura francesa de algún hombre de Estado inglés, con una mirada de ávida y solemne satisfacción.

—Bueno, me parece tan fácil como hacer pasteles. No puedo imaginarme la razón de tanto alboroto.

Félix sintió una repentina oleada de furia. Tenía ganas de cachetear a este bulto humano, burlón y satisfecho de sí mismo. Cuando Félix se irritaba mucho, su reacción era no atacar directamente la causa, sino arriesgarse, si estaba en un coche o en un barco; llegaba entonces al borde mismo de la temeridad, y, casi siempre aterrorizaba a la otra persona. Ahora, mirando por encima del hombro, miró una ráfaga que corría hacia ellos sobre el agua, y desplazó la vela mayor. El *dinghy* se escoró como si una mano grande como una nube se apoyara sobre el palo. Puso el timón bien abajo. Por la borda de sotavento entró un poco de agua, mientras el *dinghy* giraba hacia el viento y se enderezaba, sacudiéndose la ráfaga como un perro que se sacude el agua del lomo. Cuando sintió el primer vuelco del barco, George balbuceó un juramento. Félix observó con evidente placer que el hombre tenía ahora un definido color verde y que lo observaba con una inquietud que ni siquiera trataba de disimular.

—Mire, Lane —comenzó a decir George—; yo preferiría...

Pero Félix, sonriéndole inocentemente y libre ya de su momentánea irritación, con un deleite infantil al notar el buen cariz que su maniobra tomaba, dijo:

—¡Oh, eso no es nada! No tiene por qué inquietarse. Cuando lleguemos al remanso y empecemos las bordadas, estaremos haciéndolo todo el tiempo.

—En ese caso, será mejor que me baje y vaya caminando.

George dejó oír una risa corta e inquieta. Pensó: "El estúpido quiere asustarme; no debo mostrarme miedoso; además, no tengo miedo".

Al cabo de unos minutos de navegación llegaron a la esclusa. El jardín de la ribera derecha, frente a la casa del esclusero, estaba desbordante de flores —dalias, rosas, malvas, lino rojo— en apretadas hileras, agitadas por el viento, como un ejército en su brillante diversidad de uniformes. El esclusero salió fumando una pipa de barro, y se apoyó de espaldas extendiendo sus brazos contra la gran viga de madera que abría las hojas del azud.

—Buen día, Mr. Rattery. No se lo ve a menudo por aquí. Lindo día para navegar.

Hicieron entrar al *dinghy* en la esclusa. Abiertas las compuertas, el agua comenzó a salir con un rugido, y el barco descendió más y más hasta que el palo sobresalió tan sólo un pie por sobre la esclusa y ellos se encontraron encerrados entre las verdes paredes fangosas. Félix Lane trató de contener su creciente impaciencia; afuera, media milla más allá de la puerta de madera, estaba el último tramo; allí quería llegar pronto, terminar de una vez, comprobar que sus cálculos habían sido correctos. En teoría parecían impecables; pero ¿llegado el momento? Suponiendo, por ejemplo, que George supiera nadar... El agua golpeaba y bramaba a través de las compuertas, como un rebaño salvaje abriéndose camino a través de una tranquera; pero para Félix era como si goteara lenta y débilmente, el hilo tenue de un reloj de arena. El agua de la esclusa debía de estar ya al nivel exterior de la corriente; pero ese maldito George todavía estaba hablando a gritos con el esclusero, prolongando la agonía de Félix. Parecía, casi, como si quisiera postergar la suya.

Félix pensó: "¡Dios!, ¿cuánto tiempo aún? A este paso estaremos aquí todo el día; el viento puede amainar antes de que lleguemos al remanso". Miró disimuladamente al cielo. Todavía pasaban las nubes, surgiendo del horizonte y deslizándose hacia el confín opuesto. Observó minuciosamente a George: el pelo negro que cubría el dorso de sus manos, el lunar del antebrazo, la curva de su codo derecho mientras sostenía frente a los labios un cigarrillo. En ese momento, George no tenía para él más sentido emocional que el cadáver que uno está por disecar; George era tan sólo un cuerpo con el cual había que hacer determinadas cosas; la aguda impaciencia de Félix lo había llevado más allá del odio; sólo había lugar en él para la impaciencia: la sensación de una periferia girando locamente y en el centro una paz inefable y profundamente tranquila.

El bramido del agua se había transformado en un gorgoteo. Las compuertas empezaron a abrirse, mostrando una perspectiva de río y de cielo que aumentaba gradualmente.

—Van a tener un viento fuerte cuando estén

en la vuelta del río —les gritó el esclusero mientras el bote comenzaba a alejarse.

George Rattery le contestó a gritos:

—¡Tuvimos un ventarrón del diablo por el camino! ¡Mr. Lane hizo todo lo que pudo para que nos fuéramos al agua!

—No tenga miedo de Mr. Lane, señor. Es muy diestro para manejar un barco. Con él está bastante seguro.

—Bueno, mejor saberlo —dijo George, mirando a Félix con indiferencia.

El barco se deslizó indolentemente, dócil como una oveja. No era fácil imaginarse aún al caballo caprichoso, mañero y duro de boca, en que se transformaría cuando sintiera todo el embate del viento. Aquí estaba protegido por las altas márgenes del lado de estribor. George encendió otro cigarrillo, maldiciendo con petulancia, a media voz, cuando el viento le apagó el primer fósforo. Dijo:

—Bastante despacio, ¿no es cierto?

Félix no se molestó en contestar. ¿Así que también George siente que el barco se mueve demasiado lentamente? De nuevo se encendió en él la impaciencia, para abatirse luego como banderas en un día ventoso. Los sauces de la ribera arrastraban y flameaban sus cabelleras en el viento, pero aquí la brisa sólo bañaba suavemente su frente. Recordó a Tessa, y a Martie, y pensó sin aprensión en el dudoso porvenir. Los sauces, agitando sus hojas platinadas, le recordaron a Lena; pero ella parecía estar muy lejos de este barco que llevaba a los dos hombres hacia una crisis en cuya preparación ya había representado su papel.

Se acercaban ahora a la vuelta del río. George miraba de cuando en cuando a su compañero y hacía algún ademán de hablar; pero había algo en la intensa preocupación de Félix, capaz de abrirse paso aun a través de la insensibilidad de George, y de obligarlo al silencio. Félix tenía una extraña y desacostumbrada autoridad mientras dirigía el barco. George lo reconoció con un vago sentimiento de petulancia, pero las emociones que luchaban en su mente fueron pronto dispersadas por la violencia del viento sudoeste que se lanzó sobre ellos mientras tomaban la curva. Frente a ellos el río estaba oscuro y tormentoso; todo el tiempo se formaban olitas sobre su superficie, a veces hondamente surcada por una ráfaga más violenta. El viento que soplaba a lo largo del remanso luchaba contra la corriente, levantando olas abruptas que se sacudían y golpeaban contra los costados del barco. Félix, sentado en la misma borda del *dinghy,* apoyando fuertemente los pies sobre el banco lateral opuesto, ceñía por el lado de estribor. El *dinghy,* con su costumbre de escapar al viento, se sumergía y pateaba como un caballo indómito debajo de Félix, mientras éste luchaba con la vela mayor y el timón para mantenerlo frente al viento. Mirando continuamente por encima del hombro, calculaba la fuerza y la dirección de cada ráfaga que venía hacia él, rasgando su camino sobre la superficie. En un intervalo, pensó sarcásticamente que sería una lástima que una de estas ráfagas los diera vuelta antes del momento esperado; por ahora, todas sus energías estaban dedicadas a preservar la vida del hombre cuya huella había estado siguiendo cuidadosamente durante tantos días.

Puso el timón arriba. Mientras la proa trataba de abrirse paso hacia el viento, dejó ir la cuerda de estribor del foque; el viento se apoderó de él y lo sacudió ferozmente de lado a lado, como un perro que sacude un enorme trapo; se sintió una salvaje confusión de ruido y de movimiento: la popa, deslizándose al girar, hizo bullir el agua, y varias olitas fueron a golpear sobre la margen próxima. El barco se adelantaba lentamente sobre la borda de babor; una ráfaga lo dobló hacia el costado, pero Félix había puesto ya el timón abajo y lo forzaba a avanzar hacia el viento; estaba erguido de nuevo, con un cansado estremecimiento de la vela hacia el lado de la nueva borda. George, inclinándose desesperadamente hacia barlovento, había advertido el peligroso vuelco del *dinghy* y oído cómo silbaba el agua junto a la borda de sotavento. Apretó los dientes, decidido a no demostrar su miedo a ese hombrecito barbudo que silbaba mientras luchaba con el viento, amo por el momento pero cuyo pescuezo podía romper como una ramita en cualquier instante.

Félix, en verdad, estaba tan absorto en controlar su indócil barco, que ni se acordaba de pensar en George. Era vagamente consciente del delicioso poder que ejercía sobre este matón vulgar y presuntuoso; se divertía con el mal disimulado terror del hombre, pero ahora sólo como una pequeña parte de su lucha habitual con el viento y el agua. Otra parte de su mente recordaba la posada blanquinegra que se veía allá lejos, sobre la margen opuesta; la chata abandonada y rota que yacía frente a ella al lado del embarcadero; los pescadores contemplando sus barcas en un éxtasis místico que no llegaban a turbar las viradas y las vueltas del *dinghy* mientras tejía su zigzag de ribera a ribera. "Si yo quisiera, pensó, podría ahogar ahora a George, y ninguno de esos pescadores lo advertiría".

En ese instante oyeron un estrépito; mirando hacia atrás, Félix vio asomar por la curva dos lanchas a motor, por el través, y cada una remolcando un par de lanchones. Calculó con la vista la distancia. Estarían a unos doscientos metros más atrás y lo alcanzarían en su tercer bordada a partir de ésta. Él podía, mientras pasaban, hacer unas bordadas cortas entre las orillas y la hilera de lanchones más próxima; pero si así lo hacía, corría el peligro de ser momentáneamente dejado sin viento al ser ocultado por los cascos, y de quedar a merced de la próxima ráfaga; y también el peligro del golpe de agua desviándolo de su camino, y la amenaza del cable tenso que unía los lanchones. La alternativa era dar vuelta cuando hubieran pasado. Sus cálculos fueron interrumpidos por George, que se despejó la garganta y dijo:

—¿Qué hacemos ahora? ¿Se acercan bastante, no?

—¡Oh, habrá suficiente lugar! —agregó Félix maliciosamente—. Los barcos a motor deben dar paso a los barcos a vela ¿sabe?

—¿Dar paso? No veo que nos den paso. ¡Caramba, se creen que son los dueños del río! ¡Venirse de dos en fondo! Es un escándalo. Les tomaré el número y me quejaré a los propietarios.

George incubaba sin duda un ataque de nervios que pronto no podría contener. Verdaderamente, las dos grandes lanchas a motor se les venían encima, y parecían terribles, con sus bigotes de espuma ondulando a los costados. Pero Félix tomó con toda calma otra bordada, y empezó a cruzar el río unos treinta metros frente a las lanchas. George se frotaba la cara con una mano, acercándose furtivamente a Félix, mirándolo absorto con sus ojos cada vez más abiertos. De pronto, empezó a gritar:

—¿Qué está por hacer? ¡Fíjese, le digo! No puede...

Pero sus palabras fueron cortadas repentinamente y ahogadas por el estruendo de la sirena de una de las lanchas, que parecía hacerse eco de la creciente histeria de la voz de George. Al ver la ridícula angustia de su rostro, Félix pensó súbitamente que éste era el momento apropiado para representar un accidente *impromptu*. El terror de George, aunque le inspiraba desprecio, lo incitaba hacia ello. Pero rechazó la tentación de alterar su plan primitivo. Sabía que ese plan era el mejor; para estar doblemente seguro, mejor sujetarse al plan y no aventurarse en improvisaciones. Pero no había inconveniente en dar otro susto a George.

Las lanchas estaban ahora a unos veinte metros, encerrando al *dinghy* contra la ribera. Félix tenía poco lugar donde maniobrar. Cambió de rumbo, y la dirección del *dinghy* empezó a converger y a acercarse a la de la lancha más próxima. Se dio cuenta, vagamente, de que George se había aferrado a su pierna y le estaba gritando en los oídos: "¡Si chocamos con la lancha, pedazo de estúpido, no pienso soltarlo!". Félix puso el timón arriba y arrió la vela, de modo que el barco giró, con el botalón sobre la borda de babor, mientras la monstruosa proa de la lancha pasaba casi rozándolo, con ocho metros apenas de separación. El *dinghy* fue arrastrado a favor del viento, y George, en un estado de furia incontrolable, se levantó tambaleando y agitó sus puños en dirección al hombre impasible de la cubierta, gritándole toda clase de imprecaciones. Un joven, sentado más hacia la popa, miró con indiferencia sus gesticulaciones. Luego el *dinghy* fue tomado por la estela de la lancha, y George perdió el equilibrio, cayendo sobre las tablas del fondo.

—Yo que usted no volvía a pararme —dijo suavemente Félix Lane—. La próxima vez podría caerse afuera del barco.

—¡Al diablo esos...! ¡Qué el diablo se los lleve! Les...

—¡Oh, cálmese! No hubo el menor peligro. —Félix prosiguió tranquilamente:— Lo mismo sucedió el otro día cuando salí con Phil. Pero él no se asustó.

El lanchón siguiente pasó al lado de ellos, una embarcación de hierro, larga y baja, con la palabra INFLAMABLE escrita a lo largo de la cubierta. Parecía verdaderamente que Félix tuviera la intención de inflamar a su compañero. Mientras hacía girar de nuevo al *dinghy* sobre la borda de babor, brincando sobre la estela ondulante de las lanchas, observó fría y distintamente:

—Nunca he visto una persona mayor que se pusiera tan en ridículo.

Hacía seguramente mucho tiempo que nadie se dirigía de esta manera a George. Se enderezó, miró incrédulamente a Félix, como dudando de sus oídos; un fuego peligroso brilló en sus ojos. Pero después de unos minutos se le ocurrió seguramente otra idea, porque se encogió de hombros y se volvió con una sonrisa artera y misteriosa. Ahora era Félix Lane quien parecía cada vez más y más nervioso jugando distraídamente con el aparejo y dirigiendo inciertas miradas hacia su compañero, mientras George, desplazando su corpulencia de un lado al otro del barco, a medida que se sucedían las bordadas, comenzaba a silbar y a hacer algunas observaciones aisladas y chistosas.

—Empiezo a divertirme —dijo.

—Bueno. ¿Quiere tomar un rato el timón? —La voz de Félix era seca, tensa, casi repentina. Mucho dependía de la contestación a esa pregunta. Pero George no pareció encontrar nada anormal.

—Cuando usted quiera —contestó al descuido.

Una sombra, una expresión que podría haber sido traducida como ambigüedad o consternación u oscura ironía, iba y venía por la cara de Félix. Cuando habló, su voz era apenas un murmullo, y sin embargo había en ella una nota de desafío que no podía ser disimulada.

—Hace bien. Seguiremos hasta un poco más adelante, y luego daremos vuelta y usted puede timonear.

Difiriéndolo, se dijo a sí mismo: "Débil de voluntad, postergas la crisis, tu última esperanza. No hay otro remedio: si hay que obrar, cuanto antes mejor. Ahora, a otra cosa: me gustaría saber qué usa aquel pescador como carnada; mi caña también tiene carnada; una carnada lista para George Rattery".

Se habían invertido ahora las posiciones. Félix estaba en un estado de nervios lamentable, no ya ajetreándose, sino con todo el cuerpo rígido por el sufrimiento; George había recuperado su tono jocoso, su brutal actitud de orgullo y petulancia; o por lo menos, así habría parecido a uno de esos observadores omniscientes y ubicuos de Thomas Hardy, si hubiera asistido a esta extraña excursión.

Félix notó que el lugar que había elegido para el acto —un grupo de olmos en la orilla derecha— quedaba ahora a popa. Apretando los dientes, siempre esperando inconscientemente la llegada de las ráfagas del lado de babor, hizo girar al *dinghy* en una amplia curva. El agua arremolinada gorgoteó sardónicamente. No se atrevió a encontrar los ojos de George, mientras le decía con voz abrupta y agitada:

—Ahí tiene. Tome el timón. Mantenga la amarra de la vela hacia afuera, como está ahora. Yo iré hasta la punta y levantaré la tabla central; corre mejor así, menos resistencia al agua.

Mientras hablaba, tuvo la extraña impresión de que el viento había amainado, que todo se había sosegado en silencio, para mejor oír sus palabras decisivas y esperar su consecuencia. La naturaleza parecía contener su respiración, y su propia voz sonaba sobre la calma como un desafío gritando desde una atalaya en el desierto. Luego comenzó a percibir que este silencio extraordinario no provenía del viento y del agua, sino que emanaba, como una niebla helada, de George. La tabla central, pensó; dije que iría hacia adelante para levantarla. Pero permaneció sentado en la popa, como clavado por los ojos de George, que parecían perforarlo. Se esforzó para levantar la vista y encontrarlos. El cuerpo de George daba la impresión de haberse hinchado y acercado horriblemente, como un ser de pesadilla; pero sólo se había corrido tranquilamente hacia la popa y estaba sentado a su lado. En sus ojos se veía una expresión no disimulada de astuto triunfo. George dijo suavemente, lamiéndose los gruesos labios:

—Muy bien, hombrecito. Córrase y tomaré el timón. —Su voz se hizo más baja, como un afilado murmullo—. Pero le aconsejo: nada de esas bromas que ha estado planeando.

—¿Bromas? —dijo Félix apagadamente—. ¿Qué quiere decir?

La voz de George se elevó en una ráfaga de rabia explosiva.

—¡Usted sabe muy bien lo que quiero decir, inmundo monigote asesino! —rugió. Luego, de nuevo tranquilamente, dijo:— Hoy envié su precioso diario a mis abogados, por correo; eso es lo que tuve que hacer después del almuerzo, cuando lo mandé a preparar el barco. Tienen orden de abrirlo en el caso de mi muerte, y tomar las medidas necesarias. Sería sumamente triste para usted que yo me ahogara durante el paseo. ¿No es cierto?

Félix había desviado la cara. Tragó con dificultad, y trató de hablar, pero no encontró palabras. Los nudillos de sus manos parecían muy blancos sobre el timón.

—¿Ha perdido su lengüita mentirosa? —George prosiguió:— Y sus uñas también. Sí, parece que le hemos sacado las uñas definitivamente al pobre Pussy. Creyó que era tan superior, ¿no? Tanto más listo que todos nosotros. Bueno, se pasó de listo.

—¿Hace falta ponerse tan melodramático? —murmuró Félix.

—Si empieza a ser mal educado, hombrecito, le romperé la mandíbula. En realidad, me parece que voy a rompérsela de todos modos —dijo George peligrosamente.

—¿Y guiar el barco usted solo, de vuelta?

George lo miró amenazante. Luego sonrió.

—Sí, es una idea. Creo que voy a dirigir el barco por mis propios medios. Igual, siempre me queda tiempo de romperle la mandíbula cuando lleguemos a tierra firme, ¿eh?

Empujó a Félix hacia un costado, y tomó el timón. El barco se zambulló y se largó con el viento, las orillas pasaron volando a los costados. Félix, sosteniendo todavía la cuerda de la vela y observando automáticamente la relinga por un posible movimiento peligroso, parecía hundido en una especie de apatía.

—Bueno, ¿por qué no empieza a hacer algo pronto? Estamos a mitad de camino de la esclusa. ¿O ha decidido, después de todo, no ahogarme? —Félix levantó un hombro con un pequeño ademán—. ¿No? Lo supuse. Perdió el coraje, ¿no? Quiere salvar su maldito cuello. Me imaginé que no tendría la valentía de ir hasta el final y de aceptar las consecuencias. Confié en ello. Bastante psicólogo, ¿no?... Bueno, si no quiere hablar, yo hablaré.

Y pasó a explicar, entre otras cosas, cómo las observaciones de Félix, un día, mientras almorzaban, le habían despertado su curiosidad acerca de la "novela policial" que estaba escribiendo; por eso había subido al cuarto de huéspedes una tarde en que Félix había salido, y descubierto el escondite, y leído el diario. Había tenido antes vagas sospechas acerca de Félix, y el diario comprobó que eran fundadas.

—Ahora —concluyó— lo tengo a usted en la cuerda floja. De ahora en adelante tendrá que portarse bien, Pussy; deberá cuidar mucho, mucho, sus pasos.

—No puede hacer nada —dijo Félix sombríamente.

—¡Oh! ¿Conque no puedo? No sé gran cosa de nuestra posición legal; pero ese diario suyo le provocaría muy probablemente un veredicto de tentativa de homicidio.

Cada vez que George pronunciaba la palabra diario, se detenía, luego la escupía con furia, como si se le hubiera pegado a la garganta. No había apreciado sin duda el análisis de su carácter que dicho diario contenía. El silencio apagado de Félix parecía enfurecerlo: empezó de nuevo a insultar a su compañero, no violentamente como antes, pero en términos incrédulos, quejosos y escandalizados, casi como si estuviera quejándose de la radio de un vecino que le impidiera dormir de noche.

Mientras George se preparaba progresivamente para otra explosión de virtuosa indignación, Félix lo cortó en seco con:

—Bueno, ¿qué piensa hacer?

—Tengo bastantes ganas de entregar su diario a la policía. Eso es lo que debería hacer. Pero por supuesto sería muy desagradable para Lena y... todos los demás. Es posible que me decida a venderle el diario a usted. Tiene bastante dinero, ¿no? ¿No quiere hacer una oferta por él? Tiene que ser una oferta generosa.

—No sea tonto —observó Félix inesperadamente.

George dio un respingo y miró incrédulamente a su compañero.

—¿Qué? ¿Qué es eso? ¿Qué diablos quiere decir con...?

—Dije "no sea tonto". Usted sabe muy bien que no puede entregar mi diario a la policía...

George le dirigió una mirada cautelosa y calculadora. Hundido en la popa, el brazo rígido sobre el banco, Félix miraba atentamente la vela. George siguió la dirección de su mirada, persuadido por un momento de que podía surgir de la vela, curva e hinchada, alguna sorpresa. Félix continuó:

—Por la importante razón de que usted no quiere que la policía lo persiga por una acusación de homicidio.

George parpadeó. Su gruesa cara se cubrió de sangre. Increíblemente, en el ardor del triunfo sobre su pequeño y peligroso adversario, en el tumultuoso alivio que había sentido al comprobar que ya había pasado el peligro físico, en la deliciosa expectativa de todo lo que podía hacer con el dinero de la venta del diario, había pasado por alto su contenido: la peligrosa información que Félix poseía. Sus dedos se crisparon; le dolían de ganas de rodear el cuello de su compañero, de hundirse en sus ojos, machacando y destrozando al pequeño intrigante que parecía haberse librado de una situación dificilísima; que le había devuelto el golpe.

—Usted no puede probar nada de lo que afirma —dijo amenazadoramente.

La voz de Félix era indiferente:

—Usted mató a Martie, usted mató a mi hijo. No tengo la menor intención de comprarle mi diario. No creo que sea necesario fomentar chantajistas. Entréguelo a la policía, si quiere. Aplican sentencias bastante largas por homicidio casual, ¿sabe? Usted no está en condiciones de ocultar lo que ha hecho; y aunque pudiera hacerlo, Lena no lo podría. No, es un empate, amigo mío.

En las sienes de George sobresalían las ve-

nas. Sus puños apretados empezaron a levantarse. Félix dijo rápidamente:

—Yo trataría más bien de quedarme quieto,
porque, si no, podría ocurrir un accidente autén-
tico. Un poco de control no le vendría mal.

George Rattery explotó en un torrente de in-
jurias, que despertó de su éxtasis a uno de los
pescadores de las orillas. "Debe de haberlo picado una avispa —pensó—. Mal año para las avis-
pas; dicen que el otro día uno de los jugadores del
team del condado fue picado mientras estaba pa-
teando; el otro no parece preocuparse mucho; me
gustaría saber qué gusto puede tener en recorrer
el río para arriba y para abajo en un barquito. A
mí que me den una lancha a motor bien cómoda,
con un cajón de cerveza en la cabina".

—¡Usted se irá de mi casa y no volverá más!
—seguía gritando George— Si vuelvo a verlo
otra vez, enano, lo haré mermelada. Le…

—¿Y mi equipaje? —dijo Félix blandamen-
te—. Tengo que volver para hacer mis valijas.

—Usted no cruza más mis umbrales, ¿me
oye? Lena puede hacerle las valijas. —Por la cara de George pasó una expresión de astucia.

—Lena… Me gustaría saber qué dirá cuando sepa que no ha sido más que un medio para
llegar hasta mí.

—Mejor que no la mezcle en esto.

Félix sonrió amargamente para sí mismo,
molesto por haberse dejado infectar por la actitud melodramática de George. Se sentía cansado, lastimado. Gracias a Dios llegarían dentro de
un minuto a la esclusa y allí podría dejar a George en tierra. Puso el timón abajo y arrió la vela
mientras se acercaban a la curva. El botalón cayó a estribor; el barco se desvió y se zambulló;

puso el timón bien arriba y volvió a su dirección. La parte que en él ejecutaba estos movimientos era real, todo el resto era un sueño. Podía ver a babor las flores apretadas y brillantes en el jardín del esclusero. Se sintió melancólico y solitario. Lena... No se atrevía a pensar en el futuro. Se lo habían sacado de las manos.

—Sí —decía George—, ya me encargaré de que Lena sepa qué especie de puerco traidor es usted. Eso terminará todo entre ustedes.

—No se lo diga demasiado pronto —dijo cansadamente Félix— porque podría rehusarse a hacer mis valijas. Entonces tendría que hacerlas usted mismo, y eso sería terrible, ¿no? Víctima providencialmente salvada arregla la valija del asesino frustrado.

—No sé cómo puede quedarse ahí sentado y decir bromas. ¿No comprende...?

—Muy bien, muy bien. Los dos nos pasamos de listos. Dejémoslo así. Usted mató a Martie, y yo no he conseguido matarlo a usted; de suerte que usted me gana por puntos.

—¡Oh, por Dios, cállese, monstruo sin sangre! No puedo soportar más su cara. Déjeme salir de este maldito barco.

—Muy bien. Aquí está la esclusa. Usted se baja aquí. Córrase, tengo que arriar la vela. Puede mandar mis cosas al *Angler's Arms*. ¿No quiere que firme su libro de visitas?

George abrió la boca para dejar escapar la rabia que de nuevo hervía en él; pero Félix, mostrándole al esclusero que se aproximaba, dijo:

—No delante de los sirvientes, George.

—¿Tuvieron un buen paseo, caballeros? —preguntó el esclusero—. ¡Ah!, ¿usted se baja aquí, Mr. Rattery?

Pero George Rattery ya se había salido fuera del bote y pasado al lado del hombre, y se alejaba rápidamente sin decir una palabra, a través del jardín, cuidado y floreciente, con su enorme cuerpo que se abalanzaba despiadadamente sobre las flores, como un tanque, caminando en su ciega furia por encima de los canteros y aplastando el lino rojo con los pies.

El esclusero lo miró con la boca abierta. La pipa de barro cayó de sus labios y se estrelló sobre el muelle de piedra.

—¡Oiga! ¡Eh, señor! —dijo por fin con una voz incierta y herida—. ¡Cuidado con mis flores, señor!

Pero George no le hizo caso. Félix contempló sus anchas espaldas alejándose hacia la ciudad, y la línea que sus pies habían cortado a través de las atónitas y lucientes flores. Fue lo último que vio de George Rattery.

PARTE TERCERA
El cuerpo del delito

1

NIGEL STRANGEWAYS estaba sentado en un sillón, en el departamento que había alquilado después de su casamiento con Georgia, hacía dos años. Por la ventana podía admirar la dignidad precisa y clásica de una de las pocas manzanas del Londres del siglo XVII, no entregadas aún a los innecesarios negocios de lujo y a las portentosas casas de departamentos para amantes de millonarios. Sobre las rodillas de Nigel yacía un enorme almohadón rojo, y sobre el almohadón, un libro abierto; a su lado estaba el excesivamente complicado y fastuoso atril de lectura que Georgia le había regalado para su cumpleaños. Georgia se encontraba en este momento paseando por el parque, y por eso él podía volver a su antigua costumbre de leer cómodamente con su almohadón y su atril.

Pronto, sin embargo, tiró al suelo libro y almohadón. Se sentía demasiado cansado para interesarse. El extraño caso de la colección de mariposas del Almirante, que acababa de llevar hacia una feliz aunque complicada solución, lo había dejado exhausto y deprimido. Bostezó, se levantó, divagó un poco por la habitación, hizo una mueca al ídolo de madera sobre la chimenea, que Georgia había traído del África; tomó del escritorio unas hojas de papel y un lápiz, y se hundió de nuevo en el sillón.

Georgia, al entrar veinte minutos después, lo encontró sumido en el trabajo.

—¿Qué estás escribiendo? —preguntó.

—Estoy componiendo un catecismo de Conocimientos Generales. *Favete linguis.*

—¿Eso quiere decir que debo quedarme tranquilamente sentada hasta que acabes? ¿O quieres que me acerque y respire sobre tu hombro?

—Prefiero la primera alternativa. Estoy sosteniendo un *tête-a-tête* con mi subconciencia. Es muy reconfortante.

—¿Puedo fumar?

—Haz como si estuvieras en tu casa

Después de unos minutos, Nigel le entregó una hoja de papel.

—Me gustaría saber cuántas preguntas puedes contestar —dijo.

Georgia tomó la hoja y leyó en voz alta:

(1) ¿Dónde vive actualmente Kubla-Kahn?

(2) ¿Quién o qué era el "ama-seca húmeda de los leones"?

(3) ¿En qué sentido eran los Siete Sabios?

(4) ¿Qué sabe acerca de Mr. Bangelstein? ¿Qué no sabe acerca de Bion el Borysthenita?

(5) ¿Ha escrito usted alguna vez una carta a la Prensa relativa a los juncos quebradizos? ¿Por qué?

(6) ¿Quién es Sylvia?

(7) ¿Cuántos pájaros en mano valen 125 volando?

(8) ¿Cuál es la tercera persona del plural pluscuamperfecto de Εινστεῖν?

(9) ¿Cuál fue el segundo nombre de Julio César?

(10) ¿Qué cosa no es soplar y hacer botellas?

(11) Decir los nombres de las dos primeras personas que sostuvieron un duelo con arcabuces en globo.

(12) Dar razones explicando por qué las personas siguientes no sostuvieron duelos en globo con arcabuces: Pablo y Virginia; Más y Pi; Catón el joven y Catón el viejo; usted y yo.

(13) Decir la diferencia entre el ministro de Agricultura y un Club de Pesca.

(14) ¿Cuántos pies hay que buscar a un gato de siete vidas?

(15) ¿Dónde están los muchachos de entonces? Ilustrar la contestación con un croquis aproximado.

(16) ¿Cuán pronto se va el placer?

(17) "Sólo los tontos como yo hacen poemas". Refutar esta declaración, aunque no es obligatorio.

(18) ¿Cree usted en las hadas?

(19) ¿Qué célebres deportistas hicieron las siguientes declaraciones?

a) "Lo volvería a cortar en tiras".

b) *"Qualis artifex pereo"*.

c) "Volverán las oscuras golondrinas".

d) "En mi vida me sentí tan ofendido".

e) "Ya no abriré la boca".

(20) Decir la diferencia entre Mozart y el jabón Sunlight.

(21) ¿Qué prefiere usted: la Cosmo-terapia o la Descongelación de Valores?

(22) ¿En cuántos idiomas se ha impreso la sopa de letras?

Georgia hizo una mueca con la nariz.

—Haber recibido los beneficios de una educación clásica debe ser terrible —dijo sombríamente.

—Sí.

—Te hacen falta unas vacaciones, ¿no?

—Sí.

—Podríamos irnos por unos meses a Tíbet.

—Prefiero Hove. No me gusta la leche de yak, ni las tierras lejanas, ni las llamas.

—No hay llamas. Son lamas.

—Es lo que yo quería decir. Llamas.

Sonó el teléfono. Georgia se levantó para contestar. Nigel observó sus movimientos: su cuerpo era ágil y liviano como el de un gato; nunca dejaba de gustarle; estar con ella en la misma habitación bastaba para confortarlo; y su triste y pensativa carita de mono contrastaba extrañamente con la gracia bárbara de su cuerpo, siempre envuelto en rojos flameantes y amarillos y verdes vivísimos.

"Habla Georgia Strangeways... ¡Ah!, ¿es usted, Michael? ¿Cómo le va? ¿Qué tal Oxford?... Sí, está aquí... ¿Un trabajo? No, Michael, no puede... No, está agotado, un caso muy difícil... No, realmente, está un poco mal de la cabeza; recién me preguntó la diferencia que hay entre Mozart y el Jabón Sunlight, y... Sí, ya sé que no viene al caso, pero estamos por tomarnos unas vacaciones, así que... ¿Un caso de vida o muerte? Querido Michael, ¡qué frases extrañas aprende por ahí! ¡Oh, muy bien, le hablará él mismo!"

Georgia entregó el tubo. Nigel sostuvo una larga conversación. Cuando terminó, tomó a Georgia por debajo de los brazos y la hizo girar por los aires.

—Supongo que toda esta efervescencia significa que alguien ha matado a alguien, y que has decidido meter la nariz en el asunto —dijo ella, cuando él la hubo dejado sobre una silla.

—Sí —dijo Nigel con entusiasmo—. Una situación sumamente extraña. Te lo aseguro. Un amigo de Michael —un hombre llamado Frank Cairnes; parece que es el Félix Lane que escribe novelas policiales— se decidió a matar a un tipo, y fracasó, y ahora han matado de veras al tipo, con estricnina. Este Cairnes quiere que yo vaya y pruebe que no ha sido él.

—No creo una sola palabra. Son cuentos. Oye, si insistes, te acompañaré a Hove. No estás en situación de ocuparte de otro asunto.

—Debo hacerlo. Michael dice que Cairnes es una persona decente, y está en una situación sumamente difícil. Por otra parte, el Gloucestershire nos vendrá bien para un cambio de aire.

—No puede ser muy decente si quería matar a alguien. Déjalo. Olvídate.

—Se encuentra en una situación abrumadora. El individuo había atropellado al hijo de Cairnes y lo había matado. La policía no lo descubrió; entonces Cairnes lo buscó por su cuenta y...

—Es demasiado fantástico. Esas cosas no suceden. Cairnes debe de estar loco. ¿Y qué necesidad tenía de contar toda la historia si ya han matado al otro?

—Michael me dijo que había escrito un diario. Te lo contaré todo en el tren. Severnbridge. ¿Dónde está la guía?

Georgia lo miró largamente, pensativa, curvando el labio inferior. Luego se volvió, abrió un cajón del escritorio, y empezó a buscar algo entre las páginas de la guía.

2

La primera impresión que Nigel tuvo del hombre, bajo y barbudo, que se adelantó a recibirlo en el vestíbulo del *Angler's Arms,* fue la de una persona singularmente serena ante la desastrosa situación en que se encontraba. Les dio rápidamente la mano, mirándolos intermitentemente con una sonrisa débil y melancólica, con una sugerencia de estar disculpándose, en la manera de levantar las cejas, como si les pidiera perdón por haberlos hecho venir desde tan lejos por un motivo tan fútil. Hablaron un rato.

—Es muy amable de su parte el haber venido —dijo Félix—. Mi posición es verdaderamente...

—Mejor que esperemos hasta después de la comida para hablar de este asunto. Mi mujer está un poco fatigada por el viaje. La acompañaré hasta arriba.

Georgia, cuya contextura prodigiosamente resistente había soportado la prueba de tantas largas expediciones a través del desierto y de la selva —ella era, en realidad, una de las tres exploradoras más famosas de esos tiempos—, no movió ni una pestaña ante la escandalosa mentira de Nigel. Sólo cuando estuvieron en su habitación se volvió hacia él y le dijo:

—Así que estoy cansada, ¿no? Me pareció muy bien, sobre todo si lo dice un hombre que está al borde del derrumbe físico y nervioso. ¿Por qué toda esta solicitud hacia tu débil mujercita?

Nigel tomó entre sus manos la cara de Georgia, vívida bajo el brillante pañuelo de seda con que cubra su cabello; frotó suavemente sus orejas, y las besó.

—No conviene dar a Cairnes la impresión de que eres tan fuerte. Debes de ser una mujer muy femenina: una criatura amable, blanda y dócil, en quien él pueda confiar.

—¡El famoso Strangeways entra en escena! —dijo burlonamente— ¡Qué espíritu desagradablemente oportunista! Pero no veo qué necesidad hay de mezclarme en esto.

—¿Qué piensas de él? —preguntó Nigel.

—Diría que es inteligente. Bastante civilizado. Bastante nervioso. Vive demasiado solo; según el modo que tiene de mirar a lo lejos cuando habla, como si estuviera acostumbrado a hablar consigo mismo. Una persona de gustos delicados y costumbres de solterona. Le gusta creer que se basta a sí mismo, que puede prescindir de la gente; pero en realidad es muy sensible a la *vox populi*, a la voz de la conciencia. Ahora es una pila de nervios, y por eso cuesta juzgarlo.

—¿Te pareció nervioso? A mí me pareció muy sereno.

—No, querido. Está parado en el filo de un cuchillo. ¿No notaste sus ojos cuando decaía la conversación y no había nada para distraerlo? Se llenaban de terror. Una vez vi una persona en ese estado, cuando nos alejamos del campamento, allá junto a las Montañas de la Luna, y estuvimos perdidos una hora en la selva.

—Si Robert Young usara barba se parecería a Cairnes. Espero, después de todo, que no haya cometido este crimen; es un hombrecito bastante simpático. ¿Estás segura de que no te gustaría descansar un poco antes de la comida?

—No, caramba. Y te diré que no pienso poner ni la punta de mi dedo meñique en este asunto. Conozco tus métodos, y no me gustan.

—Apostaría cinco contra tres que dentro de unos días estarás metida hasta el fondo: tienes la mentalidad sensacionalista que...

—Aceptado.

Después de la comida, como había dispuesto, Nigel subió al cuarto de Félix. Félix estudió cuidadosamente a su huésped mientras servía el café y le ofrecía cigarrillos. Vio a un joven alto y anguloso, de poco más de treinta años, con las ropas y el pelo desarreglados y como si acabaran de arrancarlo de un sueño inquieto en la sala de espera de una estación. Su cara era pálida y un poco demacrada, pero sus facciones algo pueriles contrastaban con la inteligencia de sus ojos de un celeste claro, que lo miraban con perturbadora fijeza y daban la impresión de reservar su juicio sobre todas las cosas de la tierra. Había también algo en los modos de Nigel Strangeways —educados, solícitos, casi protectores— que pareció por un momento a Félix indescriptiblemente siniestro. Pensó que podría haber sido la actitud de un hombre de ciencia hacia el sujeto de un experimento, interesada y solícita, pero inhumanamente objetiva bajo la superficie. Nigel era ese tipo de hombre tan poco común, que no tiene la menor dificultad en admitir que está equivocado.

Félix se asombró un poco cuando se dio cuenta de todo lo que había adivinado ya en su huésped; comprendió que el peligro de su posición actual había aguzado sus facultades. Dijo, con una sonrisa un poco lateral:

—¿Quién me librará del cuerpo de esta muerte?

—San Pablo, si recuerdo bien. Mejor que me lo cuente todo.

Entonces Félix le contó lo esencial de la historia, como lo había escrito en su diario: la muerte de Martie, su preocupación creciente y su determinación de venganza, la combinación de razonamiento y de afortunado azar que le permitió descubrir a George Rattery, su plan de ahogar a George en el *dinghy* y cómo se habían dado vuelta las tablas a último momento. En este punto, Nigel, que había permanecido tranquilamente sentado, mirándose la punta de los zapatos, lo interrumpió:

—¿Por qué él no le dijo antes que había descubierto todo?

—Lo ignoro —dijo Félix después de un instante—. Quizá para jugar al gato y al ratón. Era un tipo evidentemente sádico. En parte, tal vez, para cerciorarse de que yo iría hasta el fin. Quiero decir que no le hubiera gustado poner las cartas sobre la mesa, porque eso lo hubiera hecho pasible de una acusación de homicidio en la persona de Martie. Sin embargo, no sé: cuando estábamos en el barco trató de hacerme un chantaje: dijo que me vendería el diario. Pareció muy desconcertado cuando le expliqué que no le convenía entregar el diario a la policía.

—¿Qué ocurrió entonces?

—Bueno, me vine aquí directamente, al *Angler's Arms*. George tenía que mandarme el equipaje. Naturalmente se había negado a que yo volviera a su casa. (Entre paréntesis, todo esto sucedió ayer.) A eso de las diez y media Lena me llamó por teléfono para avisarme que George había muerto. Puede imaginarse la impresión que esto me produjo. Se había sentido mal después de la comida. Lena me describió los síntomas; me parecieron justamente los de la estricnina. Fui de inmediato a casa de Rattery; estaba el médico; lo confirmó. Me vi perdido. Allí estaba mi diario, en mano de sus abogados, para ser abierto en el momento de su muerte; la policía conocería mi intención de matar a George; y ahí estaba George asesinado: un caso muy sencillo para ellos.

La rígida postura del cuerpo de Félix y la ansiedad de sus ojos contradecían su tono de voz tranquilo y casi indiferente.

—Tuve ganas de tirarme al río —dijo—. Parecía no haber solución. Luego recordé que Michael Evans me había contado que usted lo había sacado de un lío semejante; por eso lo llamé por teléfono y le pedí que me comunicara con usted. Y aquí estamos.

—¿Todavía no contó a la policía lo del diario?

—No. Esperaba hasta que...

—Hay que hacerlo en seguida. Lo haré yo mismo.

—Sí. Por favor, si usted no tiene inconvenientes. Yo más bien...

—Y esto debe quedar establecido. —Nigel miró los ojos de Félix, seria e impersonalmente.— De lo que me ha contado, deduzco que es bastante improbable que usted haya matado a George Rattery, y haré todo lo que pueda para probar que no fue usted. Pero, por supuesto si por una casualidad ha sido usted, y mis investigaciones me convencen de ello, no haré nada para ocultarlo.

—Eso parece bastante razonable —dijo Félix con la tentativa de una sonrisa—. Tanto he escrito acerca de detectives *amateurs,* que me interesará mucho ver cómo trabaja uno en la realidad. ¡Oh Dios mío, es horrible! —prosiguió con una voz muy diferente—. Debo de haber estado loco durante estos seis meses. Martie... Continuamente me pregunto si yo hubiera sido capaz de arrojar a George al río y de dejarlo ahogar; si no...

—No se preocupe. No lo hizo; eso es lo que interesa. No hay que llorar por cosas del pasado.

La voz fría y seca pero amistosa de Nigel, era más efectiva, para darle ánimos, que cualquier otro tipo de simpatía.

—Tiene razón —dijo—. Por más que no me sentiría arrepentido si hubiera matado a George; era decididamente, un inexcusable puerco.

—De paso —preguntó Nigel—, ¿cómo sabe que no ha sido un suicidio?

Félix pareció desconcertado.

—¿Suicidio? No se me había ocurrido; quiero decir, siempre pensé en George desde el... hum... punto de vista del asesinato, y no me había pasado por la mente la idea de un suicidio. No, no puede ser; era una persona demasiado insensible y satisfecha de sí misma para... Por otra parte, ¿por qué iba a suicidarse?

—¿Quién cree usted que puede haber sido? ¿Hay algún candidato local?

—Mi querido Strangeways —dijo Félix, intranquilo—; no puede usted pedir al acusado principal que empiece a tirar barro sobre todos o cualquiera de los demás.

—Aquí no valen las reglas de Queensberry. No puede ser excesivamente caballeresco; éste es un juego demasiado serio.

—En ese caso, le diré que cualquiera que tuviera algo que ver con George era en potencia su asesino. Trataba indescriptiblemente mal a su mujer y a su hijo, Phil; le gustaban las mujeres. La única persona a quien no trataba mal y a quien no podía corromper era a su madre, y es una arpía verdaderamente horrorosa. ¿Quiere que le cuente todo lo relativo a esas personas?

—No. Todavía no, por lo menos. Quiero recibir yo mismo la primera impresión, personalmente. Bueno, creo que por esta noche ya basta. Salgamos; vamos a conversar un poco con mi mujer.

—¡Ah!, fíjese, hay una cosa. Ese chico Phil: es un chico muy simpático, de doce años apenas; hay que sacarlo de la casa, si es posible. Es sumamente nervioso, y este asunto podría ser demasiado para él. No quiero pedírselo yo mismo a Violeta, teniendo en cuenta lo que dentro de poco ha de saber acerca de mí. Yo pensé que tal vez su mujer...

—Tal vez podamos arreglar algo de eso. Hablaré mañana con Mrs. Rattery.

3

Por la mañana siguiente, cuando Nigel llegó a casa de los Rattery, encontró un policía apoyado sobre el portal y mirando flemáticamente, a través de la calle, hacia un acalorado automovilista que estaba tratando de desenredar su coche y sacarlo de la casi desierta playa de estacionamiento que había frente a la casa.

—Buen día —dijo Nigel—. ¿Es ésta...?

—Es patético. Verdaderamente patético, ¿no es cierto, señor? —dijo inesperadamente el policía.

Nigel tardó unos segundos en comprender que el hombre no se refería a lo que había ocurrido en la casa, sino a las confusas maniobras del automovilista. Severnbridge confirmaba ya su antigua reputación de honesta y firme estolidez. El gendarme indicó la playa de estacionamiento con el pulgar.

—Hace cinco minutos que está así —dijo—; patético, me parece.

Nigel admitió que la situación presentaba algunos elementos patéticos. Luego preguntó si podía entrar, ya que tenía que hablar con Mrs. Rattery.

—¿Mrs. Rattery?

—Sí. Ésta es su casa, ¿no?

—Es cierto. ¡Qué terrible tragedia!, ¿no, señor? Era uno de nuestros hombres representativos. Pensar que el jueves pasado me dio los buenos días, y ahora...

—Sí, una tragedia terrible, como usted dice. Por eso quiero ver a Mrs. Rattery.

—¿Amigo de familia?— preguntó el gendarme, apoyado todavía pesadamente sobre el portón.

—Bueno, no justamente, pero...

—Uno de esos reporteros. Lo había adivinado. Tendrá que esperar un poco todavía, mi hijito —dijo el gendarme con un abrupto cambio de frente—, órdenes del inspector Blount. Por eso estoy aquí.

—¿El inspector Blount? ¡Ah, es un viejo amigo mío!

—Todos dicen lo mismo, mi hijo. —La voz del gendarme era lúgubre, aunque tolerante.

—Dígale que es Nigel Strangeways; no, dele esta tarjeta. Le apuesto siete contra uno que me recibe en seguida.

—No hago apuestas. No me parece bien. Juego de tontos, y no me importa decirlo. Claro que no me pierdo el Derby; pero siempre digo...

Después de otros cinco minutos de resistencia pasiva, el gendarme accedió a llevar al inspector Blount la tarjeta de Nigel. ¡Qué rápido han recurrido a Scotland Yard —pensó Nigel—; qué casualidad toparme con Blount! Recordó con encontrados sentimientos su última entrevista con este escocés de rostro blando y de corazón de granito; Nigel había sido el Perseo de la Andrómeda de Georgia, y Blount estuvo muy cerca de representar el papel de monstruo marino; fue también en Chatcombe donde aquel legendario aviador, Fergus O'Brien, ofreció a Nigel el problema más enredado de su carrera.

Cuando Nigel fue introducido en la casa por un gendarme algo menos conversador, vio a Blount —como mejor lo recordaba Nigel— sentado detrás de un escritorio, como una imitación perfecta de un gerente de banco a punto de recibir a un cliente que ha girado sin fondos. La cabeza calva, los lentes de oro, el rostro terso, el discreto traje oscuro, respiraban dinero, tacto, respetabilidad. No se parecía en nada al implacable cazador de criminales que Nigel harto conocía. Por suerte tenía cierto sentido del humor, de un tipo más bien seco.

—Es un placer inesperado, Mr. Strangeways —dijo, levantándose y extendiendo su mano pontifical—. Y su señora esposa ¿está bien?

—Sí, gracias. Vino conmigo. Toda la familia reunida. ¿Diré, más bien, todos los cuervos reunidos?

El inspector Blount se permitió parpadear, pero de una manera seca y helada.

—¿Cuervos? ¿Supongo, Mr. Strangeways, que no piensa mezclarse otra vez en un crimen?

—Me parece que sí.

—Bueno, bueno, vean un poco; ¡verdaderamente! Y estará por proporcionarme alguna inesperada sorpresa. Lo veo escrito en su cara.

Nigel no se impacientó. Nunca desdeñaba un poco de ostentación; pero cuando se sabía poseedor de un golpe de efecto, le gustaba prepararlo.

—¿Así que éste es un crimen? —dijo—. Asesinato, quiero decir, no uno de esos suicidios baratos.

—Los suicidas —observó Blount un poco sentenciosamente— no suelen tragarse la botella junto con el veneno.

—¿Quiere decir que el vehículo, o como se

144

llame, ha desaparecido? Será mejor que me cuente todo, si no le molesta. No sé todavía una palabra acerca de la muerte de George Rattery, salvo que una persona que paraba aquí, Félix Lane, cuyo verdadero nombre es Frank Cairnes, y que, como usted ya lo sabe, aquí todos lo llaman "Félix", y creo mejor que lo llamemos Félix Cairnes en adelante... Como decía, esta persona quería matar a George Rattery; pero según él, fracasó, y algún otro debe de haber tenido su puesto.

El inspector Blount recibió esta bomba con un aplomo digno de la guardia vieja. Con gran minuciosidad se sacó los lentes, los limpió, y los volvió a colocar sobre su nariz. Luego dijo:

—¿Félix Cairnes? Sí..., sí... El hombrecito barbudo. ¿Escribe novelas policiales, no? Muy interesante.

Miró a Nigel con amable indulgencia.

—¿Por qué no arreglamos las condiciones del partido? —preguntó Nigel.

—¿Usted, eh... eh, representa al señor Cairnes?

El inspector Blount se movía delicada pero firmemente.

—Sí. Salvo que compruebe que es el culpable, por supuesto.

—Ya veo. Y usted cree que es inocente. Será mejor que ponga de una vez las cartas sobre la mesa.

Nigel resumió la confesión de Félix. Cuando llegó al plan de Félix para ahogar a George Rattery, Blount, por primera vez, no pudo ocultar su agitación.

—Los abogados del muerto acaban de llamar. Dijeron que tenían en su poder algo que nos interesaría. Sin duda debe de ser el diario que usted menciona. Lo cual perjudicará enormemente a su... cliente, Mr. Strangeways.

—No lo sabremos hasta haberlo leído. No estoy muy seguro de que no lo salve.

—Bueno, lo envían con un mensajero especial, así que lo sabremos bastante pronto.

—No discutiré hasta entonces. Ahora, cuénteme un cuento.

El inspector Blount tomó una regla de sobre el escritorio, y observó la corrección del filo, cerrando un ojo. Luego se sentó rígidamente, y habló con notable precisión.

—George Rattery fue envenenado con estricnina. No puedo decir nada más sobre esto hasta después de la autopsia, que terminará a mediodía. Él, Mrs. Rattery, Lena Lawson, la anciana Mrs. Rattery, su madre, y su hijo Philip —un chiquilín— comieron juntos. Todos comieron las mismas cosas. El finado y su madre tomaron whisky en la comida; los demás, agua. Ningún otro se descompuso. Se levantaron de la mesa a las ocho y cuarto, primero las mujeres y el chico; después de un minuto el finado. Con la excepción del niño, todos se fueron a la sala. Después de diez o quince minutos, George Rattery sintió unos dolores violentísimos. Las mujeres, ¡pobres!, no supieron qué hacer; le dieron un vomitivo a base de mostaza, lo cual agravó el ataque; los síntomas, por supuesto, son horribles. El médico de la casa había salido por un accidente de automóvil; cuando consiguieron otro era muy tarde. El doctor Clarkson llegó un poco antes de las diez —había asistido a un parto —y le aplicó el acostumbrado tratamiento de cloroformo; pero Rattery ya estaba perdido. Murió cinco o diez minutos después. No lo molestaré con más detalles;

me he cerciorado personalmente de que el veneno no fue administrado en lo que comieron o bebieron durante la cena. Los síntomas del envenenamiento por estricnina rara vez tardan más de una hora en presentarse; como todos se habían sentado a comer a las siete y cuarto, Rattery no pudo haber tomado el veneno antes de la comida. Queda el intervalo de un minuto entre el momento en que los demás salieron del comedor y el momento en que Rattery llegó a la sala.

—¿Café? ¿Oporto? No, claro que no estaba en el oporto. Nadie se bebe el oporto de golpe, y la estricnina tiene un gusto tan amargo que cualquiera la hubiera escupido en seguida, salvo que esperara encontrar un gusto amargo.

—Exactamente. Y la familia no tomó café en la noche del sábado; la mucama había roto la cafetera.

—Parece suicidio, entonces.

El rostro del inspector Blount demostró un poco de impaciencia.

—Mi querido Mr. Strangeways —dijo—, un suicida no se envenena y luego se va a la sala —en el seno de su familia— para que todos puedan estudiar el efecto del tóxico. En segundo lugar, Colesby no pudo descubrir *cómo* lo había tomado.

—¿Habían lavado ya la vajilla?

—La platería y la cristalería; pero no toda la vajilla. Tal vez Colesby —el encargado de esta comisaría— pueda haber pasado por alto alguna cosa: yo no pude llegar hasta esta mañana temprano—, pero...

—¿Sabe que Cairnes no volvió a la casa después de haberla dejado, temprano, por la tarde?

—¿Cierto? ¿Tiene pruebas?

—Bueno, no —dijo Nigel, algo desconcertado—. No, no las tengo por el momento. Me dijo que, después de la pelea del *dinghy,* Rattery le prohibió volver aquí, ni siquiera para hacer las valijas. De todos modos, es fácil de averiguar.

—Tal vez —dijo Blount, precavidamente— Tamborileó con los dedos sobre el escritorio—. Yo creo, sí…, creo que podríamos dar otro vistazo al comedor.

4

Era una habitación pesada y oscura, abarrotada de muebles victorianos de nogal —mesa, sillas y un alto aparador—, indudablemente concebidos para un cuarto mucho más grande, y que creaban una especie de ambiente congestionado y de conversación aburrida.

Este gusto recargado se continuaba en las pesadas cortinas de felpa, el empapelado rojo oscuro, desteñido, pero también repelente, y las pinturas al óleo de las paredes, que representaban respectivamente un zorro comiéndose una liebre semidestripada (muy realista), una milagrosa sarta de pescados —langostas, cangrejos, anguilas, bacalaos y salmones sobre una tabla de mármol—, y un antepasado imponente a quien había ultimado sin duda una apoplejía o un hartazgo de comida muy condimentada.

—Gula recordada en tranquilidad —murmuró Nigel, buscando en torno instintivamente una botella de refresco de menta.

El inspector Blount estaba de pie junto al aparador, frotando pensativamente un dedo sobre su superficie de un amarillo ictérico.

—Mire un poco, Mr. Strangeways —dijo.

Le indicaba un círculo pegajoso, el que podría haber dejado un frasco de remedio cuyo contenido hubiera chorreado hasta la base. —Bien, ahora —dijo—. Me asombra... Lentamente sacó un pañuelo de seda blanca, se limpió el dedo, y apretó el botón de un timbre.

Apareció una mujer —sin duda la mucama— muy erguida y displicente, con sus puños almidonados y su gorra blanca, alta y anticuada.

—¿Usted llamó, señor? —preguntó.

—Sí. Dígame, Annie...

—Merritt.

Sus labios finos y contraídos expresaron su opinión de los policías que llaman a las mucamas por su nombre de pila.

—¿Merritt? Dígame, entonces, Miss Merritt, ¿a qué se debe este círculo?

Sin levantar aparentemente los ojos, que miraban con toda discreción hacia el suelo, como una monja, dijo la mujer:

—Es el tónico del señor, del finado señor.

—Ah, siiiií... Ajá. ¿Y adónde fue a parar la botella?

—No sabría decirle, señor.

A otras preguntas, Miss Merritt respondió que la última vez que vio la botella fue el sábado después del almuerzo; cuando recogió las cosas de la mesa, después de la comida, no se fijó si la botella estaba aún allí.

—¿Lo tomaba con un vaso o con una cuchara?

—Una cuchara de sopa, señor.

—Y el sábado, después de la comida, ¿lavó usted esa cuchara con las demás?

Miss Merritt se irguió levemente.

—Yo no lavo —dijo con énfasis glacial—. *Recojo* las cosas.

—¿Recogió usted la cuchara con que su patrón tomó el tónico? —dijo pacientemente Blount.

—Interesante ejemplo de latín sin lágrimas —comentó Nigel.

—Sí, señor.

—¿Y fue lavada?

—Sí, señor.

—Es una lástima. Déjeme pensar, eh... eh. ¿Podría usted pedirle a la señora que viniera un momento?

—La señora mayor está indispuesta, señor.

—Quería decir... oh... bien, tal vez sea mejor; sí, pregúntele a miss Lawson si puede concederme unos minutos.

—Es fácil ver quién manda en esta casa —observó Nigel cuando la mucama salió.

—Muy interesante. Esta sustancia tiene el gusto de un tónico que tomaba yo en otro tiempo, y que contenía nuez vómica.

—¿Nuez vómica? —silbó Nigel—. Eso explicaría por qué no advirtió el gusto amargo. Y se quedó aquí durante un minuto, mientras los demás se dirigían a la sala. Por fin ha llegado usted a alguna parte.

Blount lo miró astutamente.

—¿Todavía defiende la teoría del suicidio, Mr. Strangeways?

—No me parece muy atendible, si esta botella fue realmente el vehículo del veneno. ¡Qué extraño que el asesino haya hecho desaparecer la botella! Eliminó toda posibilidad de que pareciera un suicidio.

—No me negará que los asesinos hacen cosas muy raras.

—Sin embargo, esto parece excluir a Félix Cairnes. Es decir, si…

Nigel se calló de golpe, al oír un paso detrás de la puerta. La muchacha que entró resultaba inesperada, pero de ningún modo fuera de lugar en la sombría habitación, como un rayo de sol en una celda. Su pelo rubio claro, su traje blanco de hilo, y su brillante maquillaje parecían un desafío a todo lo que este cuarto significaba, en la vida y en la muerte. Aunque Félix no se lo hubiera dicho, Nigel habría adivinado que Lena era un actriz, por su breve pausa al entrar, por la estudiada naturalidad con que aceptó la silla que Blount le ofreció. El inspector se presentó, y presentó a Nigel, y expresó sus condolencias a miss Lawson y a su hermana. Lena las recibió con una superficial inclinación de cabeza; parecía tan ansiosa como el inspector por hablar de cosas más importantes. "Ansiosa, y sin embargo atemorizada por las posibles consecuencias", pensó Nigel, notando cómo sus dedos jugaban con un botón del saco, y sus ojos mostraban una especie de candor.

Blount la interrogaba amablemente, pasando de una faz del asunto a otra, como un doctor que tantea el cuerpo de su paciente, buscando el dolor que ha de revelarle la enfermedad. Sí, miss Lawson estaba en la habitación cuando la primera convulsión tomó a su cuñado. No, Phil no estaba allí, por suerte; seguramente se acostó en seguida después de comer. ¿Qué hizo ella desde el instante en que salieron del comedor? Bueno, se quedó con los demás hasta que George se sintió mal; luego, Mrs. Rattery le dijo que trajera agua y mostaza; sí, recordaba muy bien que era Mrs. Rattery quien había sugerido estos remedios, y luego estuvo en el teléfono tratando de conseguir un médico. No. George no había dicho nada, entre sus espasmos de dolor, que pudiera explicar lo sucedido; apenas se movía, y una o dos veces pareció dormirse.

—¿Y durante los ataques?

Las pestañas de Lena cubrieron sus ojos, pero sin ocultar del todo el estremecimiento de temor que pasó por ellos.

—¡Oh, gemía horriblemente, quejándose de sus dolores! ¡Era horrible! Se había tirado al suelo. Se curvaba, como un arco; una vez pisé un gato, con un automóvil y, ¡oh, por favor, no, no puedo soportarlo!...

Escondió la cara entre las manos y empezó a sollozar. Blount le palmeó la espalda paternalmente; pero luego que ella se hubo serenado insistió con dulzura.

—Y durante esos ataques, ¿no dijo nada, no mencionó algún nombre por ejemplo?

—Yo, yo estuve fuera de la habitación, casi todo el tiempo.

—Vamos, miss Lawson. Usted debe comprender que no hay ninguna necesidad de ocultar algo que sin duda oyeron otras dos personas además de usted. Lo que un hombre pueda haber dicho torturado por el dolor no puede condenar a nadie, no existiendo muchas otras pruebas.

—Bueno, entonces —le espetó con rabia la muchacha—, dijo algo sobre Félix, Mr. Lane. Dijo: "Lane ya antes lo intentó". Algo así. Y lo maldecía horriblemente. No quiere decir nada. Él odiaba a Félix. Estaba aturdido, fuera de sí por el dolor. No puede usted...

—No se preocupe, miss Lawson. Mr. Strangeways la tranquilizará al respecto, supongo. —Blount se frotó la mandíbula y dijo confidencialmente:— ¿Usted no sabe, por casualidad, qué razones podía tener Mr. Rattery para suicidarse? ¿Dificultades financieras? ¿Enfermedad? Me han dicho que tomaba un tónico.

Lena lo miró, rígida y helada, con el ardor insensato de una máscara trágica en sus ojos. Por un segundo o dos no pudo hablar. Luego dijo apresuradamente:

—¿Suicidio? Por un momento me desconcertó usted. Quiero decir, que todos habíamos pensado que había comido alguna cosa en malas condiciones o algo así. Sí, debe de haber sido un suicidio, supongo; aunque no puedo imaginarme por qué.

Nigel sintió, sin saber cómo, que el evidente pánico de la muchacha no había sido producido por la palabra suicidio. Su intuición se justificaría después.

—Y ese tónico que él tomaba —dijo Blount— ¿contenía nuez vómica, según creo?

—Yo lo ignoraba.

—¿Después del almuerzo tomó su cucharada habitual?

La muchacha frunció el ceño.

—No recuerdo con certeza. Siempre lo hacía; así que supongo que si no lo hubiera hecho después del almuerzo yo lo hubiera notado.

—Correcto. Sí... sí. Si me permite, es una observación muy sutil —dijo Blount felicitándola. Se sacó los lentes, y jugó con ellos como si estuviera indeciso—. Vea, Miss Lawson: estoy pensando en el frasco. Ha desaparecido. Es muy extraño, ¿sabe?, porque creemos —creemos, solamente— que este frasco pueda tener... eh... relación con el fallecimiento. La nuez vómica es un veneno, ¿sabe?, del grupo de la estricnina, y Mr. Rattery podría haber agregado un poco más de veneno a su dosis, si hubiera querido eliminarse. Pero si lo hizo así, no pudo, sin embargo, hacer desaparecer la botella.

La reprimida agitación de Blount hizo resurgir su casi desaparecido acento de Glasgow. Ahora Lena se había serenado, o no tenía nada que ocultar. Habló con voz indecisa:

—¿Usted quiere decir que si hubieran encontrado el frasco sobre el aparador después de la muerte de George, esto hubiera probado que se trataba de un suicidio?

—No, no justamente eso, miss Lawson —dijo Blount benévolamente. Luego sus labios perdieron su amabilidad, se inclinó hacia adelante y habló con fría deliberación:— Quiero decir que la desaparición del frasco lo configura como asesinato.

—Ah —suspiró la muchacha. Un suspiro de alivio, casi, como si la nerviosidad de estar esperando esa palabra terrible hubiera terminado, y supiera que no había ya nada peor para afrontar.

—¿No se sorprende? —preguntó Blount abruptamente, un poco irritado por la calma de la chica.

—¿Qué quiere que haga? ¿Ponerme a llorar sobre su hombro? ¿Morder las patas de la mesa?

Nigel encontró la desconcertada mirada de Blount y lo miró pícaramente. Le complacía la derrota de Blount.

—Sólo una cosa aún —dijo Nigel—. Parece una pregunta un poco alarmante, pero supongo que Félix ya le habrá dicho que he venido para defenderlo. No quiero sorprender su buena fe. Pero ¿sospechó usted alguna vez que Félix tuvo desde el principio la intención de matar a George Rattery?

—¡No! ¡No! ¡Es una mentira! ¡No es cierto! Las manos de Lena cubrieron su rostro, como si pugnara por rechazar la pregunta de Nigel. Luego el terror de su expresión fue sustituido por una especie de perplejidad.

—¿Desde el principio? —dijo con lentitud— ¿Qué quiere decir con "desde el principio"?

—Bueno, desde que ustedes se conocieron, antes de venir aquí —dijo Nigel, igualmente perplejo.

—No, por supuesto que no tuvo esa intención —replicó la muchacha con evidente sinceridad. Luego se mordió el labio— ¡Pero no fue él —gritó— quien mató a George! Estoy segura.

—Usted estaba en el coche de George Rattery cuando atropelló a un chiquilín —Martin Cairnes— y lo mató, en enero pasado —dijo el inspector, no sin alguna lástima.

—¡Oh, Dios mío! —murmuró Lena—. Así que por fin lo han descubierto. —Los miró sinceramente.— No fue culpa mía. Quise hacerlo parar, pero él no quiso. Durante meses soñé con eso. Era horrible. Pero no comprendo. ¿Por qué...?

—Creo que podríamos dejar tranquila a miss Lawson, ahora, ¿no, Blount? —interrumpió Nigel rápidamente. El inspector se frotó el mentón...

—Sí... Tal vez tenga usted razón. Una pregunta más: ¿Cree usted que Mr. Rattery tenía muchos enemigos?

—Quizás. Era el tipo de persona que se hace de enemigos, supongo. Pero no le conozco ninguno.

Luego que la muchacha hubo salido, dijo Blount:

—Me pareció muy sugestivo. Juraría que sabe algo del frasco desaparecido. Y teme que Mr. Cairnes haya cometido el crimen; pero no ha relacionado aún a Félix Lane con el padre del chico que George Rattery mató. Una linda muchacha. Lástima que no quiere decir la verdad. Y bueno, pronto la descubriremos. ¿Por qué le preguntó si sospechaba que Félix Lane quería matar a Rattery? Me pareció que usted se ha apresurado un poco.

Nigel arrojó un cigarrillo por la ventana.

—Fue por esto. Si Félix no mató a Rattery, nos vemos frente a una inverosímil coincidencia: en el mismo día en que él planeaba matarlo, y fracasó, alguien más lo planeó, y tuvo éxito.

—Una coincidencia inverosímil, como usted reconoce —dijo escépticamente Blount.

—No. Espere un poco. No estoy dispuesto aún a considerar imposible tal coincidencia. Si un número suficiente de monos jugaran con máquinas de escribir durante un número suficiente de siglos, acabarían por componer todos los sonetos de Shakespeare: es una coincidencia también, pero científicamente inevitable. Si el envenenamiento de George no ha sido una coincidencia, y Félix no fue el culpable, se deduce lógicamente que alguna otra persona debe de haber conocido las intenciones de Félix por haber leído el diario o porque George le confió sus descubrimientos.

—¡Ah! Ya veo adónde va —dijo Blount con los ojos brillando detrás de los lentes.

—Suponga una tercera persona, que supiera todo aquello, y que *deseara la muerte de George*. Cuando la tentativa de Félix fracasó, esta tercera persona se encargó personalmente del asunto y envenenó a George, probablemente por medio del tónico. Podía estar seguro de que las sospechas caerían sobre Félix, a causa del diario. Pero tenía que obrar inmediatamente, ya que no podía esperarse que Félix permaneciera en Severnbridge por más de una noche, después de su fracaso en el *dinghy*. Lena era evidentemente la primera persona a quien preguntar, por ser la persona a quien más probablemente George hubiera confiado la existencia del diario, puesto que ella se veía mezclada con él en la muerte de Martin Cairnes, que el diario revelaba. Pero creo que fue sincera con nosotros cuando dio la impresión de no haber relacionado a Félix Lane con el chico, Martie. Por lo tanto, ella no conoce la existencia del diario, y podemos eliminarla de la lista de sospechosos, salvo que la coincidencia del crimen planeado y del real fuera sólo una casualidad.

—No creo que podamos descubrirlo hasta que no sepamos más acerca de toda esta gente. ¿Notó su perplejidad cuando le preguntamos si sabía que Félix había tenido desde el principio la intención de matar a Rattery? Verdaderamente perpleja. Eso me hace pensar que ella no sabe nada del diario, pero que conoce algún otro motivo para que Félix haya querido matar a George, alguna enemistad surgida después del encuentro de los dos hombres.

—Sí. Eso parece razonable. ¿Tendré que preguntar a todos los miembros de la familia si sospechaban de Félix —Félix Lane, mejor— y observar las reacciones? ¿Cree usted que si alguien ha tratado de usarlo como escudo podremos sorprenderlo?

—Eso mismo. Fíjese, otra cosa, ese chico Phil. ¿Me permite tenerlo unos días con nosotros en el hotel? Mi mujer lo cuidará. El de esta casa no es un ambiente muy saludable para una mente tierna, por ahora.

—¡Cómo no! Me parece muy bien. Uno de estos días tendré que hacer algunas preguntas al chico, pero esperaré.

—Bien. Iré a pedir permiso a Mrs. Rattery.

5

Cuando Nigel entró, Violeta Rattery estaba sentada escribiendo en un escritorio. Lena también estaba allí; Nigel se presentó y explicó el motivo de su visita.

—Por supuesto, si ustedes no lo disponen de otra manera; pero él y Mr. Lane se llevan muy bien, y mi mujer estará encantada de hacer por él todo lo posible.

—Sí. Ya veo. Gracias. Es muy amable... —dijo Violeta vagamente.

Se volvió, con un ademán de impotencia, hacia Lena, que estaba de pie frente al torrente de luz que entraba por la ventana.

—¿Qué te parece, Lena? ¿Estará bien?

—Por supuesto. ¿Por qué no? Phil no debería quedarse aquí ni un minuto más —dijo Lena descuidadamente, mirando siempre hacia abajo, hacia la calle.

—Sí, ya sé; pero qué dirá Ethel...

Lena giró sobre sí misma; su boca roja era viva y despreciativa.

—Mi querida Violeta —exclamó—. Ya es tiempo de que pienses por tu propia cuenta. Por otra parte, ¿quién es la madre de Phil? Cualquiera creería que eres una sirvienta, al ver cómo te dejas mandar por la madre de George, por esa vieja perra entrometida. Ella y George han hecho de tu vida un infierno; no, no ganas nada con fruncir el ceño, y ya ha llegado el momento de decir basta. Si no tienes coraje para defender a tu hijo, es mejor que tomes tú también una dosis de veneno.

La cara indecisa y demasiado empolvada de Violeta se estremeció. Nigel pensó que iba a llorar. Vio en su interior la lucha entre su larga costumbre de obediencia y la verdadera mujer que las palabras de Lena habían tratado deliberadamente de provocar. Después de un momento, sus labios sin sangre se apretaron, una luz apareció en los ojos apagados, y dijo, con una inconsciente y ligera elevación del mentón:

—Muy bien. Lo haré, Mr. Strangeways; le agradezco mucho.

Como contestando a este desafío silencioso, se abrió la puerta. Sin llamar, entró una anciana, toda vestida de negro. El sol que se volcaba por la ventana parecía detenerse en seco a sus pies, como si ella lo hubiera matado.

—Oí voces —dijo ásperamente.

—Sí. Estábamos hablando —dijo Lena.

Su impertinencia ni siquiera fue escuchada. La vieja permaneció allí por un momento, bloqueando la puerta con su enorme cuerpo. Luego se dirigió hacia la ventana, perdiendo repentinamente su dignidad, ya que el movimiento revelaba unas piernas demasiado cortas para un tronco tan formidable, y bajó las persianas. "La luz del día luchaba contra ella —pensó Nigel—; en esta penumbra recobrará su poder."

—Estoy asombrada, Violeta —dijo—. Tu esposo muerto en el cuarto de al lado, y ni siquiera la consideración de bajar las persianas.

—Pero, madre…

—Yo levanté las persianas —interrumpió Lena—. Las cosas están ya bastante mal, para que todavía tengamos que estar sentados en la oscuridad.

—¡Cállate!

—Ni pienso. Si quiere seguir aterrando a Violeta, como George y usted lo han hecho durante estos quince años no es asunto mío. Usted no manda en esta casa, le digo, y no recibo órdenes de usted. ¡Haga lo que quiera en su cuarto, pero no se meta en los cuartos de los demás, vieja obscena!

"La luz contra la sombra, Ormuzd y Ahrimán", pensó Nigel, mientras observaba a la muchacha, con sus ágiles hombros echados hacia adelante, su garganta curvándose como una cimitarra, haciendo frente a la vieja que había quedado como una columna de sombra en mitad del cuarto; claro que esta representante de la luz ha vuelto a su forma primitiva; pero, aun siendo vulgar, no es malsana, no es impura, no contamina la habitación con un olor a alcanfor y a rancias decencias y poderes podridos, como esa abrumadora criatura de negro. Sin embargo, mejor intervenir. Nigel dijo con amabilidad:

—Mrs. Rattery, acabo de pedir a su nuera que nos permita a mi mujer y a mí el placer de tener a Phil por unos días con nosotros, hasta que se arreglen las cosas.

—¿Quién es este joven? —preguntó la anciana. Su actitud imperial apenas había sido conmovida por el asalto de Lena. Siguieron explicaciones:— Los Rattery nunca han huido. Lo prohíbo. Phil debe quedarse aquí —dijo.

Lena abrió la boca para contestar; pero Nigel

se lo impidió con un ademán; ahora debía hablar Violeta, o permanecer en silencio para siempre. Ésta miró a su hermana, como implorando ayuda, haciendo un ademán inútil con la mano; luego levantó un poco los caídos hombros y con una expresión de puro heroísmo que le transfiguraba la cara, dijo:

—He resuelto que Phil vaya con los Strangeways. Sería injusto dejarlo aquí; es demasiado joven.

El modo en que Mrs. Rattery aceptó la derrota fue aún más formidable que cualquier despliegue de violencia. Quedó inmóvil por un momento, mirando firmemente a Violeta; luego se fue hacia la puerta.

—Veo que hay una conspiración contra mí —dijo con su voz de plomo—. Estoy muy descontenta de tu comportamiento, Violeta; hace mucho que dejé de esperar otra cosa que modales de verdulera de parte de tu hermana, pero confiaba en que tú estarías lavada, a estas horas, de las manchas del albañal de donde George te extrajo.

La puerta se cerró decisivamente. Lena hizo un ademán indecente hacia ella; Violeta cayó casi desmayada en la silla, de donde se había levantado. En el aire flotaba un perfume de alcanfor. Nigel miró hacia el suelo, fijando automáticamente la escena en su memoria; era demasiado autocrítico para no confesarse que por un momento se había sentido francamente alarmado frente a la anciana. "¡Por Dios, qué casa!", pensó. "¡Qué ambiente para un chico sensible! El padre y la madre discutiendo constantemente y la vieja matriarca tratando sin duda de indisponerlo con su madre y de tomar posesión de su mente". En medio de sus reflexiones, le pareció oír pasos sobre su cabeza, el pesado y vacilante andar de Mrs. Rattery.

—¿Dónde está Phil? —preguntó rápidamente.

—En su cuarto, supongo —dijo Violeta—. Justo arriba de éste. ¿Va usted a...?

Pero Nigel ya había salido de la habitación; subió las escaleras corriendo, pero sin ruido. Alguien hablaba en el cuarto a su derecha; una voz pesada, sombría, que reconoció muy bien, pero con una nota de súplica bajo su apagado sonido.

—Tú no quieres irte, dejarme, ¿no es cierto Phil? Tu abuelo no se hubiera escapado; no era un cobarde. Tú eres el único hombre de la casa, recuérdalo, ahora que tu padre ha muerto.

—¡Vete! ¡Vete! ¡Te odio!

Había un débil y aterrado desafío en la voz; parecía la de un niñito tratando de repeler algún enorme animal que se le hubiera acercado demasiado, pensó Nigel. Con un considerable esfuerzo se abstuvo de entrar.

—Estás muy fatigado, Phil; si no, no hablarías así a tu pobre abuelita. Escucha, hijito. ¿No crees que deberías quedarte con tu madre, ahora que ella está tan sola? Le esperan momentos muy difíciles. Porque tu padre ha sido envenenado. Envenenado, ¿comprendes?

La voz de Mrs. Rattery, ahora implorante, con una dulzura atroz y pesada como el cloroformo, se detuvo. Se oyó un murmullo en la habitación: el de un niño luchando contra un anestésico. Nigel oyó pasos detrás de él.

—Tu madre necesita de toda nuestra ayuda. Porque la policía podría llegar a saber la pelea que tuvo con tu padre la semana pasada, y lo que ella dijo, y eso les podría hacer pensar que ella...

—Esto es demasiado —murmuró Nigel, con

una mano sobre el picaporte. Pero Violeta pasó a su lado y entró como una furia en el cuarto. La vieja Mrs. Rattery estaba de rodillas frente a Phil, apretando sus débiles brazos con los dedos. Violeta la tomó por los hombros, tratando de alejarla del niño, pero era como querer mover una roca de basalto. Con un rápido movimiento separó los brazos de la vieja y se interpuso entre ella y Phil.

—¡Bestia! ¿Cómo puede, cómo se atreve a tratarlo así? No es nada, Phil. No llores. Nunca más dejaré que se te acerque. Conmigo estás seguro.

El chico miró a su madre con una mirada incrédula y asombrada. Nigel advirtió la desnudez del cuarto: una mesa de cocina, una cama de hierro, barata, ninguna alfombra sobre el piso. Sin duda, era así como el padre pretendía "templar" al chico. Un álbum de estampillas yacía abierto sobre la mesa: las dos páginas estaban sucias de impresiones digitales, y por rastros de lágrimas. Nigel estuvo más cerca que nunca de enfurecerse, pero sabía que aún no podía permitirse el lujo de indisponerse con Mrs. Rattery. Ella seguía aún de rodillas.

—Mr. Strangeways, ¿tendría la amabilidad de ayudarme? —dijo.

Hasta en esa ridícula posición mantenía una especie de dignidad. "¡Qué mujer!", pensó Nigel mientras la ayudaba a levantarse. "Esto promete ser sumamente interesante".

6

Cinco horas después, Nigel hablaba con el inspector Blount.

Phil Rattery había sido llevado sano y salvo

al *Angler's Arms,* donde acababa de tomar un generoso té y discutía con Georgia acerca de las exploraciones polares.

—Era estricnina, no más —dijo Blount.

—Pero ¿de dónde la obtuvieron? No basta entrar en la farmacia y pedirla.

—No. Pero se puede comprar venenos para las ratas. Algunos contienen un considerable porcentaje de estricnina. Aunque no creo que nuestro amigo tuviera necesidad de comprarlo.

—Eso me interesa muchísimo. Sin duda usted quiere decir que el asesino es hermano de un cazador oficial de ratas, o tal vez la hermana.

—No exactamente eso. Pero Colesby hizo algunas averiguaciones de rutina en el garage de Rattery. Está junto al río y lleno de ratas. Me dijo que había visto dos tarros de veneno en la oficina. Cualquiera —es decir, cualquier miembro de la familia— podría entrar fácilmente y sacar lo que quisiera.

Nigel preguntó:

—¿Averiguó si no vieron, últimamente, a Félix Cairnes por el garage?

—Sí. Estuvo una o dos veces —dijo Blount con cierto desgano.

—Pero no el día del crimen, ¿no?

—No fue *visto* allí el día del crimen.

—Usted no debe dejar que Félix Cairnes se le convierta en una obsesión. Manténgase imparcial.

—No es tan fácil ser imparcial cuando un hombre ha sido asesinado y otro hombre ha escrito bien claro que iba a asesinarlo —dijo Blount golpeando suavemente sobre la tapa de un *block* de papel borrador que estaba sobre el escritorio.

—A mi entender, Cairnes puede ser eliminado —dijo Nigel.

—¿Y cómo llega a esa conclusión?

—No hay ninguna razón para dudar de su
aseveración de que intentaba matar a Rattery
ahogándolo. Cuando esta tentativa fracasó, se fue
directamente al *Angler's Arms*. Hice averiguaciones ahí. El mozo recuerda haberle servido el té a
las cinco en el bar; cuatro minutos después de dejar el *dinghy* en el embarcadero. Después del té,
estuvo sentado en el jardín del hotel, leyendo,
hasta las seis y media; tengo testigos. A las seis y
media entró en el bar y estuvo bebiendo hasta la
hora de comer. No pudo volver a casa de los Rattery durante todo ese tiempo, ¿no es cierto?

—Habrá que investigar esa coartada —dijo
Blount precavidamente.

—Puede pasarla por una criba, si quiere, pero
no llegará a ninguna parte. Si echó el veneno en el
remedio de George, habrá sido entre el momento
en que George tomó una dosis después del almuerzo y el momento en que salió en dirección al río.
Tal vez usted descubra que tuvo alguna oportunidad para hacerlo. Pero, ¿por qué? No tenía ninguna razón para suponer que el accidente del *dinghy*
fracasara; pero aun si hubiera elegido un veneno
—el asunto del *dinghy* demuestra que es bastante perspicaz— hubiera dispuesto algo que también
pareciera un accidente, no esta burda historia de
un matarratas y de una botella que desaparece.

—La botella. Sí, sí.

—Exactamente: la botella. Eliminada la botella, de inmediato el asunto parece un crimen;
pero cualquiera sea su opinión de Félix Cairnes,
no le atribuirá la tontería de llamar así la atención hacia el crimen cometido por él. De todos

modos, creo que será fácil demostrar que no se acercó a la casa hasta algún tiempo después de la muerte de Rattery.

—Yo sé que no lo hizo —dijo Blount inesperadamente—. Ya me he ocupado de eso. Inmediatamente después de la muerte de Rattery, el doctor Clarkson telefoneó a la policía; la casa fue vigilada desde las diez y quince en adelante. Tenemos testigos de las andanzas de Cairnes desde la comida hasta las diez y quince, y no anduvo por aquí —agregó Blount.

—Entonces —dijo Nigel desanimadamente— si Cairnes no pudo haber cometido el crimen, ¿qué...?

—No dije eso. Dije que él no pudo haber retirado el frasco del remedio. Sus argumentos me han parecido muy interesantes —continuó Blount, en el tono de un profesor que está por demoler la composición de un alumno—; muy interesantes, en verdad; pero parten de una falacia. Usted presupone que una sola persona puso veneno en la botella y luego la retiró. Pero suponga que Cairnes llevó el veneno después del almuerzo para que hiciera efecto por la noche, en caso de fracasar el accidente fluvial; suponga que nunca tuvo intención de retirarlo, sino que quiso dar la impresión de que Rattery se había suicidado; suponga que una tercera persona aparece después que Rattery ha empezado a sentirse mal, una tercera persona que ya sabe o sospecha que Cairnes trataba de matar a Rattery. Esta persona podría querer proteger a Félix, podría relacionar la botella con el envenenamiento, y en una tentativa de encubrimiento, irreflexiva y desesperada, hace desaparecer la botella.

—Ya veo —dijo Nigel, después de una larga pausa—. Usted quiere decir Lena Lawson. Pero, ¿por qué?

—Está enamorada de Cairnes.

—¿Cómo diablos lo sabe?

—Mi intuición psicológica —dijo el inspector, burlándose del punto débil de Nigel—. Además, pregunté a los sirvientes. Parece que estaban más o menos oficialmente de novios.

—Bueno —dijo Nigel, bajando la cabeza ante esos golpes inesperados y perspicaces—, parece que me queda bastante por hacer aquí. Temía que mi parte en este asunto fuera demasiado simple.

—Y además hay otra cosa, para que no se fíe usted demasiado. Sin duda la llamará usted una escandalosa casualidad. Su cliente menciona la estricnina en el diario; no he tenido mucho tiempo para leerlo, todavía, pero mire un poco esto.

Blount le mostró el anotador, señalando en un lugar con el dedo; Nigel leyó:

"Yo me había prometido el placer de su agonía; no merece una muerte rápida. Me gustaría quemarlo despacio, pulgada por pulgada, o ver cómo lo devoran las hormigas; o si no, la estricnina, que retuerce el cuerpo y lo convierte en un arco rígido. Por Dios, me gustaría empujarlo por la pendiente que va al infierno..."

Nigel quedó callado un momento. Luego empezó a caminar por el cuarto con sus pasos de avestruz.

—Inútil, Blount —dijo de pronto, más serio que nunca—. ¿No ve? Esto puede confirmar también mi teoría de que una tercera persona conocía el diario y usó ese conocimiento para matar a Rattery y arrojar la sospecha sobre Félix Cairnes. Pero dejemos eso. ¿Le parece a usted humanamente creíble que alguien, no digamos Cairnes, que es un hombre normalmente decente, aparte de la irreparable injuria que Rattery le infligió, que alguien pueda ser tan atrevidamente calculador y tener tanta sangre fría para preparar un segundo crimen para el caso de que el primero le salga mal? No parece muy verosímil. Usted lo sabe.

—Cuando la mente está enferma no puede esperarse que sus actos parezcan verosímiles —dijo Blount, no menos seriamente.

—El hombre desequilibrado que intenta cometer un crimen siempre yerra por demasiada confianza, no por falta de confianza. ¿No está de acuerdo?

—En principio, sí.

—Bueno, usted pretende que Frank Cairnes, que había preparado un plan criminal casi perfecto, tuviera tan poca confianza en éste y en sí mismo como para preparar también uno suplementario. No es creíble.

—Usted siga por su camino, y yo por el mío. Créame: yo tampoco tengo interés en arrestar a un hombre inocente.

—Bueno. ¿Puedo llevarme el diario, para leerlo?

—Primero voy a mirarlo yo. Se lo mandaré esta noche.

7

Era una tarde cálida. Los últimos rayos del sol dejaban un matiz color damasco, una blanca pelusa sobre el césped que descendía suavemente desde el *Angler's Arms* hasta el río. Una de esas tardes misteriosamente tranquilas donde, como hizo notar Georgia, podía oírse rumiar una vaca a tres praderas de distancia. En un rincón del bar se había reunido un grupo de pescadores, hombres secos, huesudos, con ropas raídas y caídos bigotes; uno de ellos ilustraba con generosos ademanes una pesca real o imaginaria; si algún rumor de violencia había conseguido penetrar hasta el mundo acuoso y apagado donde estos seres se movían y vivían, había sido seguramente apartado como una impertinente intrusión.

Tampoco prestaban la menor atención al grupo que rodeaba otra mesa, bebiendo gin y cerveza.

—Una caña de pescar —dijo Nigel, con una voz nada imperceptible— es un palo con un gusano en una punta y en la otra un imbécil.

—Cállate, Nigel —susurró Georgia—. No quiero tomar parte en una pelea. Estos hombres son peligrosos; podrían matarnos.

Lena, sentada junto a Félix en una silla de alto respaldo, se movió impacientemente.

—Salgamos al jardín, Félix —dijo. La invitación estaba evidentemente dirigida a él solo; pero él no contestó.

—Muy bien. Terminen ustedes de beber, y saldremos a jugar al golf de jardín, o a cualquiera otra cosa.

Lena se mordió el labio, y se levantó casi bruscamente. Georgia dirigió una rápida mirada a Nigel, que él interpretó, correctamente, como significando: "Mejor será que salgamos, es inútil andar con vueltas con estos dos. ¿Por qué no querrá estar a solas con ella?" "¿Por qué, en verdad?, pensó Nigel. Si Blount tiene razón, y Lena sospecha que Félix ha matado a Rattery, podría comprenderse que la atemorice un poco su compañía, temor de ver confirmadas sus sospechas por sus propios labios. Pero sucede lo contrario. Él la evita. Durante la comida, daba la impresión de querer mantenerla a distancia: había una especie de filo cortante en su conversación, especialmente cuando se dirigía a ella, que parecía advertirle: 'Acércate y te cortarás'. Es algo muy complicado; pero Félix tiene un carácter complejísimo, según voy comprendiendo. Me parece que ya es hora de poner algunas cartas sobre la mesa, ver cómo reaccionan si se les habla un poco francamente".

Cuando terminaron un partido de golf de jardín, y estaban sentados en unas sillas plegadizas frente al río, que brillaba oscuramente, Nigel comenzó a hablar del asunto:

—Tal vez lo tranquilice saber que el documento acusador está ya en manos de la policía. Blount me lo mandará esta noche.

—¡Oh! Bueno, supongo que es mejor que sepan todo —dijo Félix ligeramente.

En su expresión había una extraña mezcla de timidez y de orgullo. Prosiguió:

—Me imagino que podría muy bien afeitarme la barba, ahora que mi disfraz es inútil. Nunca me gustó, nunca me gustaron los pelos en la comida; una delicadeza absurda, indudablemente.

Georgia jugaba con los dedos sobre la silla; las bromas de Félix la exasperaban; ignoraba, todavía, si él le gustaba. Lena dijo:

—¿Podría preguntar de qué están hablando? ¿Qué es ese documento acusador?

—El diario de Félix —dijo Nigel rápidamente.

—¿Diario? Pero ¿por qué...? No comprendo.

Lena miró a Félix como pidiéndole ayuda, pero éste evitó sus ojos. Ella parecía totalmente desconcertada. "Claro que es una actriz —pensó Nigel— y puede estar representando; pero apostaría que es la primera vez que oye hablar de este diario". Continuó sondeando:

—Óigame, Félix, es mejor que nos entendamos. ¿No sabe nada miss Lawson acerca de la existencia de este diario, y lo demás? ¿No debería usted...?

Nigel no sabía cuál sería el resultado de esta pesca en aguas turbias; pero nunca hubiera esperado lo que realmente sucedió.

Félix se irguió en su silla, y miró a Lena con unos ojos donde la familiaridad, el cinismo, el desafío y una cierta fría brutalidad despreciativa para con ella o para consigo mismo parecían mezclados, y le contó toda la historia de Martie, de la búsqueda de George, del diario que había escondido bajo una tabla floja del piso de su cuarto en casa de Rattery, y la tentativa de asesinato en el río.

—Ya sabes qué clase de persona soy —dijo finalmente—. He hecho de todo, menos matar a George.

Su voz había sido serena y objetiva. Pero Nigel vio que todo su cuerpo temblaba, saltaba casi, como si se hubiera bañado demasiado tiempo en agua helada. Cuando concluyó, el silencio fue interminable; el río murmuraba y murmuraba contra sus orillas, una cerceta pasó con un grito histérico, la radio del hotel repetía, sin mayor emoción, la declaración japonesa de que el bombardeo de las ciudades abiertas de China era un acto elemental de defensa propia. Pero el silencio se extendía por el pequeño grupo del jardín como un nervio al descubierto. Las manos de Lena se crispaban sobre la madera de la silla; todo el tiempo, mientras hablaba Félix, había permanecido así, inmóvil, salvo los labios, que se abrían a intervalos, como si fueran a adivinar lo que Félix diría, o para ayudarlo a hablar. Por fin distendió su rígida posición, su ancha boca tembló, todo su cuerpo pareció volverse pequeño, perderse mientras sollozaba:

—¡Félix! ¿Por qué no me dijiste todo esto antes? ¿Por qué no me lo dijiste?

Lo miró bien de frente, pero su rostro seguía inflexible y tenso. Era como si Nigel y Georgia estuvieran muy lejos. Félix no dijo una palabra, decidido según parecía, a apartarla para siempre. Lena se levantó, se echó a llorar y corrió en dirección al hotel. Félix no se movió para seguirla.

—No comprendo tu diplomacia secreta —dijo Georgia, una hora después, cuando estuvieron en su cuarto. —¿Quisiste provocar esa terrible escena?

—Lo siento mucho. Verdaderamente, no creí que las cosas sucederían de ese modo. Pero por lo menos prueba casi definitivamente que Lena no mató a Rattery. Estoy seguro de que no sabía nada del diario. Y que está enamorada de Félix. Lo cual significa dos obstáculos que le impedían matar a George y hacer caer la culpa sobre Félix. Claro que si fuera una coincidencia —siguió casi para sí mismo— quedaría explicado el modo en que dijo: "¿Por qué no me dijiste todo esto antes?" Me gustaría saber...

—Tonterías —dijo Georgia vivamente—. Me gusta esa muchacha. Tiene alma. El veneno no es un arma de mujer, a pesar de lo que diga la gente; es un arma de cobardes. Lena tiene demasiado espíritu para usarlo; si hubiera querido matar a Rattery, lo hubiera acribillado a balazos, le hubiera clavado un puñal, o algo así. Nunca mataría sino en un momento de cólera. Te lo aseguro.

—Me parece que tienes razón. Dime ahora otra cosa: ¿por qué la trata Félix tan ásperamente? ¿Por qué no le contó lo del diario en seguida que George fue asesinado? ¿Y por qué contó toda la historia delante de nosotros?

Georgia apartó de la frente su pelo oscuro. Parecía un monito inteligente, algo preocupado.

—La protección de la multitud —dijo—. Había diferido su confesión para no revelar que había usado a Lena —por lo menos al principio— como instrumento del crimen que planeaba. Es muy sensible: sabía cómo Lena lo amaba y no quería herirla, haciéndole saber que no había hecho otra cosa que utilizarla. Tiene esa clase de cobardía moral que aborrece ofender, menos por el daño que causa a los sentimientos ajenos, que por el deseo de proteger los propios. Odia, además, las escenas. Por eso eligió la oportunidad de contarle toda la historia frente a nosotros. Nuestra presencia lo salvaba de las consecuencias inmediatas: lágrimas, reproches, explicaciones, promesas y todo lo demás.

—¿Crees que no está enamorado de ella?

—No estoy segura. Parece querer persuadirla, o persuadirse, de que no lo está. Preferiría que no me gustara —agregó Georgia inesperadamente.

—¿Por qué?

—¿Has visto qué bueno es con Phil? Creo que lo quiere muchísimo, y Phil, por su parte, lo considera como una especie de Dios. Si no fuera por eso…

—Lo creerías capaz de hacer las peores cosas sin remordimiento —interrumpió Nigel.

173

—Me gustaría que no me quitaras las palabras de la boca, sobre todo cuando nunca estuvieron en ella —se quejó Georgia—; como un prestidigitador con un reloj de oro.

—Eres muy divertida y encantadora y te quiero, y es casi la primera vez que me has dicho una mentira evidente.

—No.

—Bueno, no será la primera, entonces.

—No era mentira.

—Muy bien, no era. ¿Qué te parece si te rasco un poco la nuca?

—Delicioso. Es decir, si no tienes nada más urgente que hacer.

—Está el diario. Tengo que leerlo todo esta noche. Velaré la luz y lo leeré cuando te hayas acostado. De paso, tengo que arreglarte un encuentro con Mrs. Rattery, algún día. Grand Guignol ciento por ciento. Yo sería muy feliz si pudiera encontrarle algún motivo para haber envenenado a Rattery.

—De matricidio he oído algunos casos; pero el filicidio debe de ser sumamente raro.

Nigel murmuró:

¡Oh lord Randal, mi hijo, estás envenenado!
¡Oh mi hermoso muchacho, estás envenenado!
¡Oh, sí, madre, lo estoy; hazme pronto la cama,
el corazón me duele y quisiera acostarme!

—Pero yo creía que la mujer de lord Randal lo había envenenado —dijo Georgia.

—Así lo creía *él* —dijo Nigel con énfasis siniestro.

8

—Me gustaría encontrar esa botella —dijo el inspector Blount por la mañana siguiente, mientras él y Nigel se dirigían hacia el garage— Si la ha escondido alguno de la casa, no estará lejos. Ninguno de ellos estuvo fuera de la vista de los demás por más de cinco minutos, después del primer ataque de Rattery.

—¿Y Miss Lawson? Dijo que había estado mucho tiempo en el teléfono. ¿Lo ha verificado usted?

—Sí. Hice un esquema de los movimientos de todas las personas de la casa, desde que terminaron de comer hasta el momento en que llego la policía, y consideré cada declaración en relación con las otras. Hubo momentos en que cualquiera de ellos pudo haberse deslizado hasta el comedor para sacar la botella, pero ninguno tuvo bastante tiempo como para irse muy lejos con ella. Los hombres de Colesby han revisado la casa, el jardín y los alrededores dentro de un radio de unos cien metros. Ni rastros.

Pero, seguramente, ¿no tomaba Rattery regularmente este tónico? ¿Dónde están las botellas vacías?

—Un hombre que compra botellas viejas se las había llevado la semana anterior.

—Parece que se metió en camisa de once varas —observó alegremente Nigel.

Blount suspiró, se sacó el sombrero, se frotó la calva reluciente, y volvió a colocarlo en su severa porción horizontal.

—Se evitaría muchas complicaciones si preguntara a Lena directamente dónde metió la condenada botella.

—Usted sabe que nunca amedrento a mis testigos —dijo Blount.

—Me extraña que no haya bajado un rayo para exterminarlo. Una mentira más descarada...

—¿Ya leyó el diario?

—Sí. Hay varios datos interesantes en él, ¿no le parece?

—Bueno, sí; tal vez. Deduje que Rattery no era muy querido entre su gente, y que ha estado jugando al tira y afloja con la mujer de este Carfax a quien visitaremos ahora. Pero tengamos en cuenta que Cairnes puede haber exagerado todo eso en el diario, para desviar las sospechas sobre otra persona.

—No creo que *exagerado* sea la palabra. Apenas lo menciona como al pasar.

—¡Oh, es un hombrecito muy inteligente! Sabía que no le convenía insistir.

—Bueno, sus observaciones son muy fáciles de comprobar. En realidad, ya tengo bastantes pruebas de que Rattery era un infernal matón en su casa; parece que entre él y su extraordinaria madre habían reducido a todos, excepto a Lena, a polvo impalpable.

—Se lo concedo. Pero ¿sugiere usted que fue envenenado por su mujer? ¿O por algún sirviente?

—No sugiero nada —dijo Nigel con cierta irritación—, excepto que Félix escribió la verdad desnuda acerca de los Rattery en su diario.

Caminaron en silencio hasta llegar al garage. Las calles de Severnbridge dormían en el sol de mediodía; si sus habitantes, charlando en las entradas de sus pintorescas, históricas e indigentes callejuelas sabían ya que el próspero hombre de negocios que pasaba a su lado era en realidad el más formidable de los inspectores jefes de la Nueva Scotland Yard, disimulaban su curiosidad con notable desenvoltura. Aun cuando Nigel Strangeways empezó a cantar, a media voz, la *Balada* de Chevy Chase, no causó la menor sensación, excepto en el alma del inspector Blount, que apuró el paso y mostró cierto temor en sus ojos. Severnbridge, a diferencia del inspector Blount, estaba acostumbrada a voces discordantes y cantos desafinados, aunque generalmente no tan temprano; la multitud de excursionistas de Birmingham se habían encargado de ello, haciendo, cada fin de semana en el verano, un alboroto nunca oído en el pueblo desde la guerra de las Dos Rosas.

—Me gustaría que terminara con ese ruido horrible —dijo, por fin, Blount, desesperadamente.

—Seguramente no alude a mi versión de la insigne balada.

—Aludo.

—¡Bueno, no importa. Sólo faltan cincuenta y ocho estrofas adicionales!

—¡Dios mío! —exclamó Blount, y era en él una exclamación poco común. Nigel continuó:

Luego las bestias de los bosques fueron
por todos lados;
y en los sotos los galgos aguardaron
para matar los ciervos.

—¡Ah, ya llegamos! —dijo Blount, metiéndose en el garage.

Dos mecánicos finteaban, con cigarrillos encendidos en la boca, debajo de un cartel que decía "prohibido fumar". Blount pidió hablar con el patrón, y fueron llevados hasta el escritorio. Mientras el inspector sostenía una pequeña conversación preliminar, Nigel estudiaba a Carfax, un hombre bajo, correctamente vestido, bastante insignificante en su aspecto general; con su cara tersa y curtida, daba la impresión de esa sumisa picardía y del franco buen humor que puede verse en la casa de algunos profesionales del cricquet. "Es un hombre enérgico, pero sin ambición —pensó Nigel— De ese tipo que es feliz al no ser nadie, que es dado, pero al mismo tiempo profundamente reservado, loco por algún *hobby* particular, tal vez una personalidad no reconocida en alguna rama inverosímil de las ciencias, excelente padre y marido; uno nunca lo relacionaría con una pasión violenta. Pero es un tipo de persona muy engañoso: el 'hombrecito'; cuando lo provocan, tiene el frío y furioso coraje de la mangosta; el hogar del 'hombrecito' es, tradicionalmente, su castillo; y para defenderlo suele demostrar la tenacidad y la actividad más asombrosas. Y esta Rhoda. Me gustaría saber..."

—Porque —estaba diciendo el inspector Blount— hemos hecho averiguaciones por todas las farmacias del distrito y estamos seguros de que ningún miembro de la familia del finado ha comprado estricnina bajo ninguna forma; por supuesto, el autor podría haberse ido un poco más lejos para comprarla; seguiremos averiguando en este sentido, pero debemos creer, provisionalmente, que el asesino utilizó parte del veneno para las ratas que ustedes tenían aquí.

—¿Asesino? ¿Ha excluido entonces la posibilidad de suicidio o de accidente? —preguntó Carfax.

—¿Conoce usted alguna razón para que su socio haya querido suicidarse?

—No. ¡No! Sólo decía.

—Por ejemplo, ¿no había dificultades monetarias?

—No, el garage anda bastante bien. De cualquier modo, si no fuera así, yo perdería mucho más que Rattery. Yo puse casi todo el dinero cuando lo compramos.

Mirando algo tontamente la punta de su cigarrillo, Nigel preguntó de pronto:

—¿Le gustaba Rattery?

Blount hizo un movimiento despreciativo, como disociándose de una pregunta tan poco ortodoxa. Carfax pareció mucho menos perturbado:

—¿Usted quiere saber por qué me asocié con él? —dijo—. La verdad es que durante la guerra me salvó la vida, y cuando lo encontré de nuevo —¡hace unos siete años!— él tenía ciertas dificultades de dinero. Su madre había perdido su fortuna; bueno, usted comprenderá, lo menos que podía hacer era ayudarlo.

Sin responder directamente a la pregunta de Nigel, Carfax había aclarado que su asociación con Rattery había sido motivada por el pago de una deuda, y no por amistad.

Blount continuó su procedimiento. Era la pregunta de rutina, por supuesto, pero quería saber qué había hecho el sábado por la tarde.

Carfax, con un brillo burlón en sus ojos, dijo:

—Sí, es claro. Pregunta de rutina. Bueno, más o menos a las tres menos cuarto fui a casa de Rattery.

El cigarrillo de Nigel se le cayó de la boca; se agachó apresuradamente y lo levantó. Blount prosiguió, tan suavemente como si ya hubiera oído hablar de esa visita.

—¿Una visita particular?

—Sí. Fui a ver a la vieja Mrs. Rattery.

—Pero —dijo amablemente Blount— no sabía nada de esto. La servidumbre —la interrogamos— no nos dijo que usted hubiera ido a la casa por la tarde.

Los ojos de Carfax eran brillantes, tranquilos, y tan poco comprometedores como los de un lagarto. Dijo:

—No me vieron. Subí directamente al cuarto de Mrs. Rattery; cuando arreglamos el encuentro ella me había dicho que procediera así.

—¿Encuentro? ¿Era una conferencia de eh... eh... índole comercial la que sostuvieron?

—Sí —dijo Carfax, un poco más torvamente.

—¿Tenía algo que ver con este asunto que está en mis manos?

—No. Algunos podrían creer que sí.

—Mr. Carfax, eso lo decidiré yo. Sería mucho mejor para usted que...

—Sí, ya sé, ya sé —dijo Carfax impacientemente—. El inconveniente es que esto envuelve a otra persona. —Pensó durante un momento, y luego dijo:— Óigame, ¿esto no saldrá de ustedes dos, no? Si llegan a averiguar que no tiene nada que ver con...

Nigel interrumpió:

—No se preocupe. Por otra parte está todo escrito en el diario de Félix Lane.

Vigilaba atentamente la expresión de Carfax. El hombre pareció francamente perplejo, o imitaba magistralmente a un hombre francamente perplejo.

—¿El diario de Félix Lane? Pero, ¿qué sabe él?

Sin prestar atención a una mirada más bien furiosa de Blount, Nigel prosiguió:

—Lane había advertido que Rattery —¿cómo decirlo?— era un admirador de su mujer.

Nigel hablaba de una manera sutilmente ofensiva, para poner a Carfax fuera de su guardia, al irritarlo. Carfax, sin embargo, resistió perfectamente.

—Veo que me lleva ventaja —dijo—. Muy bien, trataré de decirlo en pocas palabras. Le contaré los hechos, tal como fueron en la realidad, y espero que no deduzca conclusiones erróneas. George Rattery había perseguido, durante cierto tiempo, a mi mujer. Esto la divertía, la interesaba y la halagaba. Cualquier mujer hubiera sentido lo mismo, ustedes lo saben muy bien. George era, a su manera, un hermoso bruto. Tal vez hayan tenido un flirteo inocente. No se lo reproché; el hombre incapaz de confiar en su mujer, no debe casarse. Por lo menos, así lo entiendo yo.

"¡Dios mío! —pensó Nigel—. Este hombre o es un Quijote ciego, pero bastante admirable, o, si no, es uno de los impostores más sutiles y plausibles que he encontrado en mi vida; aunque, por supuesto, existe la posibilidad de que Félix haya exagerado la intimidad de Rattery y Rhoda Carfax." Carfax continuó, jugando con su cintillo, y con los ojos entrecerrados como ante una luz deslumbradora:

—Últimamente, las atenciones de Rattery habían sido un poco excesivas. Les confesaré que el año pasado Rattery había perdido su interés en Rhoda; tenía en esa época relaciones con su cuñada, según decía la gente. —La boca de Carfax se torció en una expresión de disgusto—. Perdónenme todos estos chismes. Pero parece que hubo una especie de pelea entre él y Lena Lawson, en enero; después de esto, George redobló sus atenciones a mi mujer. Tampoco entonces intervine. Si realmente Rhoda lo prefería —a la larga, por supuesto— era inútil que me pusiera a hacer escenas. Pero por desgracia intervino la madre de George. Por eso quería hablarme el sábado por la tarde. Me acusó directamente de permitir que Rhoda fuera la amante de George, y me preguntó qué pensaba hacer. Le dije que por el momento no pensaba hacer nada; pero que si Rhoda quería divorciarse, se lo permitiría. La vieja señora —mejor dicho, la vieja arpía— me hizo una escena fantástica. Puso de manifiesto que yo era un cornudo complaciente, insultó a Rhoda y dijo que ella había seducido a George, lo que me pareció exagerado, y todo lo demás. Para terminar, me ordenó que detuviera ese escándalo; lo mejor sería para todos que Rhoda regresara al hogar conyugal y que silenciara definitivamente todo lo sucedido. Ella, por su parte, se comprometía a que George se condujera bien. Era, en realidad, un *ultimatum*, y no me gustan los *ultimatum* —¿*ultimata*, prefieren ustedes?— emitidos por ancianas dominadoras. Repetí, con firmeza, que si George quería seducir a mi mujer, era cosa suya, y si ella quería verdaderamente vivir con él, yo le concedería el divorcio. Entonces Mrs. Rattery habló largamente del escándalo público, del honor familiar y de otras materias afines. Me repugnó. En medio de una frase suya salí del cuarto y me fui de la casa.

Carfax se dirigía, más y más, a Nigel, quien asentía afablemente a cada una de sus razones.

Blount se sintió excluido, y en cierto modo fuera de lugar. Por eso, su voz parecía algo escéptica y cortante cuando dijo:

—Es una historia muy interesante, Mr. Carfax. Pero deberá usted admitir que su actitud ha sido un poco... eh... nada convencional.

—Es posible —dijo Carfax, con indiferencia.

—¿Y usted dice que salió directamente de la casa?

Había un desafío en la palabra "directamente".

Los ojos de Blount brillaron fríamente detrás de sus cristales.

—Si usted quiere preguntarme si di un rodeo por el camino para poner estricnina en el remedio de Rattery, la contestación es negativa.

Blount se abalanzó:

—¿Cómo sabía usted que ése fue el vehículo del veneno?

Por desgracia, Carfax no se desmoronó ante ese ataque.

—Chismes. Los sirvientes siempre hablan, usted sabe. La mucama de Rattery dijo a nuestra cocinera que la policía estaba muy preocupada por encontrar una botella del tónico que Rattery tomaba, y até cabos. No hace falta ser un inspector jefe, como usted ve, para hacer una deducción tan fácil —agregó Carfax, con una pizca de no desagradable malicia.

Blount dijo, gravemente oficial:

—Tendremos que investigar sus declaraciones, Mr. Carfax.

—Si les señalara dos cosas —dijo el sorprendente Mr. Carfax—, quizá les evitaría algunas molestias. Sin duda, ya se les habrán ocurrido. Primero: aunque no comprendan la actitud que tomé con respecto a Rattery y a mi mujer, no deben creer que les he mentido; la vieja Mrs. Rattery puede confirmarles esa parte de mi declaración. Segundo: ustedes podrían pensar que era solamente una especie de escudo —esta actitud mía— para ocultar mis propios sentimientos, para ocultar mi intención de terminar de una vez este asunto entre Rattery y Rhoda. Pero traten de comprender que no necesitaba de algo tan drástico como el asesinato de George. Yo financiaba el garage; y si hubiera querido eliminar a George no tenía más que decirle que eligiera entre Rhoda o su inmediata separación de la sociedad. Su dinero o su vida amorosa, en concreto.

Habiendo detenido así toda la ofensiva de Blount, Carfax se echó para atrás, mirándolo afablemente. Blount trató de contraatacar, pero se encontró a lo largo de todo el frente con la misma fría franqueza, y lógica más fría aún. Carfax casi parecía divertirse. La única prueba nueva que Blount pudo extraerle fue que Carfax tenía una coartada aparentemente inatacable desde el momento en que dejó la casa de Rattery hasta el momento de la muerte. Cuando hubieron dejado el garage, Nigel dijo:

—Bien, bien, bien. El temible inspector Blount encuentra un rival de igual fuerza. Carfax nos sacó de la cancha.

—Tiene presencia de ánimo —gruñó Blount—. Todo clarito; tal vez un poco demasiado clarito. Habrá notado usted, por otra parte, en el diario de Mr. Cairnes, cómo Carfax le agotó el tema de los venenos cuando aquél vino al garage. Habrá que ver.

—¿Así que sus pensamientos están alejándose de Frank Cairnes, por fin?

—Sigo siendo imparcial, Mr. Strangeways.

9

Durante la momentánea derrota de Blount, Georgia y Lena estaban sentadas junto a la cancha de tenis de los Rattery. Georgia había venido para ver si podía servir en algo a Violeta Rattery; pero Violeta, en los últimos días, había desarrollado extraordinariamente su autoridad y su valentía; parecía estar a la altura de cualquier situación que pudiera presentarse, y la jurisdicción de Mrs. Rattery se había reducido ahora a las cuatro paredes de su cuarto. Como hizo notar Lena.

—Supongo que no debería decirlo, pero la muerte de George ha hecho de Violeta una nueva mujer. Ha llegado a ser lo que nuestra maestra llamaba "una persona tan serena". ¡Qué fea expresión! Pero Violeta... realmente quien la viera no podría darse cuenta de que ha sido un felpudo durante quince años... sí George... no George. ¡George, por favor... no! Y ahora George ha sido envenenado y quién sabe si la policía no sospecha de la viuda.

—Eso no es muy...

—¿Por qué no? Todos nosotros somos pasibles de sospecha, todos los que estábamos en la casa. Y Félix parece haber hecho todo lo posible para que lo ahorquen, aunque no creo que hubiera consumado lo... lo que nos decía anoche. —Lena se detuvo, y prosiguió en voz más baja—. Cómo quisiera llegar a comprender que... ¡que se vaya todo al diablo! ¿Cómo está Phil?

—Cuando lo dejé, estaba leyendo a Virgilio con Félix. Parecía muy contento. Pero no entiendo mucho de chicos; a veces está muy animado, y de golpe se cierra como una ostra, sin ninguna razón aparente.

—Leyendo a Virgilio. No comprendo nada. Me doy por vencida.

—Bueno, supongo que es una buena idea, para distraerlo.

Lena no contestó. Georgia miró las nubes que pasaban sobre su cabeza. Al fin sus pensamientos fueron interrumpidos por un ruido de pasto cortado, a su lado; miró hacia el suelo rápidamente: la mano de Lena, flexible y tostada, arrancaba el césped de raíz, rompiéndolo con rabia y tirando a manos llenas los pedacitos por el aire.

—¡Ah, es usted! —dijo Georgia— Por un momento pensé que había entrado una vaca.

—¡Si usted tuviera que soportarlo, terminaría comiendo pasto!

Lena se dio vuelta hacia Georgia, con uno de esos impulsivos movimientos de sus hombros que parecían crear de la nada una situación dramática. Sus ojos ardían.

—¿Qué me ocurre? Por favor, dígame, ¿qué me ocurre? ¿Es mal aliento, o es lo que sus amigas más íntimas no se atrevían a decirle?

—Nada le ocurre… ¿Qué quiere decir?

—Bueno, entonces, ¿por qué todos me evitan? —Lena parecía progresivamente histérica—. Félix, por ejemplo, y Phil. Phil y yo nos llevábamos muy bien, y ahora se esconde en los rincones para no encontrarse conmigo. Pero no me importa nada de él. Es Félix. ¿Por qué se me ocurrió enamorarme de él? ¿Yo… enamorada? me pregunto. Sólo en este país, hay varios millones de hombres para elegir, y se me antoja enamorarme del único que no me quería, salvo como tarjeta de presentación para el finado. No, no es cierto. Juro que

Félix me quería. Eso no puede simularse; tal vez las mujeres puedan, pero no los hombres. ¡Dios mío, éramos tan felices! Aun cuando empecé a preguntarme qué era lo que Félix se proponía; bueno, no me importaba, prefería ser ciega.

El rostro de Lena, un poco estúpido y convencional cuando estaba tranquilo, se volvía muy hermoso cuando sus sentimientos le hacían olvidar la calma, el maquillaje y la cuidadosa educación de su preparación cinematográfica. Tomó las manos de Georgia —un ademán impulsivo y extraordinariamente conmovedor— y prosiguió rápidamente:

—Anoche, usted vio cómo no quiso salir solo conmigo al jardín, cuando se lo pedí. Bueno, luego pensé que era por el diario, por el temor de que yo me enterara de su doble juego. Pero después de contarme todo lo del diario, sabía muy bien que ya no existía ese secreto entre nosotros. Y cuando lo llamé por teléfono esta mañana, y le dije que no me importaba y que lo quería igual y que deseaba estar con él y acompañarlo, ¡se mostró tan calmo, tan educado, todo un caballero!, y dijo que sería mejor para nosotros que no nos viéramos más de lo necesario. No entiendo nada. Georgia, esto me mata. Creía ser orgullosa, pero aquí me ven arrastrándome de rodillas, como un peregrino, detrás de este hombre.

—Lo siento, querida. Debe de ser espantoso para usted. Pero el orgullo..., yo no me preocuparía por eso; es el elefante blanco de las emociones, muy imponente y costoso, pero cuanto más pronto se deshace uno de él, mejor.

—No me preocupo por *eso*. Es por Félix que me preocupo. No me importa si mató a George o no, pero no veo por qué tiene que matarme a mí también. Cree usted, quiero decir, ¿estarán por arrestarlo? Es tan horrible pensar que pueden arrestarlo en cualquier momento y que tal vez no nos veremos nunca más, que cada minuto que no estamos juntos ahora, es un minuto perdido.

Lena empezó a llorar. Georgia esperó que se serenara; luego le dijo tiernamente:

—Yo no creo que lo haya hecho; Nigel tampoco. Entre nosotros lo salvaremos. Pero para poder salvarlo debemos saber toda la verdad. Tal vez tenga alguna razón muy importante para no querer verla a usted por ahora; o quizá sea una caballerosidad mal entendida, quizá no quiera comprometerla en este asunto. Pero usted no debe esconder nada, callar ninguna cosa; eso también sería caballerosidad mal entendida.

Lena se apretó las manos sobre las faldas. Mirando hacia adelante, dijo:

—Es tan difícil. Porque compromete a otra persona. ¿No mandan a la cárcel a las personas que ocultan una prueba?

—Bueno, eso sucede cuando uno es lo que se denomina "cómplice después del hecho". Pero vale la pena arriesgarlo, ¿no? ¿Es acerca de esta botella de remedio que ha desaparecido?

—Escuche, ¿me promete no decírselo a nadie más que su marido, y pedirle que hable conmigo antes de pasar la información a otra persona?

—Sí.

—Muy bien. Se lo diré. Guardé silencio hasta ahora porque la otra persona comprometida es Phil... y lo quiero mucho.

Lena Lawson comenzó su historia. Empezaba con una conversación durante la comida en casa de Rattery. Hablaban del derecho de matar, y Félix dijo que le parecía justificado eliminar a las personas que eran una peste social, las que hacían del mundo un infierno para todos los que las rodeaban. Ella, en ese momento, no tomó en serio la discusión; pero cuando George se sintió mal y pronunció el nombre de Félix, la recordó de nuevo. Tuvo que ir al comedor, y allí advirtió la botella del tónico sobre la mesa. George estaba en la otra habitación, quejándose y retorciéndose, y sin saber por qué inmediatamente relacionó el hecho con la botella y con las palabras de Félix. Era del todo irracional, pero por un momento creyó que Félix había envenenado a George. La única idea que se le ocurrió en ese instante fue deshacerse de la botella; no pensó que al hacerlo eliminaba la única prueba que podía sugerir que la muerte de George era un suicidio. Instintivamente, se había acercado a la ventana pensando tirar la botella entre la maleza. Entonces vio a Phil que la miraba desde afuera, con la nariz apretada contra el vidrio; oyó la voz de Mrs. Rattery, llamándola desde la sala. Abrió la ventana, dio la botella a Phil, y le pidió que la escondiera en alguna parte. No había tiempo para explicaciones. No sabía dónde la había puesto; él parecía evitarla cada vez que ella trataba de hablarle a solas.

—Bueno, no le extrañe —dijo Georgia.

—¿No me...?

—Le pide que esconda una botella... Él la ve muy agitada; después oye que su padre ha sido envenenado y que la policía está buscando la botella. ¿Qué puede deducir?

Lena la miró, perturbada; luego exclamó, casi riendo, casi llorando:

—¡Dios mío! ¡Esto es demasiado! ¿Phil cree que he sido yo? Yo... ¡Esto es demasiado!

Georgia se levantó, y con un rápido movimiento se inclinó sobre la muchacha. La tomó por los hombros y la sacudió sin piedad, hasta que el pelo brillante de Lena quedó cubriéndole un ojo como una gran onda, y la risa insensata e idiota cesó. Mirando por encima de la cabeza de Lena, apoyada ahora sobre su pecho, mientras sentía el temblor convulsivo de su cuerpo, Georgia vio un rostro que las observaba desde una ventana alta, la cara de una vieja, de aspecto patricio, austero y sombrío, con una expresión helada en la boca, que parecía censurar la risa salvaje que había pasado por esa casa de silencio, o el pétreo y satisfecho triunfo de un dios vengativo, una imagen de granito en cuyas rodillas acababa de consumarse el sacrificio sangriento.

10

Georgia refirió a Nigel esta conversación, cuando volvió al hotel, antes del almuerzo.

—Eso lo explica casi todo —dijo—. Yo estaba seguro de que era Lena quien había hecho desaparecer la botella, pero no podía comprender por qué insistía en ocultarlo, sabiendo que esa desaparición no mejoraría en nada la situación de Félix. Supongo que de ninguna manera podría haber parecido un suicidio. Bueno, tendremos que hablar con el joven Phil.

—Estoy contenta de que lo hayamos sacado de esa casa. Esta mañana vi a Mrs. Rattery; nos miraba desde una ventana alta, como Jezabel; bueno, no tanto como Jezabel, sino como un ídolo que encontré una vez en Borneo, sentado solo, en medio de la selva, con las rodillas cubiertas de sangre seca. Un descubrimiento muy interesante.

—Muy interesante, sin duda —dijo Nigel estremeciéndose levemente—. ¿Sabes que empiezo a tener ideas extrañas sobre la vieja señora? Si no fuera evidente el arquetipo de la falsa pista que ponen los escritores policiales... Pero si estuviéramos en un libro, apostaría por Carfax; es suave y transparente como el vidrio; me quedé pensando si no nos hizo alguna "prueba del espejo".

—El gran Gaboriau dijo, ¿no es cierto?, "siempre sospechar de lo que parece increíble".

—Si dijo eso, el gran Gaboriau debe haber sido un retardado. Nunca he oído una paradoja tan fácil y fantástica.

—Pero ¿por qué no? El asesinato *es* fantástico, excepto cuando está gobernado por reglas estrictas como las de la *vendetta*. Es inútil considerarlo desde el punto de vista realista; ningún asesino es realista; si lo fuera, no cometería el crimen. Tu propio éxito en tu profesión se debe al hecho de estar semidemente la mayor parte del tiempo.

—Ese elogio, aunque espontáneo, es inoportuno. De paso, ¿viste a Violeta Rattery esta mañana?

—Sólo durante uno o dos minutos.

—Me gustaría saber lo que dijo cuando tuvo esa escena con George, la semana pasada. La madre de Rattery lanzó algunas oscuras indirectas cuando rescatamos a Phil de sus manos, ayer por la mañana. Aquí haría falta, de nuevo, el tacto femenino.

Georgia hizo una mueca.

—¿Hasta cuándo piensas utilizarme como *agent provocateur*?

—*Provocateuse*. Lo eres, querida, a pesar de tu aspecto endurecido. Ignoro por qué.

—El lugar de la mujer es la cocina. De ahora en adelante me quedaré allí. Estoy harta de tus insidias. Si quieres plantar víboras en los senos de la gente, ve y plántalas tú mismo, para cambiar.

—¿Es una sublevación?

—Sí. ¿Por qué?

—Quería saber, solamente. Bueno, la cocina está abajo, primera puerta a la izquierda...

Después del almuerzo, Nigel salió al jardín con Phil Rattery. El niño estaba muy cortés, pero distraído, mientras Nigel conversaba con él. Su palidez, la delgadez patética de sus brazos y de sus piernas, las esquivas miradas de sus ojos, hacían sentir a Nigel cierta timidez que le impedía hablar de lo que le interesaba. Sin embargo, la serenidad del niño, su aspecto de delicada reserva —como el de un gato— lo desafiaban. Por fin, dijo con cierta brusquedad involuntaria:

—Con respecto a esa botella..., ya sabes, la botella del tónico, Phil. ¿Dónde la escondiste?

Phil lo miró en los ojos, con una expresión de inocencia casi agresiva.

—Yo no escondí la botella, señor.

Nigel estuvo a punto de aceptar esta declaración a su valor escrito, pero recordó un dicho de un maestro de escuela amigo, Michael Evans: "Un niño verdaderamente inteligente y educado siempre mira al maestro en los ojos cuando está diciendo alguna mentira importante". Nigel endureció su corazón.

—Pero Lena me dijo que te la había dado para que la escondieras.

—¿Dice eso? Pero, entonces, ¿quiere decir que no fue ella quien —Phil tragó con dificultad— envenenó a mi padre?

—No, es claro que no fue ella. —La gravedad tensa y terrible del niño daba a entender que quería poner sus manos sobre el autor, no importa quién fuera. Nigel tuvo que mirar de nuevo a Phil para recordar que era un chico azorado y torturado, y no el adulto que parecía a veces hablar por su boca—. Por supuesto que no. Te admiro porque quisiste protegerla, pero ya no hace falta.

—Pero si no fue Lena, ¿por qué me dijo que escondiera la botella? —preguntó Phil, con la frente profundamente arrugada por la perplejidad.

—Yo que tú no me preocuparía por eso —dijo Nigel descuidadamente.

—No puedo evitarlo. No soy un chico, usted sabe. Me parece que usted debería decirme por qué fue.

Nigel podía ver la mente rápida e inexperta del niño, luchando ya con el problema. Se decidió a decirle la verdad; era una decisión que traería extrañas consecuencias, pero Nigel no podía preverlas.

—Es un poco complicado —dijo—. Para decir la verdad, Lena estaba tratando de proteger a otra persona.

—¿A quién?

—A Félix.

El rostro luminoso de Phil se ensombreció, como si una sombra pasara sobre una laguna cenicienta y pura. "Aquel que enseñe a los niños a dudar", se repetía Nigel con inquietud, "de la tumba podrida nunca se ha de salvar". Phil se había vuelto hacia él, y lo había tomado por la manga.

—¿No es cierto, no? ¡Estoy seguro de que no es cierto!

—No. No creo que haya sido Félix.

—¿Y la policía?

—Bueno, la policía sospecha por principio de todo el mundo. Y Félix ha estado un poco tonto.

—¿Usted no permitirá que le hagan nada, no? Prométamelo.

El candor inocente y material de la súplica de Phil lo hizo parecer, por un momento, extrañamente femenino.

—Lo cuidaremos —dijo Nigel—. No te preocupes. Lo más importante es encontrar esa botella.

—Está en el techo.

—¿En el techo?

—Sí, ya le mostraré dónde. Venga conmigo.

Muy impaciente ahora, Phil sacó a Nigel de su silla, y, casi corriendo, se mantuvo a un paso de ventaja durante todo el camino hasta la casa de Rattery. Nigel quedó sin aliento, luego de haber sido arrastrado por dos pisos de escaleras, y una escalera de mano. Miraron por una ventana del altillo hacia el techo de tejas; Phil indicó:

—Está en la canaleta, allí. Bajaré a agarrarla.

—No, señor. No quiero que te rompas la cabeza. Buscaremos una escalera y la apoyaremos contra la pared de la casa.

—Es muy fácil, señor; le juro que es muy fácil. Muchas veces me he trepado al techo. No hay nada más fácil; basta sacarse los zapatos, y atarse con una cuerda.

—¿Quieres decir que en la noche del sábado te trepaste al techo y escondiste la botella en la canaleta? ¿En la oscuridad?

—Bueno, no estaba tan oscuro. Primero pensé descolgar la botella atándola con un hilo. Pero hubiera tenido que soltar el hilo, después, y tal vez la botella hubiera quedado colgando junto a la pared, más abajo de la canaleta, y alguien la hubiera visto.

Phil ya estaba atándose a la cintura un pedazo de soga que había sacado de un viejo baúl de cuero, del altillo.

—Verdaderamente, es un escondite formidable —dijo Nigel—. ¿Cómo se te ocurrió?

—Por una pelota que perdimos una vez. Papá y yo jugábamos al *cricket* en el jardín con una pelota de tenis, y él la lanzó hasta el techo y se quedó agarrada en la canaleta. Entonces papá se descolgó por esta ventana y la pescó. Mamá estaba muy asustada; creyó que iba a caerse. Pero él es... Él era muy práctico para trepar. Siempre usaba esta soga en los Alpes.

Algo golpeó con fuerza en la mente de Nigel, pidiendo que lo dejaran entrar, pero la puerta estaba cerrada y en ese momento no podía encontrar la llave. Ya lo recordaría; tenía una memoria extraordinariamente amplia, en donde se ordenaban cuidadosamente hasta los detalles en apariencia más impertinentes. Por ahora estaba demasiado atento al espectáculo de Phil que se deslizaba por la unión de los dos techos, atando un extremo de la cuerda a la base de una chimenea, trepándose por el otro techo y desapareciendo del otro lado.

"Espero que la soga sea bastante resistente: caramba, no hay peligro mientras tenga la soga bien atada a la cintura; pero, ¿la habrá asegurado bien? ¡Cuánto tarda! Es un chico tan raro... No me extrañaría que desatara la cuerda y se largara del techo al suelo, si se le ocurriera que..."

Se oyó un grito, siguió un silencio intolerable, y después, no el golpe sordo que Nigel esperaba con todos sus nervios en tensión, sino un golpe débil, vítreo. Su alivio fue tan enorme que, cuando la cara y las manos de Phil aparecieron por el techo, cubiertos de hollín, le gritó con enojo:

—¡Eres un tontito! ¿Por qué la has dejado caer? Hubiéramos debido usar una escalera, pero tenías tantas ganas de presumir por los techos...

Phil sonrió, disculpándose, a través del hollín.

—Lo siento mucho, señor. No sé cómo, la botella estaba resbalosa por la parte de afuera; se me cayó de las manos cuando yo...

—Sí. Muy bien. No tiene remedio. Mejor será que me baje y junte los pedazos. De paso, ¿la botella estaba vacía?

—No, medio llena.

—Dios nos guarde. ¿No hay gatos o perros por aquí?

Nigel iba a bajar corriendo las escaleras, cuando lo detuvo la voz plañidera de Phil. Los nudos de la soga alrededor de su cintura y de la chimenea se habían apretado tanto que no podía deshacerlos. Nigel se vio obligado a perder uno o dos minutos preciosos en descolgarse por la ventana del altillo y desatar los nudos. Cuando pudo por fin salir de la casa y llegar al jardín, estaba hirviendo de impaciencia, y bastante preocupado, también. La idea de que allí en el césped se encontraba tirada una cantidad de dosis de estricnina no era como para tranquilizarlo. Sin embargo, no tenía por qué preocuparse. Al salir corriendo de la casa, se encontró con el espectáculo de Blount, de rodillas, su sombrero señorial colocado con el mismo austero grado de horizontalidad, frotando el césped con un pañuelo. Sobre el sendero, a su lado, ya había una prolija pila de pedacitos de vidrio. Miró hacia arriba y dijo, en tono de reproche:

—Casi me acierta con esa botella. No sé a qué jugarían ustedes dos, pero...

Nigel oyó detrás de sí una voz entrecortada. Luego pasó a su lado Phil, como una ráfaga de viento caliente, y saltó sobre Blount, golpeándolo y arañándolo en una furiosa tentativa de arrebatarle de las manos el pañuelo empapado. Los ojos del niño estaban negros de ira; todo su rostro y su cuerpo parecían transformados en los de un duende malvado. El sombrero de Blount quedó torcido, los lentes dorados colgando del cordón. Su rostro, sin embargo, no mostró ningún exceso de emoción mientras sujetaba los brazos del niño y lo empujaba, no sin delicadeza, hacia Nigel.

—Mejor será llevarlo adentro y hacerle lavar las manos. Podría haberle quedado algo de esta sustancia. Otra vez, métase con alguien de su tamaño, Master Phil. Y cuando haya terminado con él, me gustaría cambiar unas palabras con usted, Mr. Strangeways. Usted podría pedirle a la madre del chico que lo cuide un rato.

Phil dejó que lo llevaran hacia la casa. Parecía definitivamente derrotado. Su boca y las comisuras de sus ojos se contraían, una contracción como la de un perro que tiene una pesadilla. Nigel no sabía qué decir: sabía que, además de la botella, algo más había sido roto en pedazos, y pasaría mucho tiempo antes que volvieran a juntarse las piezas.

11

Cuando Nigel volvió a salir de la casa, encontró a Blount entregando a un gendarme el pañuelo manchado y los pedazos de vidrio. El líquido había sido exprimido y extraído del pañuelo, dentro de una palangana.

—Suerte que la tierra está dura —dijo Blount pensativamente—, porque si no se hubiera infiltrado; tendríamos que haber cavado en el césped. Es el veneno, decididamente.

Adelantó con extremo cuidado la punta de la lengua hacia el pañuelo.

—Amargo. Todavía se siente el gusto. Le agradezco que lo haya encontrado; pero no hacía falta tirármelo por la cabeza. Más prisa, menos velocidad, Mr. Strangeways. De paso, ¿por qué me quiso atacar el chico?

—Está un poco nervioso.

—Ya lo noté —dijo Blount secamente.

—Siento lo de la botella. Phil me dijo que la había escondido en aquella canaleta, y yo le permití, un poco apresuradamente, que se descolgara y la agarrara. Se ató a una chimenea. Se le resbaló de las manos (la botella, no la chimenea).

—No, no se le resbaló nada. —Con irritante minuciosidad Blount se limpió las rodillas de los pantalones, ajustó sus lentes, y llevó a Nigel hasta el lugar donde había caído la botella.

—Vea, si se le hubiera caído, la botella habría ido a parar a ese cantero de flores. Pero cayó mucho más afuera, en el borde del césped. Debe haberla arrojado. Ahora, si me permite un momento, nos sentaremos allá donde no nos puedan oír los de la casa, y usted me contará lo ocurrido.

Nigel le relató la confesión de Lena, y la excursión de Phil durante la noche del sábado.

—Phil es, en ciertos sentidos, un chico muy despierto. Se le habrá metido no sé cómo en la cabeza la idea de que la botella podía comprometer de alguna manera a Félix, y, como dice Georgia, Félix es para él un dios; pero como ya me había confesado dónde estaba la botella, lo único que podía hacer para ayudar a Félix era destruirla, tirarla desde el techo y entretenerme obligándome a deshacer los nudos de la soga, con la esperanza de que, cuando yo llegara abajo el líquido se hubiera infiltrado en la tierra. Dentro de los límites de su capacidad mental, era lógico e ingenioso. Como muchos chicos solitarios, es capaz del más apasionado culto por sus héroes y al mismo tiempo de una profunda desconfianza por los extraños. Evidentemente, no me creyó cuando le dije que la aparición de la botella no perjudicaría a Félix en modo alguno. Hasta es posible que crea que Félix envenenó a su padre. Pero quería protegerlo. Por eso lo agredió a usted, al comprender que su plan había fracasado.

—Sí. Parece una explicación verosímil. Y bien, es un chiquilín muy valiente. ¡Descolgarse por esos techos! Con soga o sin ella, no me gustaría nada. Pero nunca me dio la cabeza para las alturas. Es el vértigo...

—¡*Vértigo!* —exclamó Nigel, con los ojos repentinamente iluminados—. ¡Ya sabía que lo recordaría después de un tiempo! ¡Por Dios, al fin encontré algo!

—¿Qué?

—George Rattery sufría de vértigo, y no sufría. Tenía miedo de acercarse al borde de una cantera, pero no tenía miedo de los Alpes.

—Si eso quiere ser una adivinanza.

—No es una adivinanza. Es la solución de una adivinanza. O el comienzo de una solución. Ahora cállese por un momento y deje que el tío Nigel reflexione sobre algo que tiene en la mente. Usted recordará lo que Félix Cairnes escribió en su diario, cuando estuvo por simular un accidente en una cantera de los Cotswolds; George Rattery no quiso acercarse al borde porque, según dijo, sufría de vértigo.

—Sí, me acuerdo muy bien.

—Bueno; cuando yo estaba en el altillo con Phil, le pregunté cómo se le había ocurrido semejante escondite para la botella. Me contó que una vez su padre había tirado una pelota al techo y que ésta se había quedado en la canaleta, y que su padre había trepado para agarrarla. Aún más: me dijo que su padre era alpinista. ¿Entonces?

La amable boca de Blount parecía una línea delgada; sus ojos brillaban.

—Significa que Félix Cairnes, por un motivo u otro dijo una mentira en su diario.

—Pero ¿por qué?

—Ésa es una pregunta que muy pronto le haré personalmente.

—Pero ¿qué motivo pudo tener? El diario no estaba destinado a ser visto por nadie. ¿Por que, en el nombre del Gran Kan de Tartaria, se mentía a sí mismo?

—Pero, vamos Mr. Strangeways, usted admitirá que era una mentira... la afirmación de que Rattery sufría de vértigo.

—Sí, lo admito. Lo que no admito es que Félix lo haya dicho.

—Pero, caramba, lo dijo; está escrito, en blanco y negro. ¿Qué otra alternativa se le ocurre?

—Sugiero que fue Rattery el que mintió.

Blount abrió la boca. Por un momento pareció un respetable gerente de banco, a quien acaban de decir que han visto a Montague Norman alterando una planilla de balance.

—Calma, calma, Mr. Strangeways; usted no pretende que crea eso, ¿no?

—Lo pretendo, inspector jefe Blount. Siempre he sostenido que Rattery había llegado a sospechar de Félix, que había comunicado sus sospechas a una tercera persona, y que esta persona fue la que mató a Rattery, ocultándose detrás del asesino voluntario. Ahora, suponga que Rattery ya sospechara vagamente de Félix el día que fueron a ese picnic. Seguramente debía de conocer la existencia de la cantera; la gente suele volver siempre a los mismos lugares para hacer sus picnics, cuando ha vivido un tiempo en la misma región. Félix, de pie al borde de la cantera, llama a George para mostrarle algo. George advierte cierta agitación en su voz, en su aspecto. La chispa de sospecha se aviva y convierte en una hoguera. Piensa: "supongamos que Félix quiera tirarme por la cantera abajo". O, según otra alternativa, no supo de la existencia de la cantera hasta que Félix, como admite en el diario, se lo dijo, con bastante poca precaución. De cualquier manera, George no podía hablarle de sus sospechas; todavía no tenía ninguna prueba; su juego consistía en dar la impresión de ser la víctima inconsciente, hasta tener pruebas fehacientes de que Félix era un futuro asesino. Al mismo tiempo, no se atrevía a ir hasta el borde de la cantera. Tenía que inventar alguna excusa que no pusiera en guardia a Félix. En la prisa del momento dice: "Lo siento. No hay caso. No me da la cabeza para las alturas. Vértigo". La primera excusa que se le ocurre a un alpinista consumado.

Después de un largo silencio, dijo Blount:

—Bueno, no le niego que sea una teoría bastante plausible. Pero no más que una telaraña, muy bien tejida, pero que no resiste el peso de nuestro examen.

—Las telarañas no están hechas para resistir el peso de nuestro examen —replicó Nigel agriamente—. Son para cazar moscas, como usted podría saber si dejara alguna vez de mirar manchas de sangre e interiores de *bocks* de cerveza, y se permitiera observar un poco la naturaleza.

—¿Y puedo preguntar qué mosca cazó su telaraña? —preguntó Blount, con un brillo escéptico en los ojos.

—Toda mi defensa de Félix Cairnes está basada en el hecho de que una tercera persona conociera sus planes, o por lo menos su propósito general. Esa persona puede haberlo descubierto independientemente, pero no es muy probable; porque, seguramente, Félix ha de haber escondido su diario con mucho cuidado. Pero suponga que George haya comunicado sus sospechas, tal vez desde el primer momento, a esta tercera persona. ¿En quién le parece más probable que confiara?

—No cuesta adivinar, ¿no?

—No le pido que adivine. Le pido que haga funcionar la máquina que está detrás de su abultada mente.

—Bueno, en su mujer no confiaría... Por lo que veo, la despreciaba demasiado. Ni en Lena, si es cierto lo que dice Carfax que ella y George se habían peleado. Tal vez se lo podía haber dicho a Carfax. No. Yo diría que la persona más probable era su madre. Él y ella estaban muy íntimamente unidos.

—Ha olvidado una persona —dijo Nigel picarescamente.

—¿Quién? Supongo que no se refiere al chico...

—No. Rhoda Carfax. Ella y George eran...

—¿Mrs. Carfax? ¿Se burla de mí? ¿Por qué iba a desear la muerte de Rattery? De todos modos, su marido dice que ella nunca iba por el garage; luego, no ha podido sacar el matarratas.

—Lo que diga su marido no prueba nada.

—Tengo pruebas que lo corroboran. Por supuesto, ella podría haberse metido de noche y extraído parte del veneno. Pero, la verdad es que tiene una coartada para la tarde del sábado. No pudo echar el veneno en la botella del remedio.

—A veces pienso que hay en usted los elementos de un buen detective. Así que usted, después de todo, también había puesto el ojo sobre Rhoda Carfax.

—Eso es parte de la investigación de rutina —dijo Blount, algo escandalizado.

—Bueno, está bien. No me importa Rhoda. Como usted dice, Mrs. Rattery es la persona más probable.

—No dije eso —dijo Blount dramáticamente—. Está Félix Cairnes. Todo lo que dije fue que...

—Muy bien. Su protesta ha sido tomada en cuenta y recibirá toda nuestra atención. Pero no nos alejemos por ahora de Ethel Rattery. Usted ha leído el diario de Cairnes. ¿No ha encontrado allí algún motivo para ella?

El inspector Blount se acomodó en su silla. Sacó una pipa, pero no la encendió, frotándola pensativamente contra su mejilla tersa:

—A la señora mayor le entusiasma el honor

de la familia, ¿no? De acuerdo con el diario de Cairnes, ha dicho: "Matar no es asesinar cuando se trata del honor", o algo parecido. Y, más adelante, Cairnes cuenta que ella le dijo al chico que nunca se avergonzara de su familia, ocurriese lo que ocurriese. Pero ésas son muy pocas pruebas, como usted comprenderá.

—Sí, aisladas. Pero cuando las vinculamos al hecho de que ella tuvo la oportunidad: ella y Violeta estuvieron solas en la casa durante la tarde del sábado hasta que George volvió del río, y con lo que sabemos —y *ella sabía*— acerca de George y de Rhoda...

—¿Cómo lo ve usted?

—Sabemos que esa misma tarde ella pidió a Carfax que sujetara a su mujer y que tratara de silenciar el escándalo. Se enojó mucho cuando Carfax le dijo que estaba decidido a divorciarse de Rhoda, si ella quería. Ahora, suponiendo que esto fuera un ultimátum de la señora; supongamos que ella hubiera ya decidido, para sí, que si fracasaba mataría a George para no permitir que el escándalo de este asunto y de su posible divorcio mancillara el noble escudo de la familia. Había pedido a George que dejara a Rhoda; había pedido a Carfax que adoptara una actitud severa. Sus dos pedidos fracasaron. Entonces, no le queda más que la estricnina. ¿Qué le parece?

—Admito que esa posibilidad pasó por mi mente. Pero hay dos inconvenientes terribles.

—¿Y son...?

—Primero: ¿Suelen las madres envenenar a sus hijos para proteger el honor de la familia? Es muy fantástico. No me gusta.

—Como regla general, no suelen. Pero Ethel Rattery es una verdadera matrona romana, de la escuela más estoica. Además, no está muy bien de la cabeza. No debemos esperar de ella un comportamiento normal. Sabemos que es una autócrata decidida, fanática del honor de la familia, y que, como buena victoriana, considera que el escándalo sexual es la peor afrenta. Combine esas tres cosas, y obtendrá una criminal en potencia. ¿Cuál es su segunda objeción?

—Usted opina que George confió a su madre sus sospechas acerca de Félix Cairnes. Que el asesino conocía el plan del *dinghy,* y que el veneno era sólo una segunda línea de ataque, por si fracasaba la tentativa de Félix. Ahora bien, si Mrs. Rattery tenía la intención de envenenar a su hijo solamente en el caso de no tener éxito el pedido que pensaba hacer a Carfax, este pedido hubiera debido tener lugar mucho antes. Porque, si no, Carfax podría acceder en el mismo instante en que George estaba ahogándose, y ella lo sabía. No tiene sentido.

—Usted confunde dos teorías mías diferentes. Sugiero que Mrs. Rattery, lo mismo que George, conocía el plan del *dinghy,* descrito por Félix en su diario. Pero también sugiero que lo discutieron juntos y que George dijo a su madre que representaría hasta el fin su papel de víctima para obtener una confirmación absoluta de las intenciones de Félix, y que en el último momento cambiaría los papeles, diciendo a Félix que su diario estaba en manos de un abogado. En realidad, George no tenía ninguna intención de dejarse ahogar, y *su madre lo sabía*. Pero ella tenía toda la intención de envenenarlo si fracasaba su entrevista con Carfax.

—Sí. Por supuesto. Eso es ciertamente posible. Bueno, éste es un caso extraño. Mrs. Ratttery,

Violeta Rattery, Carfax y Cairnes, todos tuvieron oportunidad y motivo para matar a George Rattery. Miss Lawson también; tuvo la oportunidad, pero es difícil imaginarse cuál pudo ser el motivo. Es muy extraño que ninguno de ellos tenga coartadas. Me sentiría más feliz con una linda y jugosa coartada donde poder hincar los dientes.

—¿Y la de Rhoda Carfax?

—Sería demasiado. Estuvo en Cheltenham desde las diez y treinta hasta las seis de la tarde, jugando en un campeonato de tenis. Después se fue con unos amigos a comer al *Plough*, no volvió aquí hasta las nueve. Por supuesto, tenemos que comprobar todas las declaraciones; pero hasta ahora no hay la menor posibilidad de que haya podido escabullirse hasta aquí durante la tarde. Parece que no era un campeonato muy importante; mientras ella no jugaba, oficiaba de árbitro o charlaba con sus conocidos.

—Eso parece eliminarla. Bueno, ¿adónde vamos ahora?

—Tengo otra entrevista con Mrs. Rattery. Estaba por entrar cuando me tiraron la botella por la cabeza.

—¿Puedo asistir?

—Muy bien. Pero *déjeme* hablar a mí, por favor.

12

Era la primera vez que Nigel tenía oportunidad de estudiar desapasionadamente a la madre de George. El otro día, en el *boudoir* de Violeta, habían revuelto tanto barro que le había sido imposible reflexionar tranquilamente. Ahora, de

pie en medio de su cuarto y extendiendo hacia él
un brazo del cual descendían en diversos pliegues las voluminosas telas negras de su duelo,
Ethel Rattery parecía un modelo posando para
una estatua del Ángel de la Muerte.

Sus facciones ásperas y amplias, debajo de su
expresión de dolor convencional y preparado, no
parecían mostrar ni sufrimiento ni contrición, ni
piedad ni temor. Más que el modelo parecía la
estatua. "En lo más profundo de su ser —pensó
Nigel— hay un núcleo pétreo y apagado, un
principio antivital." Notó brevemente, cuando le
daba la mano, un enorme lunar negro en su antebrazo, con largos pelos: era muy desagradable
a la vista, y sin embargo en ese momento daba
la impresión de ser lo único vivo en ella. Luego,
con una inclinación vacilante de su cabeza hacia
Nigel, se dirigió a una silla y se sentó; la ilusión
se desvaneció de inmediato. Ya no era el ángel de
la muerte, el pilar de sal negra, sino una vieja
desgarbada cuyas temblorosas piernas de pato
eran, grotescamente, demasiado chicas para el
cuerpo que soportaban. No obstante, los pensamientos vagabundos de Nigel fueron repentinamente traídos a la realidad por las primeras palabras de Mrs. Rattery. Sentada, rápidamente
erguida en su alta silla, con las manos dispues-
tas con las palmas para arriba sobre sus amplias
faldas, dijo a Blount:

—He resuelto, inspector, que este triste
asunto fue un accidente. Creo que será mejor para todas las partes interesadas considerarlo así.
Un accidente. Por lo tanto, no necesitaremos
más de sus servicios. ¿Para cuándo puede orde-
nar que sus hombres se retiren de mi casa?

Por su temperamento y por su experiencia,

Blount no era un hombre fácilmente alarmable, y raras veces permitía a su rostro expresar la sorpresa que su espíritu podía sentir; pero ahora, por un instante, se quedó francamente boquiabierto frente a la anciana.

Nigel sacó un cigarrillo, y rápidamente lo guardó de nuevo en su cigarrera. Pensó: "Loca, completamente loca, chiflada". Blount consiguió, por fin, hablar.

—¿Por qué cree usted que fue un accidente, señora? —le preguntó cortésmente.

—Mi hijo no tenía enemigos. Los Rattery no se suicidan. La única explicación, por lo tanto, es un accidente.

—¿Sugiere usted, señora, que su hijo puso accidentalmente una cantidad de veneno para las ratas en su remedio y luego se lo tomó? ¿No le parece algo... improbable? ¿Por qué supone que haya hecho algo tan extraordinario?

—Inspector, yo no soy policía —contestó la señora con un aplomo monstruoso—. Es su deber, creo, descubrir los detalles del accidente. Yo le pido que lo haga lo más pronto posible. Usted puede imaginarse que me resulta molesto tener la casa llena de policías.

"Georgia no querrá creer esto cuando se lo cuente", pensó Nigel. "Este diálogo debería ser terriblemente gracioso, pero no lo es". Blount estaba diciendo, con peligrosa amabilidad:

—¿Y por qué tiene usted tanto interés, señora, en convencerme, y en convencerse, de que fue un accidente?

—Trato, como es de imaginar, de defender la reputación de la familia.

—¿Le interesa más la reputación que la justicia? —preguntó Blount, no sin autoridad.

—Me parece una observación muy impertinente.

—Algunos podrían considerar una impertinencia de su parte el pretender enseñar a la policía cómo resolver este asunto.

Nigel casi aplaudió. Por fin, el viejo espíritu escocés aparecía. *Nolo Ratterari*. La anciana se ruborizó un poco ante esta inesperada oposición; bajó la vista hacia el anillo conyugal hundido en su carnoso dedo, y dijo:

—¿Hablaba usted de justicia, inspector?

—Si yo le dijera que su hijo fue asesinado, ¿no le gustaría que el asesino fuera descubierto?

—¿Asesinado? ¿Puede probarlo? —dijo Mrs. Rattery con su voz sorda, plomiza; luego, la voz se volvió de plomo derretido al anunciar esta sola palabra:— ¿Quién?

—Eso, por ahora, no lo sabemos. Con su ayuda quizá podremos llegar a la solución verdadera.

Blount empezó de nuevo a hablar con ella de lo sucedido en la tarde del sábado. La vagabunda atención de Nigel fue atraída por una fotografía que estaba sobre una mesita barroca, a su derecha. Tenía un raro marco dorado y exuberante, flanqueado por medallas, un florerito lleno de siemprevivas enfrente y dos floreros altos detrás, abarrotados de rosas mal arregladas y que ya empezaban a perder sus pétalos. Sin embargo, estas reliquias no interesaban a Nigel, sino el rostro del hombre de la fotografía: un joven vestido de militar; sin duda, el marido de Mrs. Rattery. El bigote espumoso y las patillas no ocultaban las facciones —delicadas, indecisas, supersensitivas, más parecidas a las de un poeta del noventa que a las de un soldado— y su extraordinario parecido con Phil Rattery. "Bueno, dijo Nigel silenciosamente a la fotografía, si yo hubiera sido tú y me hubie- ran dado a elegir entre una bala en Sudáfrica y una vida entera al lado de Ethel Rattery, también yo hubiera elegido la muerte más rápida; pero qué ojos extraños tienes; la locura, según dicen, salta a veces una generación; entre Ethel y tu herencia, no es extraño que el chico sea tan nervioso. Pobre chico. Me gustaría profundizar un poco la histo- ria de esta familia."

El inspector Blount estaba diciendo:

—El sábado por la tarde, ¿tuvo usted una en- trevista con Mr. Carfax?

El rostro de la vieja enlutada pareció ensom- brecerse. Nigel levantó involuntariamente la vis- ta, esperando ver una nube sobre el sol; pero to- das las persianas del cuarto estaban bajas.

—Así es —dijo—; pero no veo que le pueda interesar a usted.

—Eso lo decidiré yo —dijo Blount, implaca- blemente— ¿Se rehúsa usted a referir lo que dis- cutieron?

—Efectivamente.

—¿Niega usted haber pedido a Mr. Carfax que pusiera fin a la relación entre su mujer y George Rattery, y haberlo acusado de admitir tá- citamente esa relación y que —cuando él dijo que pensaba divorciarse de su mujer si ella así lo quería— usted lo insultó en términos más bien exagerados?

Durante este discurso, el rostro rojo de Mrs. Rattery se volvió púrpura y empezó a agitarse. Nigel creyó que se echaría a llorar, pero en cam- bio exclamó en tono de ofendida indignación:

—Ese hombre no es más que un alcahuete, y así se lo dije. El escándalo era bastante grande, para que él todavía lo estimulara.

—Si le interesaba tanto, ¿por qué no habló usted con su hijo?

—Hablé con él. Pero era muy terco... Supongo que lo ha heredado de mi familia —dijo con furtiva vanidad.

—¿No tuvo usted la impresión de que Mr. Carfax disimulaba el rencor hacia su hijo como consecuencia de ese asunto?

—Pero no... —Mrs. Rattery se detuvo bruscamente. Volvió a sus ojos la mirada furtiva—. Por lo menos, yo no noté nada. Pero es claro que estaba muy agitada para poder notarlo. Ciertamente la actitud que adoptaba es extraña.

"Vieja lengua venenosa", pensó Nigel.

—Después de esa entrevista, tengo entendido que Mr. Carfax salió directamente de la casa. —Tal como cuando había hablado con Carfax, Blount puso el mismo débil énfasis sobre la palabra "directamente".

Una pregunta casi capciosa: está mal, pensó Nigel. Mrs. Rattery dijo:

—Sí, supongo que sí. No, ahora que lo pienso un poco, no pudo salir muy directamente. Yo estaba en la ventana, y tardó uno o dos minutos en aparecer por el jardín.

—Por supuesto, su hijo le contó lo del diario de Félix Lane, ¿no? —Blount había utilizado la vieja treta de dejar caer una pregunta esencial, cuando la atención del interrogado se encontraba dirigida hacia otra cosa. Su táctica no tuvo ningún efecto visible, a menos que pudiera haber algo sospechoso en la pétrea altivez con que Mrs. Rattery la recibió.

—¿El diario de Mr. Lane? No entiendo...

—Pero sin duda su hijo le contó su descubrimiento de que Mr. Lane tenía intención de matarlo.

—No me aturda a preguntas, inspector; no estoy acostumbrada. En cuanto a ese cuento de hadas...

—Es la verdad, señora.

—En ese caso, ¿por qué no pone usted fin a esta entrevista, que me parece sumamente desagradable, y arresta a Mr. Lane?

—Cada cosa en su tiempo, señora —dijo Blount con igual frigidez.

—¿Notó usted alguna hostilidad entre su hijo y Mr. Lane? ¿No le sorprendió un poco la situación de Mr. Lane en esta casa?

—Sabía perfectamente que él estaba aquí a causa de esa criatura abominable, Lena. Es un asunto que prefiero no discutir.

"Usted creyó que la enemistad entre George y Félix se debía a Lena", pensó Nigel. Mirando hacia abajo, dijo en voz alta:

—¿Qué dijo Violeta cuando se peleó con su marido, la semana pasada?

—¡Pero, Mr. Strangeways! ¿Hay que sacar a luz hasta los más pequeños incidentes domésticos? Me parece innecesario y vulgar.

—¿"Incidente"? ¿"Innecesario"? Si le parece tan trivial, ¿por qué dijo a Phil, el otro día, "Tu madre necesita de toda nuestra ayuda. Porque la policía puede llegar a saber que se peleó con tu padre la semana pasada, y lo que dijo, y eso podría hacerles pensar..."? ¿Hacerles pensar qué?

—Eso será mejor que se lo pregunte a mi nuera.

La anciana no quiso hablar más. Después de unas cuantas preguntas, Blount se levantó para irse. Distraídamente, Nigel se acercó a la mesita barroca y, pasando un dedo por la parte de arriba de la fotografía, dijo:

—Supongo que éste es su marido, Mrs. Rattery, ¿no? Murió en Sudáfrica, ¿no es cierto? ¿En qué batalla?

El efecto de esta inofensiva observación fue electrizante. Mrs. Rattery se levantó y avanzó con una horrible rapidez de insecto —como si tuviera cincuenta piernas en vez de dos— a través de la habitación. En medio de una oleada de naftalina, interpuso su cuerpo entre Nigel y la fotografía.

—¡Quite usted sus manos de allí, joven! ¿Nunca terminará de hurgar y de espiar las cosas de mi casa? —Respirando agitadamente, con los puños apretados, escuchó las disculpas de Nigel. Luego se volvió hacia Blount—. La campanilla está a su derecha, inspector. Tenga la bondad de llamar, y la mucama lo acompañará hasta la puerta.

—Creo que sabré salir solo, señora; muchas gracias.

Nigel lo siguió mientras bajaba y se dirigía al jardín. Blount juntó los labios y se enjugó la frente.

—¡Uf, qué vieja trastornada! Me da escalofríos, y no me avergüenza decirlo.

—No importa. La encaró usted con toda intrepidez. Parecía un Daniel. Y ahora ¿qué me dice?

—No hemos adelantado nada. Absolutamente nada. Quiere que lo consideremos un accidente. Pero en seguida se dejó seducir —con demasiada rapidez, me parece— por mi sugestión de que Carfax era el culpable. Picó de inmediato el anzuelo cuando hablamos del tiempo que Carfax tardó en salir de la casa; habrá que averiguar cuál de los dos se ha equivocado, pero supongo que, muy probablemente, encontraremos una explicación inocua. Por otra parte, prefiero no hablar de Félix Cairnes o de Violeta Rattery. Evidentemente no sabía nada del diario de Félix Cairnes; por lo menos ésa es mi impresión; y eso es un golpe mortal para su teoría. Está chiflada por el prestigio de la familia, pero ya lo sabíamos. Sus observaciones contra Carfax pueden haber sido motivadas exclusivamente por el odio que le tiene. No. Si ella mató a George, no nos ha dicho nada que lo confirme. Estamos de vuelta donde habíamos empezado. Y es, quiéralo usted o no, Félix Cairnes.

—Sin embargo, hay una cosa que valdría la pena investigar.

—¿Se refiere a esa pelea entre George y su mujer?

—No. Me parece que eso no tiene ninguna importancia. Violeta puede haber hecho alguna amenaza histérica; pero una mujer que se ha humillado ante su marido durante quince años, no se amotina de golpe y lo mata. No es verosímil. No, me refiero a lo que el viejo Watson habría llamado "el Singular Episodio de la Anciana y la Fotografía".

13

Nigel se separó de Blount, que quería entrevistar a Violeta Rattery, y volvió al hotel. Cuando llegó, Georgia y Félix Cairnes estaban tomando el té en el jardín.

—¿Dónde está Phil? —preguntó en seguida Félix.

—En su casa. Supongo que su madre lo traerá después. Hubo algunos inconvenientes.

Nigel relató las aventuras de Phil sobre el techo y su tentativa de destruir la botella probatoria. Mientras hablaba, Félix parecía más y más nervioso, y por fin no pudo contenerse más.

—¡Caramba! —exclamó— ¿No pueden alejar a Phil de todo esto? Es verdaderamente desesperante; un chico de su edad en semejante ambiente. No lo digo por usted; pero este Blount, ¿cómo no comprende el daño que puede hacer a un chico tan nervioso?

Nigel no había comprendido hasta ahora que Félix tenía los nervios de punta. Lo había visto paseando por el jardín, leyendo con Phil, hablando de política con Georgia; un hombre tranquilo y amable, cuya discreción natural alternaba con repentinas confidencias y momentos de sardónico buen humor; un hombre con quien sería muy molesto vivir, pero agradable aun en sus momentos más inabordables y espinosos. Esta explosión recordó a Nigel cuán pesadamente debía pesar sobre él la nube de la sospecha. Dijo amablemente:

—Blount es un buen hombre. Es muy humano; por lo menos, lo es bastante. Creo que Phil ha tenido que soportar todo esto por mi culpa. A veces es muy difícil recordar su extraordinaria juventud. Uno termina catándolo casi como si fuera de nuestra edad. Y además, él me arrastró hasta ese tejado.

Siguió un apacible silencio. Georgia sacó un cigarrillo de la caja de cincuenta que siempre llevaba consigo. Las abejas zumbaban entre las dalias, en el cantero de enfrente. A lo lejos podía oírse el melancólico y prolongado silbato de una lancha que anunciaba su llegada a la esclusa.

—La última vez que vi a George Rattery —dijo Félix, casi para sí—, atravesaba el jardín de aquella esclusa, pisoteando las flores. Estaba de muy mal humor. Hubiera pisoteado cualquier cosa que hubiera encontrado por el camino.

—Habría que hacer algo con ese tipo de gente —dijo Georgia afablemente.

—Algo hicieron con él.

La boca de Félix se redujo a una línea.

—¿Cómo van las cosas, Nigel? —preguntó Georgia. La palidez de la cara de su marido, los pliegues de su frente sobre la que caía un mechón infantil, la infantil y obstinada posición de su labio inferior, todo la preocupaba. Estaba cansadísimo; jamás debió aceptar este asunto. Deseó que Blount, los Rattery, Lena, Félix, aun Phil, desaparecieran en el fondo del mar. Pero mantuvo fría e impersonal su voz: Nigel no quería ser protegido; y además allí estaba Félix Cairnes, que había perdido a su mujer y a su único hijo; Georgia comprendió que no debía obligarlo a oír en su voz ese afecto que ya nunca sería para él.

—¿Cómo van? No muy bien. Éste parece uno de esos casos simples y pérfidos donde nadie tiene coartada y todos podrían haber cometido el crimen. Sin embargo, ya lo sortearemos, como diría Blount. De paso, Félix, ¿sabe usted que George Rattery no sufría en absoluto de vértigo?

Félix Cairnes parpadeó. Su cabeza se inclinó hacia un lado, como la cabeza de un zorzal que mira con el costado del ojo algún movimiento en las cercanías.

—¿No sufría de vértigo? Pero ¿quién dijo que sufría? ¡Dios mío, me había olvidado! Sí. El asunto de la cantera. Pero ¿por qué dijo eso, entonces? No comprendo. ¿Está seguro?

—Completamente seguro. ¿Ve la consecuencia?

—La consecuencia es, supongo, que yo dije una fea mentira en mi diario —dijo Félix, mirando a Nigel con una especie de candor tímido y cauteloso.

—Hay otra posibilidad: que George sospechara sus intenciones, o empezara ya a sospecharlas, y dijera que sufría vértigo para mantenerse fuera de su alcance sin que usted imaginara que él sospechaba.

Félix se volvió hacia Georgia.

—Esto ha de parecerle a usted muy incomprensible. Se refiere a una oportunidad en que yo traté de empujar a George desde el borde de una cantera, pero a último momento no quiso acercarse. Lástima, nos habríamos ahorrado muchas molestias.

Su irresponsabilidad molestó a Georgia. Pero pensó: pobre hombre, tiene los nervios al descubierto, no es culpa suya. Recordaba demasiado bien una vez en que ella se había encontrado en la misma situación, y Nigel la había salvado. Nigel salvaría a Félix también, si alguien podía salvarlo. Miró a su marido; éste contemplaba el suelo de esa manera inexpresiva que significaba que su cerebro trabajaba a toda presión. "Querido Nigel, se dijo, querido Nigel".

—¿Sabe usted algo del marido de la anciana Mrs. Rattery? —preguntó Nigel a Félix.

—No. Salvo que era militar. Muerto en la guerra Boer. Se salvó providencialmente de Ethel Rattery, supongo.

—Verdaderamente. Me gustaría saber cómo podría averiguar algo de él. No tengo conocidos entre los militares retirados. ¿Y ese amigo suyo? Usted lo menciona al principio de su diario: Chippenham, Shrivellem, Shrivenham; sí, eso es, el general Shrivenham.

—Eso parece. ¿Ha estado usted en Australia? ¿No encontró allá un amigo mío llamado Brown? —dijo burlonamente Félix—. No creo en absoluto que el general Shrivenham sepa nada acerca de Cyril Rattery.

—Sin embargo, vale la pena averiguarlo.

—¿Por qué? No veo el motivo.

—Tengo el presentimiento de que valdría la pena investigar la historia de la familia Rattery: me gustaría saber por qué Mrs. Rattery se emocionó tanto cuando le pregunté algo acerca de su marido, esta tarde.

—Ese afán tuyo de exhumar viejos escándalos de familia es indecente —dijo Georgia—. Mejor me hubiera casado con un chantajista.

—¡Escuche! —dijo Félix pensativamente—. Si usted quiere informarse, conozco una persona en el Ministerio de Guerra que podría mostrarle los archivos.

La respuesta de Nigel a esta oferta fue extraordinariamente ingrata, por no decir otra cosa. En el tono más amistoso, pero más serio imaginable, dijo:

—¿Por qué no quiere que me encuentre con el general Shrivenham, Félix?

—Yo... Es absurdo lo que usted dice. No opongo la menor objeción a que ustedes se vean. Sólo sugería una manera más práctica de obtener esa información que usted busca.

—Muy bien. Disculpe. No se habrá ofendido, supongo, porque mi intención no fue ofenderlo.

Hubo una pausa incómoda. Nigel, evidentemente, no estaba nada convencido, y sabía que Félix lo sabía. Después de un momento, Félix sonrió:

—Creo que no era toda la verdad. Lo cierto es que quiero mucho a mi viejo amigo, y que inconscientemente luchaba contra la idea de que él llegara a saber qué clase de persona soy en realidad. —Félix sonrió amargamente—. Un asesino que ni siquiera tiene éxito.

—Bueno, supongo que tarde o temprano llegará a ser del dominio público —dijo Nigel razonablemente—. Pero si usted no quiere que Shrivenham se entere todavía, puedo fácilmente preguntarle lo de Cyril Rattery sin necesidad de contarle lo demás. Si usted quiere darme una tarjeta de presentación...

—Muy bien. ¿Cuándo piensa ir para allá?

—Mañana, supongo.

Hubo otro largo silencio, el silencio inquieto que hay en el aire cuando ha amenazado una tormenta y ha pasado sin desencadenarse, pero está por volver. Georgia vio que Félix temblaba. Por fin, fluyendo dolorosamente, su voz brotó con fuerza y sin naturalidad, como la de un amante que por fin se ha decidido a confesar su amor, y dijo:

—Blount. ¿Cuándo va a arrestarme? No puedo soportar por mucho más tiempo esta espera. —Sus dedos se contraían y volvían a extenderse, colgando a ambos lados de su silla.— Pronto confesaré todo, aunque sólo sea para sacarme este peso de encima.

—No es una mala idea —dijo Nigel, pensativamente—. Usted confiesa, y como no fue usted, Blount estará en condiciones de destruir su confesión, y convencerse así de que no es usted el asesino.

—¡Nigel, por el amor de Dios, no seas tan sin corazón! —exclamó Georgia vivamente.

—Para él no es más que un juego, como el ajedrez. —Félix sonrió. Parecía haber recuperado su serenidad. Nigel se sintió más bien avergonzado; debía curarse de esa costumbre de pensar en voz alta. Dijo:

—No creo que Blount piense arrestarlo todavía. Es muy minucioso y quiere estar seguro del terreno que pisa. Recuerde: la detención de un hombre inocente es un asunto serio para un policía; no le reporta beneficio alguno, créame.

—Bueno, espero que cuando se decida usted, me mande un telegrama o algo así, y entonces yo me afeito la barba, me hago el rengo, atravieso el cordón policial y tomo un barco para Sudamérica: allí van los criminales prófugos en las novelas policiales...

Georgia sintió lágrimas en sus ojos. Había algo intolerablemente patético en las bromas que hacía Félix sobre su situación. Además, era muy molesto: tenía el coraje, pero no el tipo de audacia necesario para decir una broma semejante; estaba herido demasiado en lo vivo, y se le notaba. Se encontraba sin duda en una horrible necesidad de que alguien lo consolara; ¿por qué no trataba Nigel de hacerlo? No le costaría mucho. Una asociación de ideas hizo decir a Georgia:

—Félix, ¿por qué no le pide a Lena que venga esta tarde? Hoy estuve hablando con ella. Ella tiene confianza en usted. Ella lo quiere, y está desesperada de ganas de ayudarlo.

—Es mejor que ella no me vea mientras yo esté bajo la sospecha de asesinato. Sería injusto hacia ella —dijo Félix obstinadamente y un poco distante.

—Seguramente es a Lena a quien corresponde decidir si es o no injusto con ella. No le importa que usted haya matado a Rattery, o no; sólo quiere estar con usted, y, sinceramente, usted está haciéndole mucho mal; no quiere su caballerosidad, lo quiere a usted.

Mientras ella hablaba, la cabeza de Félix se inclinaba de un lado a otro, como si su cuerpo estuviera atado a la silla y las palabras hubieran sido piedras que le arrojaban a la cara. Pero no quería admitir cuánto le dolían. Se recogió dentro de sí mismo, diciendo obstinadamente:

—Prefiero no hablar de esto.

Georgia miró a Nigel, implorante. Pero en ese momento se oyó el sonido de unos pasos sobre la grava, y los tres levantaron la vista, secretamente aliviados por la interrupción. El inspector Blount, con Phil a su lado, venía por el sendero. Georgia pensó: "Gracias a Dios, aquí está Phil; es el David que alegrará el humor de este melancólico Saúl".

Nigel pensó: "¿Por qué lo ha traído Blount, cuando debía traerlo Violeta Rattery? ¿Querrá decir que Blount ha descubierto algo acerca de Violeta?"

Félix pensó: "Phil…, ¿qué hace el policía con Phil? ¡Dios! ¿Habrá arrestado a Phil? Claro que no, no seas absurdo; si lo hubiera hecho, no lo traería aquí. Pero la sola idea de verlos juntos…, enloqueceré si esto dura".

14

—Tuve una conversación muy interesante con Mrs. Rattery —dijo Blount cuando quedó a solas con Nigel.

—¿Violeta? ¿Qué dijo?

—Bueno, primero le pregunté por esa pelea que había tenido con su marido. Fue muy franca en ese sentido; por lo menos, tal es la impresión que me dio. Pelearon, según parece, a causa de Mrs. Carfax.

Blount se detuvo para aumentar el énfasis dramático. Nigel examinaba atentamente la punta de su cigarrillo.

—Mrs. Rattery pidió a su marido que pusiera fin a su relación, o lo que fuera, con Rhoda Carfax. De acuerdo con su relato, ella no se refirió para nada a sus sentimientos personales, sino al daño que podía causar a Phil, que según me han contado, sabía muy bien lo que pasaba, aunque sin duda no lo comprendía del todo. Entonces, Rattery le preguntó directamente si quería divorciarse. Ahora bien: Violeta Rattery había estado leyendo un libro, una novela sobre dos chicos cuyos padres se habían divorciado; es una mujer, me parece, que toma muy en serio los libros; hay personas así, ¿no? Bueno, estos chicos, los chicos del libro, sufrieron mucho a consecuencia del divorcio de sus padres; uno de ellos era un varoncito, que le recordó a Phil. Por eso dijo a su marido que de ninguna manera consentiría en un divorcio.

Blount respiró profundamente. Nigel esperó con impaciencia; estaba bien seguro de que Blount, siendo escocés, no perdonaría ningún detalle.

—Esta actitud de Mrs. Rattery irritó singularmente a su marido. Especialmente en lo que respecta a Phil. Sin duda le dolía que todo afecto del chico estuviera dedicado a su madre. Pero sobre todo le disgustaba que Phil fuera tan diferente de él; más fino, por decir así. Quería herir

222

a Violeta, y sabía que la mejor manera de herirla era a través de Phil. Entonces le dijo bruscamente que había resuelto no mandar a Phil a la escuela secundaria, sino emplearlo en el garage, en cuanto acabara su período legal de educación. No sé si Rattery lo decía en serio; pero así lo entendió su mujer; y allí empezó la verdadera pelea. En un momento dado, ella dijo que preferiría verlo muerto antes que permitirle arruinar la vida de Phil, y esto es lo que la vieja Mrs. Rattery oyó. De todos modos, siguió una discusión terrible, y por fin Rattery perdió la cabeza y empezó a pegarle a su mujer. Phil la oyó gritar, e irrumpió en la habitación para detener a su padre. Hubo un alboroto espantoso —concluyó Blount sin emocionarse.

—¿Así que Violeta sigue siendo una candidata?

—Bueno; yo diría que no. Por esto: Después de esa escena se dirigía a la madre de George para que lo persuadiera de no poner al chico en el garage. La vieja es bastante *snob,* me parece, y por una vez estuvo de acuerdo con Violeta. Le pregunté acerca de esto y me dijo que consiguió que George le diera su palabra de que Phil seguiría estudiando. Así que ya no existe ese motivo para la posible culpabilidad de Violeta.

—Tampoco es probable que fuera por celos de Mrs. Carfax; porque de ser así, la habría envenenado a ella, y no a su marido.

—Todo esto es razonable, aunque, por supuesto, sólo son teorías.

Blount continuó con su exposición sistemática:

—Durante mi entrevista con Violeta Rattery

conseguí otra información importante. Estaba preguntándole acerca del sábado por la tarde. Parece que después de hablar con Mrs. Rattery, Carfax cambió algunas palabras con Violeta, y que ella lo acompañó hasta fuera de la casa. Así que él tampoco tuvo oportunidad de envenenar el tónico de Mr. Rattery.

—¿Por qué nos dijo entonces una mentira innecesaria, haciéndonos creer que había salido directamente de la casa?

—Bueno, no nos dijo ninguna mentira. Recuerde que contestó: "Si usted quiere decir que hice un rodeo para poner el veneno en el remedio de Rattery, la contestación es negativa".

—Pero esto es un subterfugio

—Sí, estoy de acuerdo. Pero me parece más probable que lo haya utilizado porque no quería referirse a su breve conversación con Violeta Rattery.

Nigel preparó sus oídos. Por fin llegaba a algo concreto.

—¿Y sobre qué fue esta conversación? —preguntó.

Blount se detuvo solemnemente antes de contestar. Luego con el grave aspecto de un juez, dijo:

—Protección a la Infancia.

—¿Quiere decir protección de Phil? —dijo Nigel perplejo.

—No, quiero decir Protección a la Infancia. Nada más. —Los ojos de Blount brillaban. No tenía muchas oportunidades de burlarse de Nigel; y cuando conseguía una, trataba de aprovecharla minuciosamente—: De acuerdo con Violeta Rattery —y no veo ninguna razón para no creerla— existe el propósito de crear en este pueblo un Centro de Protección a la Infancia. Las autoridades locales contribuyen parcialmente y el resto del dinero será obtenido por suscripción privada. Mrs. Rattery pertenece al comité encargado de recolectar esas contribuciones, y Mr. Carfax fue a decirle que quería contribuir con una suma elevada, anónimamente. Es el tipo de hombre que no deja saber a la mano izquierda lo que hace la derecha. Por eso mantuvo en silencio su breve conversación con Violeta Rattery.

—¡Dios mío! La dulce plática de una mente inocente. Así que Carfax ha sido eliminado. ¿O podría haberse deslizado en el comedor cuando subía para encontrarse con la vieja Mrs. Rattery?

—También ha sido eliminada esa posibilidad. Hablé un poco con el chico cuando veníamos. Parece que él estaba en el comedor cuando Mr. Carfax entró; la puerta estaba abierta, y vio cómo Carfax subía las escaleras.

—No nos queda más que la vieja Mrs. Rattery, entonces —dijo Nigel.

Bordeaban la parte del jardín que daba al río. A su izquierda, unos diez metros más allá, había un pequeño macizo de laureles. Nigel notó descuidadamente una leve agitación en los arbustos, impropio de una tarde tan tranquila; seguramente, pensó, hay un perro. Si hubiera investigado esa agitación, con toda seguridad se habría alterado profundamente el curso de varias vidas. Pero no lo hizo. Blount estaba diciendo, con un tono de discusión en la voz.

—Usted es terco, Mr. Strangeways. Pero no me convenceré de que todas las pruebas que hasta ahora tenemos no señalan inequívocamente a Frank Cairnes. Hay argumentos contra Mrs. Rattery, lo admito; pero son demasiado teóricos, demasiado fantásticos

—¿Quiere usted arrestar a Félix, entonces? —dijo Nigel.

Se habían dado vuelta y pasaban ahora al lado del macizo de laureles.

—No veo otra alternativa. Tuvo la oportunidad; tenía un motivo bastante más serio que el de Mrs. Rattery; puede decirse que ha confesado con sus propios labios. Por supuesto, queda todavía bastante trabajo de rutina por hacer; no pierdo las esperanzas de que alguien lo haya visto sacando el matarratas del garage; o tal vez encontremos trazas microscópicas del veneno en su cuarto, en casa de Rattery, aunque confieso que hasta ahora no las encontramos. Quizá tengan impresiones digitales los fragmentos del frasco, aunque también es muy improbable, a causa de su larga exposición a la intemperie, en la canaleta, y, por otra parte, un escritor policial es la última persona para dejar impresiones digitales. Así que por ahora no arrestaré a Cairnes; pero lo haré vigilar, y —como usted bien sabe— es después del crimen, no antes, que el criminal comete su peor equivocación.

—Bueno, así será, supongo. Pero mañana iré a ver a un señor que se llama el general Shrivenham. Y no me sorprendería nada si volviera con mi cosecha. Señor jefe inspector Blount, sería mejor que comenzara a reconciliarse con la idea de sufrir una nueva decepción. Estoy convencido de que la solución de este problema se encuentra en el diario de Félix Cairnes; deberíamos tan sólo saber cómo y dónde buscarla. Tengo la sensación de que se trata de algo muy evidente. Por eso quiero averiguar algo más sobre la historia de la familia Rattery: creo que esto puede iluminar algún punto del diario que nos ha eludido hasta ahora.

15

Esa noche, Georgia se fue a acostar porque sabía que no debía entremeterse cuando Nigel estaba en uno de esos intensos estados de abstracción, durante los cuales parecía mirarla sin verla. Por Dios, pensó, cómo me hubiera gustado no haber venido a este lugar; está agotado; si no tiene más cuidado acabará en un serio *surmenage*.

Nigel estaba sentado en el escritorio del hotel. Una de sus excentricidades más notables consistía en que su cerebro podía funcionar con eficacia en los escritorios de los hoteles. Frente a él había varias hojas de papel. Empezó lentamente a escribir...

Lena Lawson:

¿Oportunidad para obtener el veneno? Sí.

¿Oportunidad para envenenar el tónico? Sí.

¿Motivo para el crimen? a) Afecto por Violeta y Phil: eliminar a George Rattery, que les arruinaba la vida. Inadecuado. b) Odio personal hacia G. R. Resultado de su anterior relación con él y/o consecuencia de la conmoción que le produjo el accidente de Martin Cairnes. No, ridículo: Lena era muy feliz con Félix. c) Dinero. Pero G. R. dejó su dinero en partes iguales a su mujer y a su madre, y además no tenía mucho que dejar. L. L. está definitivamente eliminada.

Violeta Rattery:

¿Oportunidad para obtener el veneno? Sí.

¿Oportunidad para envenenar el tónico? Sí.

¿Motivo del crimen? Cansada de George: a) a causa de Rhoda; b) a causa de Phil. Pero el asunto de Phil estaba arreglado y V. había soportado a G. durante quince años. ¿Por qué rebelarse así bruscamente? Si el motivo hubiera sido celos a Rhoda, la hubiera envenenado a ella y no a G. V. R. queda eliminada.

James Harrison Carfax:

¿Oportunidad para obtener el veneno? Sí. (mucha más oportunidad que los otros).

¿Oportunidad para envenenar el tónico? Aparentemente ninguna.

El sábado subió directamente al cuarto de Ethel Rattery, declaración de Phil. Bajó para hablar con Violeta, que lo acompañó hasta afuera de la casa; declaración de Violeta. Tiene coartada segura desde ese momento; ref. investigaciones de Colesby.

¿Motivos para el crimen? Celos. Pero, como nos indicó el otro día, si hubiera querido poner fin al asunto entre G. y Rhoda, no tenía más que amenazar a G. con sacarlo de la sociedad, que él dominaba financieramente. C. parece quedar eliminado.

Ethel Rattery:

¿Oportunidad para obtener el veneno? Sí. (Aunque iba al garage mucho menos que los otros).

¿Oportunidad para envenenar el tónico? Sí.

¿Motivo para el crimen? Extravagante orgullo de familia; cualquier cosa para terminar el escándalo del asunto George-Rhoda, y especialmente para evitar el escándalo de un divorcio. Ruega a Carfax que adopte una actitud decidida, pero sin éxito. Él le dice que se divorciará de Rhoda si así lo quiere ella. Su conducta con Violeta y con Phil demuestra que es capaz de ser abiertamente cruel; una autócrata para quien el poder es un derecho.

Nigel estudió cuidadosamente cada hoja de papel, y luego las rompió en muchos pedacitos. Se le había ocurrido una idea. Tomó otra hoja de papel y empezó a escribir...

¿Habremos descuidado la posibilidad de una relación más íntima entre Violeta y Carfax? Es interesante notar que, hasta cierto punto, se proporcionan mutuamente coartadas psicológicas y de hecho.

Carfax podría, mucho más fácilmente que los otros tres, haber sustraído el matarratas; Violeta podría haberlo puesto en el tónico. No es inconcebible que cada uno de ellos, desilusionado por el comportamiento de su cónyuge respectivo, se haya sentido atraído hacia el otro. Pero ¿por qué no se fueron? ¿Por qué algo tan drástico como el envenenamiento de George?

Respuestas posibles: que George se hubiera rehusado a divorciarse de Violeta y/o Rhoda del dicho Carfax: que, yéndose juntos, habrían dejado a Phil en manos de George y Ethel Rattery, cosa que Violeta no hubiera admitido. Plausible. Hay que investigar cuidadosamente las relaciones entre V. y C. Pero, a menos que sea una coincidencia que el crimen haya tenido lugar el mismo día que la fracasada tentativa de Félix (lo cual es casi increíble), el asesino debe haber conocido el plan de Félix, o por confidencias de George o por haber descubierto independientemente el diario. Lo primero es improbable en el caso de Violeta y Carfax; pero V. puede haber descubierto el diario.

Conclusión. No puede eliminarse la posibilidad de una alianza entre Carfax y Violeta. Es de notar, de paso, que cada vez que he ido a casa de los Rattery, Carfax no estaba allí. Como socio del marido y amigo de la familia, Carfax debería haberse encontrado presente, proporcionando a Violeta toda la ayuda y el consuelo posibles. El hecho de no haber estado allí sugiere que no desea dar motivo para que sospechemos una relación culpable entre ellos. Pero, por otro lado, la actitud de Carfax, cuando Blount lo interrogó, era notablemente franca, sincera y abierta, y también suficientemente excepcional como para ser creída. Es muy difícil para un criminal mantenerse en una actitud moral falsa hacia su reciente víctima, y hacerlo de una manera verosímil, mucho más difícil que ejecutar un plan prefijado (coartada, ocultación de motivos, etc.). Estoy dispuesto a creer, provisoriamente, en la inocencia de Carfax.

Quedan Ethel Rattery y Félix. Las posibilidades de que haya sido Félix son superficialmente mucho mayores que las de los demás. Medios, motivo, todo, hasta una confesión de propósitos; pero es justamente ahí, en el diario, donde está la dificultad. Es concebible —aunque no demasiado— que Félix haya preparado otra arma (el veneno) para que surtiera efecto en el caso de fracasar el plan del *dinghy*. Pero, en realidad, no puedo llegar a creer que tenga la sangre fría o la locura necesaria para permitirse una tan complicada estrategia. Pero supongamos, por un momento, que lo hubiera hecho. Lo inconcebible es que, después del fracaso en el *dinghy*, y sabiendo que su diario está en manos de un abogado, y que se leerá si muere George, Félix persista en el plan de la estricnina.

Obrar así era ponerse una soga al cuello y saltar. Si Félix hubiera envenenado el tónico, inevitablemente, en cuanto hubiera sabido que la muerte de George significaba su propia destrucción, se lo habría dicho a George o hubiera penetrado en la casa y retirado la botella. A menos que, por supuesto, estuviera tan ciego de odio contra George por la muerte de Martin, que no le importara cometer ese suicidio con tal de que George muriera. Pero, si no le importaba salvar su vida, ¿por qué desarrollar un plan tan complicado para que pareciera un accidente de navegación, y por qué hacerme venir hasta aquí para probar su inocencia? La única respuesta posible es que Félix no puso el veneno dentro del tónico. No creo que haya matado a George Rattery: está contra toda probabilidad y toda lógica.

Nos queda Ethel Rattery. Una mujer malvada; pero ¿mató a su hijo? Y si lo mató, ¿habrá alguna manera de probarlo? El asesinato de George es típico de la altanería egoísta que uno tan fácilmente asocia con Ethel Rattery. Ninguna tentativa de su parte para despistar, aunque no hacía mucha falta, si sabía que toda las sospechas recaerían en Cairnes. Ninguna tentativa de procurarse una coartada para la tarde del sábado, cuando la botella fue envenenada. Vierte tranquilamente su remedio y reposa en sus excesivas asentaderas hasta que George lo bebe. Y luego publica un edicto ordenando a Blount que el asunto sea considerado accidente. "Supremo dictador y juez de la tierra"; ése es el papel que quiere representar. Hay una casi agresiva falta de sutileza en el envenenamiento de George, que armoniza con el carácter de Ethel Rattery. Pero, ¿es suficientemente serio el motivo? Llegado el caso, ¿sería ella capaz de actuar de acuerdo con su propio dictado de que "matar no es asesinar cuando se trata del honor?" Tal vez reúna bastante material de manos del viejo Shrivenham, o de alguno de sus camaradas, para decidir este punto. Mientras tanto...

* * *

Nigel suspiró cansadamente. Miró lo que había escrito, hizo una mueca, y acercó un fósforo a las hojas de papel. El reloj de pared del vestíbulo jadeó largamente y anunció que era medianoche. Nigel tomó la carpeta donde estaba la copia en carbónico del diario de Félix Cairnes. Algo le llamó la atención en la página que abrió primero. Su cuerpo se endureció, su cerebro cansado comenzó de inmediato a trabajar. Siguió hojeando las páginas en busca de otra referencia. Una idea extraordinaria empezó a tomar forma dentro de su cabeza; una trama tan lógica, tan clara, tan convincente, que tuvo que desconfiar de ella. Era como uno de esos maravillosos poemas que uno compone en el momento de dormirse, y que, vueltos a ver a la luz desilusionada del día, parecen vulgares, incoherentes o absurdos. Nigel decidió dejarlo para la mañana siguiente; no estaba ahora en condiciones de comprobar su verosimilitud; le repugnaban sus amargas consecuencias. Bostezando, se levantó, puso la carpeta bajo el brazo y se dirigió a la puerta del escritorio.

Apagó la luz y abrió la puerta. El salón estaba oscuro como la muerte. Nigel caminó a tientas a través de él hacia las llaves de la luz eléctrica que estaban en la pared opuesta, tratando de orientarse con la mano sobre la puerta de entrada. "¿Estará dormida Georgia?", pensó. Y en ese momento oyó un ruido sibilante en la oscuridad y algo surgió de las tinieblas y le golpeó en la sien...

Oscuridad. Una negra cortina de terciopelo sobre la cual se encendían, bailaban y desaparecían unas luces dolorosas; un *ballet* de fuegos artificiales. Lo miró sin curiosidad; deseaba que esas luces dejaran de jugar frente a sus ojos, porque quería abrir la cortina negra, y se ponían a su paso. Por fin las luces dejaron de oscilar. La negra cortina de terciopelo subsistía. Ahora podía avanzar y abrir la cortina, aunque primero debía sacar la tabla dura que parecía estar atada a su espalda. ¿Por qué tenía una tabla en la espalda? Debía ser un hombre-sándwich. Por un momento quedó inmóvil, deleitado por el brillo de su deducción. Luego quiso caminar hacia la cortina negra. De inmediato se encendió en su cabeza un dolor enceguecedor, y el *ballet* de fuegos artificiales se reanudó con furiosa rapidez. Dejó que terminara ese baile. Cuando éste hubo terminado, permitió, muy cautelosamente, que su cerebro comenzara a trabajar; si empezaba muy rápidamente, todo se haría pedazos.

No puedo acercarme a esa hermosa cortina negra de terciopelo, porque... porque... porque... no estoy de pie y esta tabla atada a mi espalda no es una tabla, sino el piso. Pero nadie puede tener el piso atado a la espalda. No, eso es irrefutable. Estoy en el suelo. En el suelo. Bueno. ¿Por qué estoy en el suelo? Porque... porque... porque —ahora no me acuerdo— algo salió de la cortina de terciopelo y me dio un golpe. Un golpe muy fuerte. ¡Qué broma! Entonces estoy muerto. El problema de cómo se llama está resuelto. Problema de la Supervivencia. Vida tras la muerte. Estoy muerto, pero consciente de existencia. *Cogito, ergo sum.* Por lo tanto, he sobrevivido. Soy uno de la Gran Mayoría. ¿O tal vez no? Quizá no esté muerto. Los muertos, con toda seguridad, no sufren estos atroces dolores de cabeza: no figuran en el contrato. Entonces estoy vivo. Lo he probado *incontro... icontro...* lo que sea, lógicamente. Bien, bien, bien.

Nigel se llevó la mano a la sien. Pegajoso. Sangre. Muy lentamente se levantó, tanteó la pared y encendió la luz. Por un momento lo aturdió su repentino resplandor. Cuando pudo abrir de nuevo los ojos, miró en torno. El vestíbulo estaba vacío. Vacío, excepto un viejo palo de golf y la copia del diario que yacía en el suelo. Nigel sintió que tenía frío. Su camisa estaba desabrochada: la abrochó, se inclinó dolorosamente para recoger el palo y el diario, y se arrastró escaleras arriba con ellos.

Georgia lo miró desde la cama, medio dormida.

—Hola, querido. ¿Jugaste un lindo partido de golf? —dijo.

—Bueno, para decir la verdad, no. Un sujeto me tiró con esto. No era *cricket.* No era golf, quiero decir. En la cabeza.

Nigel miró con aturdimiento a Georgia, y se deslizó, no sin gracia, hasta el suelo.

16

—Querido, ¿vas a levantarte?

—Es claro que voy a levantarme. Tengo que ver al viejo Shrivellem esta mañana.

—No puedes levantarte con un agujero en la cabeza.

—Con o sin agujero, iré a ver al viejo Shrivellem. Diles que suban el desayuno. El coche vendrá a las diez. Puedes venir conmigo, si quieres, para evitar que me arranque las vendas en el delirio.

La voz de Georgia temblaba.

—¡Querido! Y pensar que yo no hacía más que decirte que debías cortarte el pelo. Y tu pelo te ha salvado, y tu cabeza dura. Y no vas a levantarte.

—Querida Georgia, te amo más que nunca, voy a levantarme. Ayer, anoche, empecé a ver claro, antes de que ese individuo me pegara con el palo de golf. Y creo que el viejo Shrivellem puede..., por otra parte, no estará mal ponerse bajo la protección del Ejército durante unas horas.

—¿Cómo? ¿Crees que puede repetirse? ¿Quién fue?

—Adivina. No, no espero una repetición del atentado. No, ciertamente. No a la luz del sol. Por otra parte, mi camisa estaba desabrochada.

—Nigel, ¿estás seguro de no delirar?

—Seguro.

Mientras Nigel tomaba el desayuno, entró el inspector Blount. Parecía bastante preocupado.

—Su amable mujer me ha dicho que usted se

niega a permanecer en cama. ¿Está seguro que puede…?

—Sí, por supuesto. Los golpes con palos de golf me hacen mucho bien. De paso, ¿no encontró en él impresiones digitales?

—No. El cuero es muy áspero para conservar impresiones digitales. Pero en cambio descubrimos una cosa rara.

—¿Cuál?

—Las ventanas del comedor estaban sin pasador. El mozo jura que las cerró con pasador a las diez, anoche.

—Bueno, ¿qué tiene de raro? El sujeto que me golpeó debe de haber entrado y salido de alguna manera.

—¿Cómo pudo entrar si estaban cerradas? ¿Sugiere usted que tuvo un cómplice?

—Pudo haber entrado antes de las diez, haberse escondido, ¿no le parece?

—Bueno, es posible. ¿Pero cómo podía saber alguien de afuera que usted se quedaría levantado hasta tarde, hasta que hubieran apagado las luces del vestíbulo y él pudiera atacarlo sin ser visto?

—Ya veo —dijo Nigel lentamente—. Sí, ya veo.

—Es muy comprometedor para Félix Cairnes.

—¿Se explica usted por qué Félix, habiendo pagado los servicios de un detective sumamente oneroso se dedique a golpearle la cabeza con un palo de golf? —preguntó Nigel, examinando una tostada— ¿No sería ir en contra de sí mismo?

—Tal vez —fíjese, no es más que una sugestión—; tal vez tuviera alguna razón para desear que usted estuviera imposibilitado en este momento.

—Bueno, seguramente habrá pasado esa idea

por el fondo de la cabeza de mi agresor. Quiero decir, que no estaba entrenándose en el vestíbulo —dijo Nigel burlándose del inspector. Pero recordaba cómo Félix trató de oponer inconvenientes a su visita al general Shrivenham. Blount parecía aún preocupado. Dijo:

—Pero eso no es lo más raro. Fíjese, Mr. Strangeways, hemos encontrado impresiones digitales en la llave y en la manija interior de la ventana; también en el vidrio y en la manija exterior. Como si alguien la hubiera cerrado con una mano en el vidrio y otra en la falleba.

—No me parece tan raro.

—Espere un momento. Las impresiones no son las de ningún miembro del personal del hotel, ni pertenecen a nadie relacionado con este caso. Y no hay forasteros en el hotel, fuera de ustedes.

Nigel se sentó de un salto, con un terrible estremecimiento de dolor en la cabeza.

—Así que no pudo haber sido Félix, después de todo.

—Eso es lo más extraño. Cairnes pudo golpearlo, y luego abrir la ventana usando un pañuelo mientras levantaba el pasador, para dar a entender que usted había sido atacado por alguien de afuera. ¿Pero quién dejó esas impresiones afuera de la ventana?

—Esto es demasiado —se quejó Nigel—. Traer a un misterioso desconocido al asunto cuando... Bueno, se lo dejo a usted. Le distraerá mientras hablo con el general Shrivenham...

Media hora después, Nigel y Georgia se sentaban en la parte trasera de un coche alquilado. En ese momento una mucama, atrasada en su trabajo a consecuencia de las tempranas investigaciones del inspector, entraba al dormitorio de Phil Rattery...

Un poco antes de las once, el coche se detuvo frente a la casa del general Shrivenham. La puerta del frente estaba abierta, y entraron en un amplio vestíbulo cuyas paredes y piso estaban cubiertas de pieles de tigre y otros trofeos de caza. Hasta Georgia se estremeció al ver las feroces mandíbulas llenas de blancos colmillos que en todas partes le sonreían.

—¿Crees que algún mucamo les limpia los dientes todas las mañanas? —murmuró a Nigel.

—Muy probable. Me deslumbran los ojos; murieron a temprana edad.

La mucama abrió una puerta a la izquierda del vestíbulo; desde el interior se oía la música alada, débil y aérea de un clavicordio; alguien tocaba, con moderada destreza, el Preludio en Do Mayor de Bach. Las minúsculas notas parecían ahogadas por el rugido silencioso de todos los tigres del hall. El preludio terminó en un largo y tembloroso quejido, y el ejecutante se embarcó afanosamente en la fuga. Georgia y Nigel parecían fascinados. Finalmente la música terminó, y oyeron una voz que decía:

—¿Quién? ¿Qué? ¿Por qué no los hizo pasar? No hay que dejar a la gente esperando en los corredores.

Un anciano apareció en la puerta, vestido con pantalones y saco antiguos, y una gorra escocesa, de pescar. Los observó amablemente con sus apagados ojos celestes.

—¿Admirando mis trofeos?

—Sí. Y la música también —dijo Nigel—. Es el más hermoso de los preludios, ¿no?

—Me alegra oírle decir eso. A mí me parece,

pero soy muy poco músico. Muy poco. Para decirle la verdad, estoy enseñándome yo mismo a tocar. Compré este instrumento hace pocos meses. Clavicordio. Un hermoso instrumento. El tipo de música que uno se imagina que emplean las hadas para bailar. Los espíritus de Ariel, usted sabe. ¿Cómo me dijo que se llama?

—Strangeways. Nigel Strangeways. Ésta es mi mujer.

El general les dio la mano, mirando a Georgia con una mirada algo insinuante. Georgia le sonrió, conteniendo un deseo casi avasallador de preguntarle si siempre usaba un sombrero escocés, de pescador, para tocar a Bach; parecía la indumentaria más apropiada.

—Tenemos una tarjeta de presentación de Frank Cairnes.

—¿Cairnes? Sí. ¡Pobre hombre! Su chico fue atropellado, usted sabrá. Murió. Una tragedia terrible. Dígame, ¿no se ha vuelto loco, no?

—No. ¿Por qué?

—El otro día pasó una cosa extraordinaria. En Cheltenham. Todos los jueves voy allá y tomo el té en lo de Banners. Tienen las mejores masas de chocolate de Inglaterra; usted debería probarlas. Trago como un animal. Bueno, pues, entro a lo de Banners y juraría que estaba Cairnes sentado en un rincón. Un hombre bajo, con una barba. Cairnes se fue del pueblo hace unos dos meses, pero creo que había empezado a dejarse la barba antes de irse. No me gustan las barbas; las usan en la Marina, pero la Marina no ha ganado una batalla desde Trafalgar; no sé que les pasa; miren cómo está ahora el Mediterráneo. ¿Dónde estaba? ¡Ah, sí, Cairnes! Bueno, este sujeto que me pareció Cairnes..., fui derecho a hablarle, pero salió disparando; él y otro individuo que estaba con él, un hombre grandote con unos bigotes. Bueno, ese Cairnes, o el individuo que parecía Cairnes, huyó como una comadreja y se llevó consigo al otro. Lo llamé por su nombre, pero no me hizo caso; entonces me dije: ése no puede ser Cairnes. Luego pensé, tal vez sea Cairnes y haya perdido la memoria, como ésos de la BBC. ¿Recuerda los mensajes de SOS? Por eso le pregunté si Cairnes había perdido la razón. Siempre fue muy raro este Cairnes, pero no sé qué puede andar haciendo con ese hombre grandote en lo de Banners.

—¿Recuerda usted la fecha?

—Déjeme pensar. Fue la semana... —El general consultó una agenda de bolsillo—. Sí, aquí está, el 12 de agosto.

Nigel había prometido a Félix que no hablaría del asunto Rattery cuando se entrevistara con el general; pero éste parecía haber aterrizado involuntariamente en medio del mismo asunto. Por ahora, prefirió descansar su mente en la encantadora y feérica atmósfera, donde un guerrero retirado tocaba el clavicordio y aceptaba como la cosa más natural del mundo la llegada de un extraño con la cabeza vendada y una esposa famosísima. El general y Georgia se habían sumergido en una conversación relativa a la vida de los pájaros en los valles de Burma del Norte. Nigel callaba, tratando de ajustar dentro de su trama provisoria el pequeño episodio que había ocurrido en la confitería de Banners. Sus pensamientos fueron interrumpidos por el general, que decía:

—Veo que su marido ha estado en la guerra en estos días.

—Sí —dijo Nigel tocando tiernamente su vendaje—. En realidad, un hombre me golpeó la cabeza con un palo de golf.

—¿Un palo de golf? Bueno, no me sorprende. Hoy día se ve de todo en las canchas de golf. Por otra parte, nunca fue un juego de veras; una pelota inmóvil; es como tirar a un pájaro dormido; de modo alguno un juego de caballeros. Miren un poco a los escoceses —ellos lo importaron— la raza menos civilizada de Europa: sin arte, sin música, sin poesía, incluyendo, por supuesto, a Burns; y miren sus comidas: *haggis* y roca de Edimburgo. Dime lo que comes y te diré quién eres. Pero el polo, eso es diferente. Yo jugaba un poco en la India. El golf no es más que el polo sacándole toda la dificultad y la diversión; una versión en prosa del polo; una paráfrasis; es típico de los escoceses el reducir todo a su nivel prosaico; hasta hicieron una paráfrasis de los Salmos. Horrible. Vándalos. Bárbaros. Estoy seguro de que este hombre que lo golpeó con el palo tenía sangre escocesa en las venas. Son buenos soldados, sin embargo. No sirven para otra cosa.

Nigel interrumpió, sin impaciencia, la polémica del general, y explicó la razón de su visita. Investigaba el crimen de Rattery y quería saber algo sobre la historia de la familia; el padre del muerto había servido en el ejército: Cyril Rattery; cayó en la guerra con los boers. ¿No podría el general Shrivenham presentarle a alguien que hubiera conocido a Cyril Rattery?

—¿Rattery? ¡Dios mío, entonces es él! Cuando leí en los diarios este asunto, pensé si ese hombre tendría algo que ver con Cyril Rattery. ¿Su hijo, dice usted? Bueno, no me extraña. Hay mala sangre en esa familia. Escuche, mientras toma una copita de jerez le diré todo lo que sé acerca de él. No, no es ninguna molestia: siempre tomo una copita de jerez y unos bizcochos, por la mañana.

El general salió del cuarto, y volvió con una licorera y una bandeja de bizcochos. Cuando todos se hubieron servido, empezó a hablar, con los ojos iluminados por el deleite de la reminiscencia.

—¿Sabe que el asunto de Rattery fue todo un escándalo? Me extraña que los diarios no lo hayan sacado de nuevo a la luz; lo habrán ocultado, en su época, algo mejor que de costumbre. Peleó valientemente durante toda la primera parte de la campaña; pero cuando empezamos a vencer, falló. Uno de esos tipos que acostumbran tener los labios apretados —muertos de miedo, en realidad, como todos nosotros, solamente que no se lo confiesan ni a sí mismos—, hasta que un día no pueden disimular más. Lo encontré una o dos veces, en los primeros tiempos, cuando los boers nos estaban enseñando a pelear; qué tipos magníficos los boers. Fíjese, yo no he servido más que para sablear, pero conozco a la gente cuando vale algo. Cyril Rattery valía; demasiado bueno para el ejército; debería haber sido un poeta; pero aún así, me pareció un poco —¿como los llaman ahora?— un poco neurótico. Neurótico. Conciencia... también; tenía demasiada conciencia; Cairnes es otro tipo así, de paso. El momento crítico llegó cuando Cyril Rattery fue enviado al frente de un destacamento, a incendiar unas granjas. No conozco los detalles; parece que la primera granja no había sido evacuada a tiempo; hubo un poco de resistencia y uno o dos de los hombres de Rattery fueron muertos;

el resto se exaltó un poco y, cuando vencieron la oposición, prendieron fuego a las casas sin averiguar demasiado si había alguien adentro. Según parece, allí había una mujer que se había quedado a cuidar a su chico enfermo. Los quemaron vivos a ambos. Fíjese, en la guerra suelen ocurrir esas cosas; a mí no me gustan; son horribles. Hoy matan a los no combatientes con toda naturalidad; suerte que soy muy viejo para verme mezclado en esas cosas. Bueno, de cualquier modo, allí terminó Cyril Ratttery. Se trajo a los hombres de vuelta, y se rehusó a destruir las granjas restantes. Desobedeciendo órdenes, por supuesto. A causa de eso lo destituyeron; fue degradado. Pobre hombre, ése fue su fin.

—Pero yo tenía la impresión, por lo que Mrs. Rattery había dicho, de que su marido había muerto en acción de guerra.

—Nada de eso. Con el incidente de la granja, y la degradación —tenía pasión por su carrera militar— y su estado de ánimo, que habría empeorado más y más a lo largo de la guerra, el pobre perdió la razón. Murió, según creo, en un manicomio, años después.

Hablaron un rato todavía. Luego Nigel y Georgia se separaron, muy contra su voluntad, de su delicioso huésped, y subieron al coche. Mientras volvían a través de las onduladas y pequeñas colinas de los Cotswolds, Nigel iba muy silencioso; tenía ganas de decir al chofer que los llevara directamente a Londres, lejos de este triste y lamentable asunto; pero seguramente ya era demasiado tarde.

Estaban de vuelta en Severnbridge, haciendo sonar la gravilla de la entrada al *Angler's Arms*. Parecía haber una agitación desusada en torno de

este tranquilo hotel. Un agente junto a la puerta:
un grupo de gente reunida sobre el césped. Una
mujer se separó de este grupito cuando se acercó
el coche: era Lena Lawson, con su pelo rubio flo-
tando al aire mientras corría hacia el coche, y los
ojos llenos de ansiedad.

—¡Oh, gracias a Dios, han vuelto! —gritó.

—¿Qué pasa? —dijo Nigel— Félix…

—Es Phil. Ha desaparecido.

PARTE CUARTA

La culpa se revela

EL INSPECTOR BLOUNT había dejado dicho a Nigel que fuera a la comisaría en cuanto llegara. Mientras el coche lo llevaba, repasó mentalmente los detalles de la desaparición de Phil, extraídos de las casi incoherentes declaraciones de Lena y de Félix Cairnes. En la confusión consecuente al atentado de la noche anterior contra Nigel, nadie se había dado cuenta de que Phil no estaba en el hotel para el desayuno. Félix supuso que ya había tomado el desayuno antes que él bajara; Georgia había estado muy ocupada atendiendo a Nigel; el mozo del hotel creyó que el chico se había ido a su casa y desayunado allí. Sólo cuando la mucama entró en el dormitorio de Phil a las diez de la mañana, y descubrió que la cama estaba sin deshacer, comprendieron que había desaparecido. Ella encontró también, sobre la cómoda, un sobre dirigido al inspector Blount. Éste no había dado a conocer todavía lo que el sobre contenía; pero Nigel pensó que era muy fácil de adivinar.

Félix Cairnes estaba casi enloquecido de ansiedad. Nunca había sentido Nigel tanta compasión por él como ahora. Hubiera deseado evitarle la tragedia que se desarrollaría a continuación, pero sabía que ya era imposible: las cosas habían empezado a moverse solas, y nadie podría detenerlas; era como si se tratara de un deslizamiento de tierras o del lanzamiento de un transatlántico cuando ya ha sido apretado el botón que lo deja libre. La tragedia había empezado cuando George Rattery atropelló a Martin Cairnes en esa calle de campo; había empezado, podría decirse, antes de que Phil Rattery naciera. Estos últimos acontecimientos representaban su culminación. Sólo faltaba el epílogo.

Pero ese epílogo sería largo y doloroso; duraría mientras vivieran Félix Cairnes, o Lena, o Violeta, o Phil.

El inspector Blount, cuando Nigel lo encontró en la comisaría local, tenía un modesto aire de triunfo. Contó a Nigel las medidas que se habían tomado para descubrir el paradero de Phil: vigilancia de las estaciones de ferrocarriles y ómnibus, aviso a los camioneros, etc. Era tan sólo cuestión de tiempo.

—Aunque —agregó muy seriamente— podría llegar a ser necesario rastrear el río.

—¡Dios mío! Usted no cree que pueda haber hecho eso, ¿no?

El inspector se encogió de hombros. El silencio se volvió intolerable para Nigel. Dijo un poco febrilmente:

—No es más que el último ademán quijotesco de Phil. Seguramente. Porque ayer, cuando estábamos caminando por el césped, me pareció ver un movimiento entre los arbustos. Debe de haber sido Phil. Le oyó decir a usted que arrestaría a Félix. Lo quiere apasionadamente; sin duda creyó, escapándose, distraer de él la atención. Eso ha de ser lo que pasó por su mente.

—Quisiera creer que así ha sido, Mr. Strangeways. Pero ya no puedo. *Ya sé que Phil envenenó a George Rattery.* ¡Pobre chiquilín!

Nigel abrió la boca para hablar, pero el inspector prosiguió:

—Usted dijo ayer que la solución de este asunto debía encontrarse en alguna parte del diario de Mr. Cairnes. Anoche estuve leyéndolo de nuevo y se me ocurrió el principio de una idea: lo que ha sucedido después la comprueba. Le daré las claves en el orden en que se presentaron a mi mente. Primero, Phil estaba trastornado por el trato que su padre daba a su madre; George Rattery solía amenazarla y azotarla; Phil se quejó una vez de ello a Mr. Cairnes, pero, por supuesto, Mr. Cairnes no podía intervenir. Recuerde ahora esa comida que menciona en su diario. Hablaron sobre el derecho de matar. Mr. Cairnes dijo que era justificado matar a una persona que hace sufrir a todos los que la rodean. Y luego, como usted recordará, porque está escrito en el diario, Phil hizo una pregunta, y Mr. Cairnes comenta: "Supongo que nos habíamos olvidado todos de su presencia. Era la primera vez que se le permitía asistir de noche a la mesa". Todos nos hemos olvidado de su presencia, me parece, desde el primer momento. Ni le habíamos tomado las impresiones digitales. Bueno, piense usted en el efecto que aquella observación podía tener —la relativa a la eliminación de las pestes sociales— sobre un chico impresionable y neurótico. Imagínese a Phil, preocupado por la brutalidad de su padre con su madre, oyendo decir al hombre a quien más admira en el mundo que existe el derecho de matar a las personas que arruinan la vida de los demás. Recuerde la implícita confianza de Phil en Cairnes, y piense que un chico hará cualquier cosa cuando ha sido aprobada por una persona a quien venera. Y recuerde que ya le había pedido a Félix que hiciera algo en ese sentido, y que ese pedido no había tenido éxito. Bastantes veces ha dicho usted que el ambiente en que ha sido criado Phil bastaría para desequilibrar la mente de cualquier niño. Bueno, esto en lo que respecta al motivo y al estado de ánimo.

—El general Shrivenham me dijo esta mañana que el abuelo de Phil —el marido de Ethel Rattery— había muerto en un manicomio —dijo Nigel, suavemente, casi para sí mismo.

—Ahí tiene. Estaba en la sangre. Ahora veamos cómo lo hizo. Sabemos que el muchachito podía ir al garage en cualquier momento, y el diario de Cairnes lo confirma: dice que George Rattery mencionó que Phil solía tirar a las ratas con su rifle de aire comprimido, en el vaciadero del garage. Nada más fácil para él que sacar una porción del matarratas. Había ocurrido una escena desagradable entre George y Violeta, durante la semana anterior: Phil había visto cómo golpeaba a su madre y había tratado de protegerla. Esta escena debe haber decidido definitivamente al pobre chico, o haberlo enloquecido; como usted prefiera.

—Pero todavía tiene en contra la fantástica coincidencia de que Phil haya elegido el mismo día que Félix para matar a George Rattery —protestó Nigel.

—No tan fantástica si se tiene en cuenta que dos días antes había tenido lugar la escena culminante entre su padre y su madre. Pero tal vez no sea una coincidencia. El diario estaba escondido debajo de una tabla en el cuarto de Cairnes. Pero Phil siempre estaba entrando y saliendo; allí daba sus lecciones; y una tabla suelta en el piso es justamente lo primero que un chico podía descubrir, si ya no lo había descubierto antes: quizá haya guardado ahí alguna vez, sus tesoros secretos.

—Pero, seguramente, si Phil quería tanto a Félix, no podía envenenar a su padre justamente el mismo día de la tentativa de Félix, y acusar tan evidentemente a este último.

—Ah, usted es demasiado sutil, Mr. Strangeways. Recuerde que se trata de la mente de un niño. Mi teoría es que —si no fue una casualidad— Phil descubrió el diario de Félix, descubrió que Félix intentaba matar a George; cuando su padre volvió sano y salvo del río, puso el veneno en el tónico. No se le hubiera ocurrido que así acusaba a Félix, porque no sabía que el diario había sido descubierto también por George y puesto en manos de un abogado. Ya sé que esto no deja de presentar algunas dificultades: por eso, en general, estoy inclinado a creer que las dos tentativas de asesinato ocurrieron el mismo día por casualidad.

—Sí, todo eso parece bastante razonable.

—Ahora veamos otros detalles. Después de la comida del sábado, cuando el veneno ya había empezado a obrar en George Rattery, Lena Lawson entra en el comedor y descubre la botella sobre la mesa. Llega a la conclusión de que Félix es el responsable del envenenamiento, y, presa de pánico, sólo piensa en deshacerse de la botella. Se dirige a la ventana, para tirarla, *cuando ve la cara de Phil apoyada contra el vidrio.* ¿Qué estaba haciendo ahí? De ser inocente, sabiendo que su padre estaba enfermo, hubiera tratado de ser útil de alguna manera, elevando mensajes, trayendo cosas...

—Conociendo el carácter de Phil, diría que

es más probable que se hubiera escapado lo más lejos posible, tal vez a su cuarto, o encerrado dentro de él, tratando de borrar de su imaginación la horrible escena, huyendo de ella, de cualquier manera.

—Tal vez tenga usted razón. De todos modos, uno no se lo imaginaría mirando por la ventana del comedor, a menos que hubiera puesto el veneno en la botella del tónico y quisiera esperar el momento en que el cuarto estuviera vacío para entrar y esconderla. Sería natural en un chico, sabiendo que ha hecho algo malo, tratar de esconder la prueba de su culpa. Bueno, ya le dijo Phil dónde había escondido la botella, y él mismo se la trajo.

—¿Por qué, si la había envenenado y escondido para protegerse a sí mismo?

—Porque ahora sabía que Lena había confesado que ella se la había dado para que la escondiera. No podía simular que no sabía nada acerca de la botella: lo que podía hacer era destruirla. Y lo hizo lo mejor que pudo. La arrojó desde el techo; y cuando descubrió que yo había juntado los pedazos, se me vino encima como una pequeña furia. Notó usted cómo se enfureció por eso. Por un momento pensé que se había vuelto loco. Ahora me doy cuenta de que ya estaba loco. El único pensamiento de su pobre cabecita enloquecida era hacer desaparecer, de una manera u otra, la botella. Vea: todo el tiempo nos hemos explicado sus rarezas como consecuencia de su afecto por Félix: nunca se nos ocurrió que trataba de protegerse a sí mismo.

Nigel se recostó, tocándose el vendaje de la cabeza. Esto le hizo recordar una cosa.

—¿Cómo explica, si Phil fue el culpable, que Félix me haya golpeado anoche la cabeza?

—No fue él. Fue el chiquilín. Escuche, yo lo veo así: él había decidido escaparse. Desciende en la oscuridad, después de medianoche. Cuando llega al pie de la escalera, oye abrirse la puerta del escritorio. Sabe que hay alguien entre él y la puerta del frente, por donde pensaba huir; sabe, también, que la persona que acaba de salir del escritorio encenderá las luces del vestíbulo, y que él será descubierto. Mientras se estrecha contra la pared, para no ser visto, su mano encuentra el palo de golf. Está desesperado y aterrorizado. ¡Pobre chico! En una trampa; levanta el palo y lo blande ciegamente en la oscuridad, golpeando a la persona invisible que se interpone entre él y la huída. Le da un golpe y usted cae. Phil está horrorizado por lo que ha hecho: tiene miedo de encender la luz, tiene miedo del cuerpo que yace entre él y la puerta del frente. Recuerda las ventanas del comedor, y decide huir por ese lado. Las impresiones digitales que encontramos allí eran suyas: las hemos comparado con las que dejó en su dormitorio.

—¿Tenía "miedo del cuerpo"? —dijo Nigel soñadoramente—. ¿Huyó del hotel para no verlo?

—Bueno, ¿qué tiene de raro?

—Nada. Nada. Sí, estoy seguro de que eso es lo que habría hecho. En adelante siempre lo defenderé, inspector, cuando me digan que Scotland Yard no tiene imaginación. De paso, le aconsejo una entrevista, alguna vez, con el general Shrivenham; tal vez usted le hiciera cambiar de opinión sobre los escoceses. Seriamente, Blount, su conjetura está brillantemente explicada; pero es teórica. Usted no tiene ni un pedacito de prueba material contra Phil.

—Un pedacito de papel —dijo sombríamente el inspector—. Lo dejó en su cuarto para mí. Una carta para mí. Una confesión.

Alcanzó a Nigel una hoja de papel rayado, arrancado de un cuaderno. Nigel leyó:

"Querido inspector Blount:
Ésta es para decirle que Félix no puso el veneno en ese frasco de remedio; fui yo. Yo odiaba a papá porque era tan cruel con mamá. Me escaparé donde no puedan encontrarme.
Lo saluda atentamente
Philip Rattery".

—¡Pobre chico! —murmuró Nigel—. ¡Qué asunto más lamentable es éste! ¡Dios, qué mala suerte! —Siguió diciendo apresuradamente:— Fíjese, Blount, hay que encontrarlo. Rápido. Tengo miedo de lo que pudiera suceder. Phil es capaz de cualquier cosa.

—Hacemos todo lo que podemos. Tal vez, sin embargo, sería mejor que lo encontráramos un poco demasiado tarde. Lo mandarán a un asilo, a un asilo de dementes. Me horroriza pensarlo, Mr. Strangeways.

—No se preocupe por eso —dijo Nigel, mirando a Blount con extraña intensidad—. Encuéntrenlo. Tiene que encontrarlo antes de que pase nada malo.

—Ya lo encontraremos, créame. No hay la menor duda. No puede haberse ido muy lejos, a menos que se haya ido por el río —agregó Blount con melancólica intención...

Cinco minutos después Nigel estaba de vuelta en el *Angler's Arms*. Félix Cairnes estaba esperándolo en la puerta, con los ojos llenos de inquietud y silenciosas preguntas que temblaban en sus labios.

—¿Qué saben...?

—¿Podemos subir a su cuarto? —dijo Nigel rápidamente—. Tengo muchas cosas que decirle, y me parece un poco público este lugar.

Arriba, en el cuarto de Félix, Nigel se sentó. De nuevo había empezado a dolerle la cabeza; por un instante el cuarto giró ante sus ojos. Félix estaba de pie junto a la ventana, mirando las graciosas curvas y los brillantes remansos del río donde él y George habían navegado. Su cuerpo estaba tenso; sentía un peso intolerable en la lengua y en el corazón, que le impedía formular la pregunta que había estado creciendo en su interior durante todo el día.

—¿Sabía usted que Phil ha dejado una confesión? —preguntó Nigel amablemente. Félix se dio vuelta, agarrándose con las manos al alféizar de la ventana.

—La confesión de que él envenenó a George Rattery.

—¡Pero es una locura! El chico tiene que haberse vuelto loco —exclamó Félix en una especie de desesperada y desconcertada agitación—. No podría matar ni... Oiga, supongo que Blount no se lo ha tomado en serio, ¿no?

—Blount ha desarrollado una tesis sumamente verosímil en contra de Phil, y esta confesión no hace más que confirmarla.

—No fue Phil. Él no hubiera podido Yo sé que él no fue.

—Yo también —dijo Nigel, con voz serena.

Las manos de Félix se detuvieron en la mitad de un ademán. Durante un instante miró desconcertado a Nigel.

Luego murmuró:

—¿Usted "sabe"? ¿Cómo sabe?

—Porque por fin he descubierto quién fue. Necesitaré de su ayuda para completar los detalles de mi teoría. Luego decidiremos qué hacer.

—Siga. ¿Quién fue? Siga; dígame.

—¿Recuerda la frase de Cicerón? Está en alguna parte del *De Officiis,* creo: *In ipsa dubitatione facinus inest* (la culpa se revela en la misma vacilación). Lo siento mucho, Félix. Usted es una persona demasiado buena para cometer un crimen con éxito. Como me dijo esta mañana Shrivenham, usted tiene demasiada conciencia.

—¡Oh! Ya veo —Félix tragó con dificultad, y dejó caer las palabras en medio del triste silencio que entre ellos se abría. Luego trató de sonreír—. Siento mucho haberle causado todas estas molestias. No ha de ser muy divertido para usted, después de todo lo que hizo para salvarme, llegar a esta conclusión. Bueno, en un sentido estoy contento de que todo haya terminado. Supongo que, por otra parte, Phil no me dejaba otra alternativa con su confesión. Me obligaba a decir toda la verdad a la policía. *¿Por qué* lo ha hecho?

—Él lo quería mucho. Oyó decir a Blount que estaba por arrestarlo. Era lo único que podía hacer en su auxilio.

—¡Dios mío! Si hubiera sido cualquier otro... Me recordaba a Martie, y lo que Martie hubiera podido ser.

Félix se sentó en una silla y hundió la cara entre las manos.

—¿Usted no cree que haya hecho ninguna locura, no? Nunca me lo perdonaría.

—No. Estoy seguro. Yo creo, seriamente, que no tiene usted por qué preocuparse.

Félix levantó los ojos. Su rostro estaba pálido y tenso, pero el peor sufrimiento había desaparecido de él.

—Dígame, ¿cómo lo descubrió? —preguntó.

—Su diario. Fue una equivocación, Félix. Usted se traicionó. Como había escrito al comienzo de él: "ese estricto moralista que juega al gato y al ratón, con los furtivos, con los tímidos o con los atrevidos, induciendo al criminal a lapsus verbales, induciéndolo al exceso de confianza, dejando pruebas en su contra y representando el papel de agente provocador". Usted quiso que su diario fuera una especie de válvula de seguridad para su conciencia; pero luego, cuando cambió sus planes, *cuando descubrió que no podía matar a un hombre cuya culpabilidad no había sido probada,* el diario se convirtió en el instrumento principal del nuevo plan; y es ahí donde usted se vendió.

—Sí. Ya veo que usted lo sabe todo. —Félix sonrió oblicuamente—. Supongo que subestimé su inteligencia. Tendría que haber solicitado un defensor un poco más obtuso. ¿Quiere un cigarrillo? El condenado puede fumar su último cigarrillo, ¿no?

Nunca olvidaría Nigel esa última escena. El sol que se volcaba sobre la cara pálida y barbuda de Félix Cairnes; el humo del cigarrillo ascendiendo por la luz del sol; la manera tranquila, casi académica, en que discutían el crimen de Félix, como si sólo hubiera sido el argumento de una de sus novelas policiales.

—Porque —dijo Nigel— hasta el momento en que fracasó su tentativa de empujar a Rattery por la cantera, en su diario usted cavilaba sobre la imposibilidad de probar que él había matado a Martie. Pero, desde ese momento, usted dio por sentada su culpa. Esta discrepancia fue lo que primero me puso en la dirección correcta.

—Sí, ya veo.

—Habíamos supuesto todo el tiempo que su fracaso en la cantera se debía a que George conocía ya sus intenciones. ¿Por qué mintió y dijo que sufría de vértigo? Porque, argumentábamos, había llegado a tener vagas sospechas de usted, y trataba de ganar tiempo. Pero anoche, cuando leí de nuevo su diario, se me ocurrió de pronto que tal vez hubiera mentido usted. ¿Y si usted hubiera llevado a Rattery hasta el borde de la cantera, y, cuando iba a tropezar y caer sobre él y empujarlo, usted hubiera descubierto que no podía hacerlo, simplemente porque no tenía pruebas de que él hubiera matado a su hijo...? ¿No ocurrió así?

—Sí. Tiene razón. Fui demasiado delicado —dijo Félix amargamente.

—Una característica que a nadie desmerece. Pero lo traicionó. Volvió a traicionarlo después, cuando usted se negó a tener ninguna clase de relaciones con Lena, aun después de habernos contado todo, esa tarde en el jardín, lo del diario y su odio hacia George; usted quería romper con ella, porque le disgustaba la idea de verla unida por más tiempo a un asesino. Phil no es la única persona absurdamente quijotesca en este asunto.

—No hablemos más de Lena. Es lo único que me avergüenza. Y la he usado como si fuera un peón de ajedrez; perdóneme el lugar común.

—Bueno, volviendo al asunto. Consideré todos sus movimientos en el episodio de la cantera desde el punto de vista de que su objeto principal fuera arrancar a George la verdad, y sólo entonces, cuando él hubiera admitido su culpa en la muerte de Martie, matarlo. La culpa era visible en la vacilación que le impedía matar a un hombre quizá inocente. Usted no podía preguntarle a quemarropa si había matado a Martie; él lo hubiera negado, simplemente, y lo hubiera echado de su casa. Por eso usted trató deliberadamente de hacerse sospechoso a sus ojos, de despertar su curiosidad, de darle a entender de una manera indirecta que proyectaba matarlo.

—No veo cómo pudo llegar usted a esa conclusión.

—Primero: se hizo invitar a casa de Rattery, aunque sólo unos días antes había dicho que nada en el mundo le induciría a vivir bajo su techo, y aunque así aumentaba enormemente el peligro de que su diario fuera descubierto. Pero supongamos que una parte importante de su nuevo plan hubiera sido *que su diario fuera descubierto por George*. Y, según usted mismo lo dice, lo incitó deliberadamente a interesarse por él. Durante ese almuerzo al que asistieron Mr. y Mrs. Carfax, dijo usted que estaba escribiendo una novela policial; usted simuló ponerse muy nervioso cuando alguien propuso que leyera un capítulo en voz alta. Usted sugirió a George, muy inteligentemente, que lo había hecho aparecer en la obra; después de eso, ningún hombre del tipo de George podía resistir el deseo de hurgar los manuscritos, especialmente cuando, unos días antes, usted le había permitido muy claramente descubrir que su verdadero nombre no era Félix Lane.

Félix lo miró durante un momento con verdadera incredulidad. Luego mostró en su rostro haber comprendido.

—El general Shrivenham me dijo esta maña-

na que el 12 de agosto, un jueves, lo había visto
—o creído verlo— en una confitería de Cheltenham. Usted estaba con un hombre alto, de grandes bigotes, así lo describió el general. Sin duda
era Rattery. Ahora bien, Shrivenham va todos
los jueves por la tarde a esa confitería; siendo un
amigo suyo, era de imaginar que usted lo supiera; y sabiéndolo, era muy poco probable que fuera con Rattery a esa confitería un jueves por la
tarde, a menos que quisiera ser reconocido y sa-
ludado por el general con el nombre de "Cairnes", que es precisamente lo que sucedió. Al salir ustedes, el general lo llama por el nombre de
Cairnes; Rattery, de inmediato, lo relaciona con
el Martin Cairnes que atropelló con su coche.
Tan pronto como Shrivenham me lo dijo —de paso, me lo contó sin que yo se lo hubiera preguntado— comprendí por qué usted no quería que
yo hablara con él.

—Siento muchísimo el golpe que le di en la cabeza. Verdaderamente, ayer no sabía lo que hacía;
era una inútil tentativa de postergar su entrevista con Shrivenham. ¡Es tan hablador! Temía que
le contara el incidente de la confitería. Pero, en
realidad, traté de no golpearlo muy fuerte.

—No es nada. Siempre trato de conciliar lo
bueno con lo malo. Blount creyó que Phil me había golpeado en el momento de huir. Blount desarrolló su teoría muy correctamente, pero sin
explicar por qué yo había encontrado desabrocha-
dos los botones de mi camisa, cuando volví en mí.
Nadie abre la camisa de un individuo para comprobar si todavía late su corazón, sino cuando teme haberlo golpeado muy fuerte. Phil se hubiera
asustado del cuerpo que estaba en el suelo y no
se hubiera atrevido a acercarse a él, como el mis-

mo Blount admite. Y si el asesino de George hubiera sido otra persona, y hubiera advertido que yo estaba acercándome demasiado a la verdad, para desgracia suya, habría tratado de matarme; habría vuelto a golpearme si al abrir la camisa hubiera descubierto que todavía latía mi corazón.

—*Ergo,* el hombre que le abrió la camisa fui yo. *Ergo*, yo soy el asesino de Rattery. Sí, supongo que fue un mal paso de mi parte.

Nigel ofreció un cigarrillo a Félix y encendió el fósforo. Su mano temblaba mucho más que la de su amigo; para poder seguir conversando debía convencerse a sí mismo de que sólo era una discusión académica acerca de un crimen imaginario. Continuó, amontonando detalle sobre detalle, aunque los dos los conocían muy bien, y demorando así el momento inevitable en que él o Félix decidirían cuál había de ser el próximo capítulo de la historia: el último.

—El 12 de agosto fue el día en que usted se encontró con Shrivenham en la confitería. En su diario no habla de ese encuentro. Usted menciona que pasó una tarde muy agradable en el *dinghy*. Es interesante —siento ser tan frío en mi manera de encarar este asunto— que usted haya falsificado esa anotación. No había ninguna necesidad de hacerlo, porque de todos modos George leería después el diario; y era peligroso ocultar su viaje a Cheltenham, pues la policía hubiera podido estudiar sus movimientos y notar la discrepancia.

—Yo estaba nervioso y agitado cuando escribí eso. El asunto de la confitería había sido mi primer movimiento en mi nueva campaña contra George, y era un plan delicadísimo. Eso habrá nublado mi lucidez.

—Sí, yo pensé que debió ocurrirle algo semejante. Ya antes me había parecido un poco fuera de tono su anotación del 12 de agosto. Usted desarrolló una teoría sobre las dilaciones de Hamlet. Pero en ella exageró demasiado; es un poco falsa y literaria; da a entender que usted quería ocultar a un lector imaginario la verdadera razón de su dilación, su temor de matar a un hombre que no fuera culpable. Por supuesto, ésa era también la razón de la indecisión de Hamlet. Pero desarrollando su teoría acerca de la "prolongación de la dulce anticipación de la venganza", usted esperaba ocultar de cualquier entremetido el hecho de que su verdadero motivo era una conciencia demasiado sensible.

—Ha sido usted muy inteligente al advertir eso —dijo Félix.

A Nigel le pareció que había algo extraordinariamente patético en la manera con que Félix admitió esto último, una manera tranquila, pero levemente decepcionada, como si Nigel hubiera encontrado un error en un libro suyo.

—Más adelante vuelve usted a lo mismo. Era algo así: "La voz de la conciencia, supone usted, amable lector. Se equivoca. No tengo el menor remordimiento de matar a George Rattery". Usted trataba de simular que no tenía conciencia; pero esa palabra estaba indeleblemente escrita a lo largo de todo el diario y en todas sus acciones. Espero que no le moleste que yo continúe hablando de esto. Comprenda que quiero aclarar todo; para mí, por lo menos.

—Siga hasta cuando quiera —dijo Félix con otra sonrisa oblicua—. Cuanto más largo mejor. Recuerde a Scheherazade.

—Bueno. Si usted quería que George leyera el

diario, el plan del *dinghy* era un pretexto. Si realmente pensaba ahogar a George en el río, no había necesidad de escribir todos los detalles en el diario y luego incitarlo a que lo leyera. Entonces me pregunté, ¿para qué ese asunto del *dinghy*? Y la respuesta fue que usted quería obtener una confesión de labios de George. ¿Es así?

—Sí. De paso, le diré que yo estaba bastante seguro de que George había mordido el anzuelo: un día descubrí el diario colocado en una posición levemente alterada, bajo la tabla del piso. Evidentemente, a George no le bastaba saber que yo era Cairnes y que quería matarlo. A causa de la acusación de homicidio que pesaba sobre su cabeza, no se atrevía a denunciarme a menos que fuera cuestión de vida o muerte para él. Por eso me permitió desarrollar mi plan hasta que le pedí en el río que dirigiera el barco a favor del viento. Se salvaguardó —así creyó él— mandando el diario a sus abogados antes de embarcarse. Yo estaba casi seguro de que haría algo semejante. La escena del *dinghy* fue muy terrible para ambos. George no creía, sin duda, que yo tuviera el coraje de llevar mi plan hasta el fin; y yo estaba sobre ascuas, por ver si él se daba realmente cuenta del peligro y si en el último momento llegaba a admitir que había atropellado a Martie. Estábamos nerviosos como dos gatos, puedo asegurarle. Por supuesto, si él hubiera aceptado mi invitación de manejar el barco a favor del viento, habría significado que no había leído para nada mi diario: en ese caso, yo habría vaciado la botella del tónico al volver a la casa.

—¿Se rindió, por fin?

—Sí. Cuando dimos vuelta, y le pedí que manejara el barco, ya no pudo disimular. Dijo que conocía mis intenciones, que había mandado el diario a sus abogados para que lo abrieran en el caso de su muerte, y luego trató de hacerme un chantaje vendiéndomelo. Ése fue el peor momento. Yo estaba casi seguro de que él había matado a Martie, porque si no, no habría esperado hasta tan tarde para discutir el asunto conmigo. No fue el único cuya vacilación probó su culpa. Pero no tenía ninguna prueba segura. Y cuando le hice notar que el diario era tan peligroso para él como para mí, a causa de la explicación de la muerte de Martie, podría haberlo negado, podría haber simulado que no sabía absolutamente nada acerca de Martie. Pero se rindió. Admitió que la posición era un empate, y por lo tanto admitió tácitamente su responsabilidad por la muerte de Martie. Esto firmó su sentencia de muerte, como dicen algunos.

Nigel se levantó y caminó hacia la ventana. Se sentía mareado y un poco indispuesto. La tensión nerviosa, tan cuidadosamente reprimida, de esta conversación, obraba su efecto. Dijo:

—Desde mi punto de vista, la teoría de que el plan del *dinghy* era una impostura y que nunca fue destinado a ser llevado a la práctica era la única teoría que explicaba otro punto muy difícil.

—¿Cuál era?

—Lamento, pero tenemos que hablar de Lena otra vez. Resulta que si el plan del *dinghy* estaba realmente destinado a cumplirse, si hubiera sido su único y franco plan para matar a Rattery, usted se hubiera visto inevitablemente obligado a descubrir su verdadera identidad durante la investigación subsecuente. Lena habría sabido que usted era el padre de Martin Cairnes, y sospechado de inmediato que el accidente no era tan "genuino" como parecía. Por supuesto, existía la posibilidad de que ella no lo delatara; pero no creo que usted dejara su vida en sus manos de esa manera.

—Creo que todo el tiempo me he engañado deliberadamente con respecto a la intensidad de su amor hacia mí —dijo Félix tristemente—. Yo había empezado por engañarla, y no podía realmente creer que ella no me engañaba también; que buscaba mi dinero. Eso demuestra qué persona despreciable soy. No ha de perder nada el mundo con mi desaparición, ni yo tampoco.

—Por otra parte, si usted envenenaba a George sabiendo que el diario llegaría a ser públicamente conocido, significaba que aceptaba la idea de que toda la historia de Félix Cairnes fuera puesta en evidencia. Usted confió en que nadie dudaría de que el plan de ahogar a George era el verdadero. Ya que pensaba ahogar a George ese día, y sólo fue impedido porque él, inesperadamente, conocía sus planes, era inverosímil que usted hubiera arreglado todo para envenenarlo esa misma tarde. Así creyó usted que pensaría la policía, ¿no?

—Sí.

—Era una idea brillante. Me engañó en todo sentido. Pero un poco demasiado sutil para Blount. X admite haber planeado la muerte de Y; Y es asesinado; por lo tanto, lo más probable es que el asesino sea X. Así lo pensó Blount. Es siempre muy peligroso confiar demasiado en la sutileza de un policía, o subestimar su sentido común. Y otra cosa: usted no le dio a la policía la oportunidad de sospechar de otra persona.

Félix se ruborizó.

—Vamos, no soy tan perverso. Supongo que

no me cree capaz de inculpar a una persona inocente, ¿no?

—No. No a propósito, por lo menos. Pero su diario contenía muchas cosas que me hicieron creer durante un tiempo que la vieja Mrs. Rattery era la asesina; y Blount basó gran parte de su acusación contra Phil en el diario, también.

—No me hubiera importado mucho que colgaran a la vieja Mrs. Rattery, supongo; estaba arruinando espantosamente la vida de Phil. Pero no se me ocurrió que pudieran sospechar de ella. En cuanto a Phil, bueno, usted sabe muy bien que hubiera preferido morir antes que verle sufrir algún daño. En realidad —continuó Félix, en voz baja— fue Phil quien mató a George Rattery, en cierto modo. Yo podría haberme sentido desanimado o asustado, dejando a un lado la idea de matar a Rattery, si no hubiera tenido que ver, día tras día, su horrible influencia sobre la vida de Phil. Era como si hubieran torturado y oprimido a mi propio Martie. ¡Dios mío! ¡Pensar que todo ha sido inútil! Si Phil hubiera...

—No, Phil estará perfectamente. Estoy absolutamente seguro de que no ha hecho ninguna locura —dijo Nigel, tratando de poner en su voz un poco más de convicción que la que realmente tenía—. Pero ¿cómo creyó usted que interpretarían la muerte de George?

—Como suicidio, por supuesto. Pero Lena retiró la botella y logró que Phil la escondiera. Justicia poética, supongo.

—¿Pero qué motivo podía tener George para suicidarse?

—Bueno, yo sabía que esa tarde él volvería del río muy agitado. La gente lo notaría. Es el tipo de pregunta que siempre hace el oficial de investigaciones: ¿en qué estado de ánimo se encontraba el finado? Me imaginé que la policía creería que se había suicidado en una especie de arrebato mental, de temor porque iba a ser descubierta la realidad acerca de la muerte de Martie. Algo por el estilo. Yo sabía que de vuelta pasaría por el garage, para sacar su coche, y por lo tanto sería verosímil que hubiera conseguido el veneno en ese momento. Claro que no me preocupé mucho por el motivo. Todo lo que deseaba era sacar a Rattery de allí, antes de que pudiera hacer más mal a Phil. —Félix se detuvo—. Es extraño. Estuve preocupándome toda la semana hasta sentirme enfermo. Pero ahora que sé que no hay remedio, ya no me importa.

—Siento muchísimo que este asunto concluya así.

—No es su culpa. Usted estaba mucho mejor armado que yo. ¿Querrá Blount llevarme ahora mismo?

—Blount no sabe nada todavía —dijo Nigel lentamente—. Todavía cree que ha sido Phil. Y es mucho mejor: pondrá todo su empeño en encontrarlo; tiene que mantener su reputación.

—¿Blount no sabe? —Félix estaba parado junto a la cómoda, dando la espalda a Nigel—. Bueno, tal vez no tuviera tantas armas.

Abrió un cajón y se dio vuelta, con un brillo febril en los ojos y un revólver en la palma de la mano.

Nigel permaneció sentado, tranquilo: nada podía hacer; entre ellos mediaba todo el cuarto.

—Cuando Phil desapareció esta mañana, fui hasta lo de Rattery a buscarlo. No lo encontré, pero en cambio encontré esta arma. Era de George. Pensé que tal vez me hiciera falta.

Nigel levantó los ojos, mirando a Félix con una expresión interesada, levemente impaciente.

—Usted no piensa matarme, ¿no? Verdaderamente, no habría ninguna razón...

—¡Mi querido Nigel! —exclamó Félix, sonriéndole tristemente—. No creo merecer eso. No. Estaba pensando en mi propia conveniencia. Una vez asistí a un juicio criminal; no tengo muchas ganas de asistir a otro. ¿Le parecerá mal si yo declinara la invitación y usara esto?

Hizo unas muecas desdeñosas dirigidas al revólver. Nigel pensaba, está haciendo un esfuerzo enorme de voluntad; su orgullo es terrible; el orgullo y una especie de sentido artístico de la ocasión le permite elevarse a la altura de las circunstancias, y dominar su carne atemorizada; bajo una tensión intolerable, estamos todos inclinados a dramatizar las situaciones; es una manera de ablandar la dura realidad, de hacer soportable una agonía suprema. Después de un minuto, dijo:

—Escuche, Félix. Yo no quiero entregarlo a Blount, porque me parece que la muerte de Rattery no ha sido ninguna pérdida para el mundo. Pero no puedo estar tranquilo mientras no arregle el asunto de Phil; por otra parte, Blount siempre me ha tenido confianza. Si usted escribe una confesión —mejor será que se la dicte yo, así nos referimos a los puntos más importantes— y se la envía a Blount, dejándola en el buzón del hotel, yo me iría a dormir hasta el fin de la tarde. Tengo que dormir, por esto que siento en la cabeza.

—El espíritu inglés para la transacción —dijo Félix, mirándolo burlonamente—. Tendría que estar agradecido por esto. Pero, ¿lo estoy?... Sí, lo estoy. Mejor que un revólver...; es molesto y desagradable. Mejor terminar peleando en mi elemento.

Los ojos de Félix se habían encendido de nuevo. Nigel lo miró inquisitivamente.

—Si pudiera llegar hasta Lyme Regis. Allí está mi *dinghy*. Nunca se imaginarán que me escapé por ese lado.

—Pero Félix, usted no tendría ninguna esperanza de llegar...

—No creo que me haga falta. Mi vida acabó con Martie. Ahora lo sé. Volví a la vida durante unas semanas tan sólo para salvar a Phil. Me gustaría morir en el mar luchando con un enemigo franco, para cambiar: el viento y las olas. ¿Podré llegar hasta allá?

—Creo que sí. Blount y la policía están buscando a Phil. Si ha tenido dudas a su respecto, ya no las tiene. Aquí tiene usted su coche, y...

—¡Y puedo afeitarme la barba! ¡Dios mío! Tal vez consiga pasar. Una vez dije que me afeitaría la barba y me escabulliría a través del cordón policial. Esa tarde en el jardín, ¿recuerda?

Félix echó el revólver de nuevo dentro del cajón, sacó las tijeras y los implementos para afeitarse, y puso manos a la obra. Luego, al lado de Nigel, escribió su confesión. Nigel lo acompañó hasta arriba de la escalera y vio cómo la echaba en el buzón del hotel. Estuvieron durante un momento en la habitación.

—Tardaré más o menos tres horas y media en llegar allá.

—Todo irá bien si Blount no vuelve hasta el atardecer. Yo me encargaré de Lena.

—Gracias. Ha sido usted muy bueno. Desearía... me gustaría haber sabido que Phil está a salvo, antes de irme.

—Nosotros nos encargaremos de Phil.

—Y Lena... Dígale que es mucho, mucho mejor, y todo eso. No. Dígale que la quiero. Ha sido conmigo más buena que lo que yo merezco. Bueno, adiós. Esta noche o mañana desapareceré para siempre. ¿O habrá algo después de la muerte? Sería lindo comprender la razón de todas estas cosas tan tristes. —Sonrió rápidamente a Nigel—. Seré entonces *Felix qui potuit rerum cognoscere causas...*

Nigel oyó cómo el coche arrancaba.

—¡Pobre hombre! —murmuró—. Cree que tiene alguna esperanza, en un *dinghy,* con este viento que está levantándose.

Salió del hotel, en busca de Lena...

Epílogo

RECORTES de diarios del archivo de Nigel relativos al caso Rattery.

Recorte del *Gloucestershire Evening Courier:* "Philip Rattery, el niño que había desaparecido de su hogar en Severnbridge ayer por la mañana, fue encontrado hoy en Sharpness. Mrs. Violeta Rattery, la madre del niño, entrevistada por un reportero del *Courier,* declaró: 'Philip se escapó en una lancha del río Severn. Fue descubierto mientras descargaban la lancha en Sharpness, esta mañana. No ha sufrido ningún daño durante su fuga. Ésta se debió a la preocupación causada por la muerte de su padre'.

"Philip Rattery es el hijo de George Rattery, el destacado ciudadano de Severnbridge cuya muerte investiga la policía. El inspector jefe Blount, de Scotland Yard, oficial a cargo de la investigación, informó esta mañana a nuestro corresponsal que confía en una rápida solución.

"No hay noticias todavía de Frank Cairnes, quien desapareció ayer por la tarde del *Angler's Arms* de Severnbridge, donde paraba y a quien la policía quiere interrogar con respecto a la muerte de George Rattery".

Recorte del *Daily Post:* "Ayer a la tarde fue arrojado por el mar, en Portland, el cuerpo de un hombre. Lo identificaron como Frank Cairnes, el hombre que la policía buscaba con motivo del crimen de Rattery, en Severnbridge. Después de haber sido encontrados los restos destrozados del *dinghy* de Cairnes, el *Tessa,* arrojados a la costa durante la tempestad de la semana pasada, la investigación se había concentrado sobre esta región de la costa.

"Cairnes era muy conocido por el público lector, como autor de novelas policiales, bajo el seudónimo de Félix Lane.

"Mañana tendrá lugar la investigación judicial de la muerte de George Rattery, en Severnbridge (Glos.)".

Nota de Nigel Strangeways: "Éste es el final del más lamentable de mis casos. Blount me mira todavía con cierto aire de sospecha; del modo más cortés posible insinuó que era 'una gran lástima que este Cairnes se le hubiera escapado de las manos', acompañando estas palabras con una de esas miradas agudas y heladas que son mucho más inquietantes que cualquier acusación. De todos modos, estoy muy contento de haber permitido a Félix que se fuera como más le gustaba: un final limpio, por lo menos, después de un asunto tan, tan sucio.

"En la primera de las Cuatro Canciones Serias de Brahms, éste parafrasea el Eclesiastés, 3, 19: *La bestia debe morir, el hombre muere también; sí, ambos deben morir.* Que éste sea el epitafio de George Rattery y de Félix Lane".

FIN

Índice